Toda a água do mundo

Karen Raney

Toda a água do mundo

Tradução: Fal Azevedo

GLOBOLIVROS

Copyright © 2021 by Editora Globo para a presente edição
Copyright © 2019 by Karen Raney

Todos os direitos reservados. Nenhuma parte desta edição pode ser utilizada ou reproduzida — em qualquer meio ou forma, seja mecânico ou eletrônico, fotocópia, gravação etc. — nem apropriada ou estocada em sistema de banco de dados sem a expressa autorização da editora.

Texto fixado conforme as regras do Acordo Ortográfico da Língua Portuguesa (Decreto Legislativo nº 54, de 1995).

Título original: *All the Water in the World*

Editora responsável: Amanda Orlando
Assistente editorial: Isis Batista
Preparação de texto: Carolina Caires Coelho
Revisão: Cláudia Mesquita, Bruna Brezolini e Thamiris Leiroza
Diagramação: Filigrana
Capa: Renata Zucchini
Imagens de capa: Freepik

1ª edição, 2021

CIP-BRASIL. CATALOGAÇÃO NA PUBLICAÇÃO
SINDICATO NACIONAL DOS EDITORES DE LIVROS, RJ

R153t
    Raney, Karen
        Toda a água do mundo / Karen Raney; tradução Fal Azevedo. – 1. ed. – Rio de Janeiro: Globo Livros, 2021.
        ; 23 cm.

        Tradução de: All the water in the world
        ISBN 978-65-86047-99-8

        1. Romance americano. I. Azevedo, Fal. II. Título.

21-73270   CDD: 813
                                                    CDU: 82-31(73)

Meri Gleice Rodrigues de Souza - Bibliotecária - CRB-7/6439
14/09/2021 15/09/2021

Direitos exclusivos de edição em língua portuguesa para o Brasil adquiridos por Editora Globo S. A.
Rua Marquês de Pombal, 25 — 20230-240 — Rio de Janeiro — RJ
www.globolivros.com.br

*Este livro é dedicado a
Summer Dale (1996-2012) e Kelly Morter.*

Parte 1

Eve

1

Um lago é um buraco negro de som. O vento, a batida de um martelo, os gritos de pássaros e de crianças tecem um arco de ruídos na água, tornando seu silêncio mais profundo. Quando uma tartaruga ou um peixe rompem a superfície, o som vem de dentro. Maddy, uma filósofa inata, desejaria saber se o que irrompe de tais fendas é mesmo som ou apenas uma possibilidade de som. Menciono Maddy porque ter uma filha é ter uma mente dividida. Nenhum pensamento ou ação pertence apenas a mim. E isso é ainda mais verdadeiro agora.

Naquele verão, caminhei até o píer todas as manhãs, equilibrando a xícara de café para que não derramasse. Alguns dias, quando eu chegava, a névoa era um manto branco espesso. Alguns dias, a névoa já estava se dissipando, expondo o espelho de água parada. Alguns dias, podia ver os arcos da chuva caindo sobre o lago antes que as gotas atingissem minha pele. Robin nunca me acompanhava. Estava ocupado reformando o quarto novo no sótão, um espaço vazio que cheirava a madeira crua e a cola, onde a luz entrava de forma completamente diferente à do resto da casa. Lá em cima, tão próximo da parte mais densa dos pinheiros, aquele quarto vai parecer uma casa na árvore. Se algum dia ficar pronto.

No dia em que encontrei nossa vizinha, a névoa já havia se dissipado quando cheguei à margem. As cores eram intensas, quase insuportavelmente vibrantes: verde vital, dourado brilhante, todos os tipos de azul. O chão oscilou sob meus pés quando pisei no píer, alertando-me tanto para o volume quanto para a instabilidade da água. Pousei a xícara sobre a mesinha baixa na beira da plataforma e tirei o orvalho das duas cadeiras Adirondack, cujas superfícies verdes estavam com bolhas e descamando. As cadeiras precisavam ser repintadas, mas sabia que, se comentasse com Robin, ele responderia com sua voz cordial, "Ei, Eve, essa seria uma ótima tarefa para você!", e já tenho mais do que o suficiente para fazer por aqui.

Parada de frente para o lago, por um momento me imaginei em um palco, a cortina fechada atrás de mim. Balancei os braços. Fiz cinquenta polichinelos. Imitei alguém cantando, ou gritando, até sentir que flutuava, vestida de penas e de escamas, uma criatura esquecida de tudo, vivendo por conta própria.

Sentei e tomei um gole de café. À minha frente, os pinheiros apontavam para cima e seus reflexos, tão convincentes quanto os reais, apontavam para baixo. Eu me permiti, por alguns instantes, acreditar neste segundo mundo.

Na margem oposta, algo rasgou a superfície transparente. Um caiaque remando decididamente na minha direção. Havia tempo de sobra para me recolher, mas me deixei ficar. Devem ser os novos vizinhos, que estavam reformando a casa do outro lado da estrada. Eles pintaram a casa de amarelo. Ficou tão exposta que nos perguntamos se não tinham violado os regulamentos da associação de moradores do lago. Achamos que várias árvores na margem devem ter sido arrancadas para dar à casa uma vista melhor. O que também nos dava uma visão indesejada da casa amarela brilhante. Até aparecia no reflexo dentro do lago. Maddy concordaria que a cor amarela é espalhafatosa para uma casa. *Espalhafatosa* talvez não fosse a palavra que usaria, mas é perfeitamente adequada. Tawasentha, o lago natural na maior altitude a leste das Montanhas Rochosas, sempre foi, e sempre será, um lugar de chalés de madeira no bosque e sem barcos a motor, independentemente de quão imensos os chalés de madeira tenham se tornado ao longo dos anos. Quarenta anos atrás, quando meu pai comprou o lote, os donos construíam as próprias casas. Supostamente, as casas ainda deveriam ser pintadas de algum tom de marrom ou de cinza. O mundo precisa de todas as suas árvores.

O caiaque avançou na minha direção, arrastando o reflexo partido atrás de si. Era uma mulher a ocupante, mais ou menos da minha idade. Ela deixou o barco deslizar pelas margens do píer, sorrindo. Seu cabelo estava preso de um jeito que parecia uma bola de fios avermelhados e seu rosto e braços eram cobertos de sardas que o sol havia borrado sem, no entanto, conseguir dissolver em um bronzeado. O remo sobre seus joelhos pingava nas duas pontas. Nada a ver com a pessoa que imaginei vindo daquela casa. Sentada acima dela, no píer, esperei.

— Está tudo bem? Você estava acenando. Achei que talvez precisasse de ajuda.

— Estava fazendo ioga — respondi, tocada, mas incomodada em ouvir a palavra *ajuda* ser enunciada de forma tão casual.

Os olhos intensamente azuis da desconhecida me examinaram. Acho que ela não acreditou em mim nem por um instante.

— Meu nome é Norma. Sou a nova vizinha. — Ela apontou com o remo, espalhando água. — Estamos fazendo algumas reformas antes de nos mudarmos. Espero que não tenha sido muito incômodo. O barulho, quero dizer.

Neguei com a cabeça. Continuei em silêncio, e ela levantou o remo para empurrar o caiaque para trás. Foi aí que surpreendi a mim mesma convidando-a para vir ao píer. Quando ela terminou de amarrar o barco, secou as mãos nos shorts e se sentou, eu já estava arrependida do convite. As cadeiras estavam incomodamente próximas, mas não tinha como ajustar a posição. Nem podia terminar o café na frente dela ou me deixar levar pelo prazer solitário de segurar a xícara entre as mãos e inalar o vapor. Não havia o que fazer além de olharmos juntas para o lago. Era hora de jogar conversa fora. Melhor terminar logo com isso.

— Você tem família?

— Três meninos. Luke tem oito anos, Ben tem seis — disse Norma, sorrindo. — Tanner tem quarenta e dois.

— Ah, eu também tenho um desses. Ele está no quarto de brinquedos agora — disse, inclinando a cabeça de maneira fraternal na direção da casa. Mas, apesar de um primeiro casamento confuso e com surtos ocasionais de melancolia, Robin era tão adulto quanto um homem consegue ser. Eu me inclinei para examinar uma libélula que brilhava no braço de minha cadeira. Sempre me fascinou o modo como elas pousam e decolam sem aviso prévio.

Erguendo os olhos, eu disse:

— Imagino que sua casa precise de muita reforma.

— Esgoto, aquecimento central, reconstruir tudo do zero? De acordo com Tanner. Ele é arquiteto. Eu meio que gostava do jeito que era.

— Acho que os Gibson não fizeram nada na casa desde os anos 1970. Mantiveram o telhado de madeira. E não mexeram nas árvores da margem...

— Acho que isso se chama charme rústico — disse Norma.

— Vocês escolheram uma cor diferente.

Ela apontou para o caiaque atracado na nossa frente.

— Foi a primeira coisa que fizemos. Eu tenho algo especial com o amarelo. A cor preferida da minha mãe.

Não mencionei o regulamento. Apenas desviei a conversa para assuntos comuns, preenchendo as pausas com perguntas. Era da Pensilvânia ou tinha se mudado para cá? Como resolveram comprar a propriedade? O trabalho do marido permitia que ele passasse tempo com os filhos? Fiquei sabendo sobre o sócio maluco de Tanner e sobre as birras de Ben. Examinei as expressões de Norma enquanto ela descrevia as fraquezas dos filhos em um tom de voz confuso, como se a maternidade fosse um acidente engraçado que aconteceu quando ela estava distraída.

Ela parou de falar e olhou na direção do sol. Sob as sardas, sua pele brilhava como se a luz viesse de dentro. Senti saudade da companhia suave de mulheres. Sei que meu sorriso é desconcertante hoje em dia. Mesmo assim, sorri quando ela se virou para mim. Ela estendeu o braço e me assustou ao colocar a mão sob a minha.

— Elegante — comentou ela, querendo dizer que eu não parecia o tipo de pessoa que pintava as unhas. Nessa semana estavam roxas, com linhas diagonais brancas. Puxei a mão. Que raios ela estava fazendo ali? O que ela sabia?

— Faço isso por Maddy — expliquei.

Norma continuou me encarando.

— Quem é Maddy?

14 *Karen Raney*

Maddy

2

Que seja. Para fins de argumentação, apenas digamos que seja verdade. Como funcionaria? Cento e sete bilhões de indivíduos, desde os homens das cavernas — cento e oito em alguns sites —, cada um deles ainda se lembrando de quem é? Deito de lado, acariciando Cloud. Faço o meu melhor pensando dessa maneira. Posso pensar o que quiser. Posso até entrar na ponta dos pés em lugares que são estritamente proibidos para alguém com uma mãe como a minha. Sob o pelo, eu podia sentir o crânio da minha gatinha e os ossos de sua espinha. Tão pequena. Frágil. Ela se espreguiçou e abriu aquela boquinha de brinquedo e a fechou novamente, e eu sussurrei em seu ouvido:

— Até os homens das cavernas?

Senti sua língua arranhando meu rosto. Macia por fora, áspera por dentro. Bem, talvez não seja como aqui. Talvez dê para se dissolver dentro e fora. Seja você mesmo quando quiser ou simplesmente desapareça na sopa.

Eu me levantei não me sentindo superbem, mas bem. Coloquei meus brincos em forma de apanhador de sonhos com as pequenas penas penduradas. Segurando a porta aberta uns trinta centímetros, disse a mamãe que seria dia do pijama. Ela concordou. Tinha um artigo para escrever. Mas continuou ali, precisando de alguma coisa.

O cabelo da minha mãe cresceu de novo. Ela o raspou em solidariedade depois do meu primeiro ciclo de quimioterapia. Não adianta ficarmos carecas para sempre. Está com um corte *pixie* agora, o que acho que combina bem com ela, mesmo com os poucos fios cinzentos despontando. Ela acha completamente injusto que a vovó quase não tenha cabelo grisalho, nem o tio Chris. A maneira como os genes se unem e criam uma pessoa é totalmente aleatória. Penso muito sobre isso.

Ela põe as costas da mão na minha testa e depois na minha bochecha. Eu a deixo entrar e me abraçar, e cheirar meu spray corporal de flor de laranjeira, um presente da Fiona. Minha mãe sempre gostou de me cheirar. Diz que começa ao cheirar a cabeça do bebê e então o hábito simplesmente continua.

— Sua gatinha está com você? — Ela quer que eu tenha companhia porque não pode ficar comigo todos os minutos de todos os dias, ainda que tenha tentado no início.

— Bem aqui, mãe. Onde ela sempre está.

Ela conseguiu a Cloud para mim durante meu último tratamento. Ragdolls são os gatos mais adoráveis do universo. Olhos azuis, pelo branco, nariz tipo de pug e a melhor personalidade de todos os tempos. Cloud fica ao meu lado o dia todo, mesmo quando estou vomitando ou deitada no chão para mudar de ares. Dorme no cobertor de lã que comprei para ela por ser da cor do céu. Quando a pego no colo, ela se entrega como se não tivesse ossos. É o ragdoll dentro dela se revelando.

Quando minha mãe saiu, coloquei Cloud sobre minha barriga e voltei a ler *O sol é para todos*. Querem que eu continue estudando as matérias do primeiro ano do ensino médio, mas só quero reler os livros que amo. Se eu tivesse um pai, gostaria que fosse como Atticus. Ele sempre faz a coisa certa, mesmo que tenha que pagar por isso, e quase paga com a vida dos filhos. Sempre que leio algum livro hoje, pulo para o final para ver como acaba. Essa história, claro, sei como termina. Scout e Jem saem vivos, ainda que Jem esteja com o cotovelo quebrado, mas ele não liga, contanto que possa dar passes e chutar. Depois que o braço foi engessado, Atticus ficou ao lado da cama e estaria lá quando Jem acordasse pela manhã. Sei que talvez não seja justo, mas sempre quis perguntar à minha mãe: "Você gosta de ter um pai? Não pensou que eu poderia querer um?".

Depois de chorar um pouco por Atticus, foi difícil voltar à cena do tribunal. Algumas palavras fazem com que eu passe mal. Não conseguia tirar a frase "Montado na minha Mayella" da cabeça, como se fosse o título de alguma música country horrível. O acusado, Tom, é tão educado e gentil... Sei que não seria capaz de nada cruel assim.

Vou ver Jack Bell amanhã, mandei uma mensagem para Fiona. *Em nome da ciência*. Verifiquei o relógio. A quarta aula acabou de começar. Ela vai checar o celular em quarenta e cinco minutos. Fiona e Vicky vêm depois da escola todos os dias. Elas me alimentam com nuggets, se eu estiver comendo, e com todas as fofocas. Ainda assim, devo dizer que, depois de cinco meses, o ensino médio está começando a parecer um lugar extraterrestre que conheço nos mínimos detalhes, mas que nunca poderei visitar de verdade.

Dobrei a página na parte onde Scout os impede de tirar Tom da prisão. Como ela era uma criança pequena, o sr. Cunningham levou embora os linchadores e eles não lhe fizeram mal. Atticus devia estar feliz com a bravura da filha. Ainda assim, acho que não tem nada a ver com coragem, porque Scout não entendia o perigo que corria. Eu gostaria de ser inocente assim.

Como um ser vivo pode ser tão macio? Por que é triste a maneira como os gatinhos fecham os olhos quando são acariciados? Como se estivessem nos agradecendo por dar a eles tudo o que sempre quiseram.

Deixo Cloud se enrolar para dormir na minha barriga e deito com as mãos sob a cabeça. Certa vez, levei uma latinha de massa de croissant para o meu quarto sem me dar conta de que — dã! — precisa assar primeiro. Para abrir, eu bati a latinha na cômoda com tanta força que os discos de massa voaram e deixaram uma marca gordurosa no teto. Mamãe apenas riu. A mancha continua por todos esses anos porque decoração não é a nossa praia. E mamãe está ocupada, especialmente depois que Robin se mudou para cá. É uma piada entre Fiona, Vicky e eu, porque a mancha tem *exatamente* a forma de um você-sabe-o-quê, embora eu não tenha percebido na hora. Eu tinha apenas oito anos e, nossa, como somos ingênuos nessa idade! Rimos disso quase todas as vezes que elas nos visitam. Vicky, que com certeza já viu muitos a esta altura, ri mais alto, com uma gargalhada rouca que adoro ouvir.

Uma coisa que me pergunto é: dá para fazer novos amigos? Ou ficamos ligados para sempre aos que já conhecemos? Devo dizer que isso limitaria demais meu grupo de amigos. Alguém ainda conversa? É possível que conversar seja tão irrelevante que só será óbvio quando chegarmos lá. Se eu fizesse amizade com uma garota das cavernas, por exemplo, poderia acariciar seu pelo e ela poderia escovar meu cabelo, como Suzy costuma fazer quando sou a babá dela.

Costumava. Suzy *costumava* escovar meu cabelo.

Faço uma careta ao me dar conta de que estou supondo que terei meu cabelo de volta. Deixe o cabelo para lá! E daí se não conseguimos nem descobrir onde traçar a linha entre os humanos e todos os outros? Traçamos a linha nos macacos? Coelhos? Onde? Quanto mais eu pensava, mais inacreditável o cenário se tornava, mesmo levando em consideração o que não sabemos ou entendemos até que aconteça. Tudo bem, mãe: você venceu. É tudo uma historinha. Não há mundo sem fim. Foi quando tive essa sensação sufocante de estar trancada em um lugar onde nada poderia entrar ou sair.

Eu me levantei tão de repente que bati a canela na estrutura da cama. Cloud saltou para o chão, espantada e, provavelmente, ofendida, mas fez aquela coisa ragdoll quando eu a coloquei de volta na cama e fui perdoada. Pela janela, observei Robin entrar em seu vw e sorrir como um chimpanzé no espelho retrovisor para verificar os dentes antes de partir. Ele é mais vaidoso do que a mamãe, que é uma das pessoas menos vaidosas que conheço. Vivo flagrando Robin se encarando no espelho do corredor, fazendo caretas. Se ele me vê, ri e grita: "Ei! Não se pode ter privacidade por aqui?". Talvez seja porque, sem querer ofender, ele tem uma aparência bastante comum e não é muito alto. É óbvio para qualquer um que ele não é meu pai de verdade. Não me entenda mal: gosto de Robin. Ele é algo bom na vida da minha mãe, especialmente agora.

Fui até a cômoda e mexi nas coisas que estavam sobre ela. A pulseira que a vovó me deu quando eu tinha dez anos. Adoro a tesourinha. Até corta. A foto com minha mãe e eu em Cape Cod. Ela está de maiô preto, segurando as duas mãos dessa criaturinha careca que está se contorcendo e gritando porque as ondas estão tocando seus pés. Não é estranho? Sei que sou eu, mas não acredito nisso de verdade, não da maneira que sei que estou *mesmo* em pé ao lado da cômoda segurando uma moldura de prata enegrecida e sei que minhas unhas estão pintadas meio a meio de vermelho e rosa. Eu as fiz ontem à noite antes de dormir. Estou absolutamente, cem por cento, certa de que estou em meu quarto olhando para minhas unhas e elas são metade rosa, metade vermelha, com manchas pretas na parte rosa. Ao passo que, na foto emoldurada, poderia ser qualquer criancinha fofa.

Quem poderia imaginar que a pele da cabeça da gente é tão brilhante por baixo do cabelo? E que algum dia eu veria a minha?

Pisque para o seu reflexo no espelho. Erga o queixo. Faça arminha com os dedos. Dê um sorriso de aprovação. Estale os dedos das mãos duas vezes, bem alto. *Olé*, otários! As *señoritas* do flamenco são as rainhas, aqueles homens agitados pisando duro ao redor delas são necessários, mas, convenhamos, um pouco ridículos. De qualquer forma, é a minha ascendência e não posso escapar disso.

Minha mão está sempre querendo tocar minha cabeça. É um choque todas as vezes, como sentir que estou acariciando um réptil ao tentar acariciar minha gatinha. As pessoas dizem que estou deslumbrante, que tenho a estrutura óssea perfeita. Nem todo mundo tem a estrutura óssea certa. Minha mãe, por exemplo, descobriu depois que raspou o cabelo que, infelizmente, não tem a estrutura óssea certa. Ela parecia um daqueles alienígenas do Caso Roswell. Cabeça de cebola, olhos enormes. Acho que eram, na verdade, bonecos de teste de colisão. Só estou dizendo isso porque ela mesma admitiu e continuou dizendo que eu estava bonita se comparada a ela. Acho que as mães não se importam se as filhas são mais bonitas do que elas. Talvez tenham algum hormônio especial que as faça *desejar* que seja assim. Pensando bem, talvez seja por isso que minha mãe use aqueles sapatos feios e deixe as camisas para fora da calça. Uma das razões, pelo menos. A outra é que ela é verdadeiramente única e não se importa com o que as pessoas pensam. A biologia é incrível. Você pode ser um indivíduo, ou até mesmo uma feminista e, ao mesmo tempo, o hormônio maternal faz com que não ofusque sua filha.

Batida na porta.

— Entra. — Ela leu os livros e sabe que não se entra no quarto de um adolescente sem pedir.

— Entra! — O que ela acha que estou fazendo aqui?

Minha mãe estava parada na porta, parecendo tímida.

— Só estou fazendo uma pausa. Só queria ver como você está.

Tenho ouvido essa voz desde sempre. Musical, ligeiramente anasalada, muito acolhedora. A propósito, mãe, não precisa explicar. Sei por que você está batendo na porta! Li em algum lugar que os bebês, antes de nascerem, reconhecem a voz da mãe e até mesmo do pai, se ele estiver por perto. Se a família tem um cão, a criança nasce querendo ficar perto daquela raça específica. O que significa que tenho um amor intrínseco por golden retrievers. Minha mãe me entregou um caderno de desenho em espiral e uma caixa de lápis.

— Se você ficar entediada — disse ela. — É só uma ideia. — Quando ela fala daquela maneira um pouco casual demais, pode ter certeza de que está planejando seja lá o que for há dias. — Desenhar pode ser relaxante, você sabe.

— Obrigada, mãe, mas estou extremamente relaxada. Você é quem precisa relaxar. — Sorri para que ela não me entendesse mal e aceitei o presente. Como todo mundo, eu desenhava quando era pequena. Ao contrário da maioria, continuei desenhando até o fim do ensino fundamental. As crianças costumavam pedir que eu fizesse um desenho a partir de uma fotografia, digamos, do cachorro ou da irmã, ou de uma cena de Os Simpsons. Até o ensino médio, fiz o necessário para permanecer nas graças do professor de artes, sr. Yam.

— O que eu desenharia, afinal?

— Não importa — disse minha mãe. — Você poderia desenhar o que vê pela janela. As roupas penduradas no armário. Ou, no seu caso, jogadas no chão.

— Rá! Olha quem está falando.

— É mais interessante desenhar se estiverem jogadas no chão. — Ela continuou parada ali. — Você está bem, Maddy? Precisa de alguma coisa? É só me dizer.

— Estou bem, mãe. — Larguei o caderno de desenho e estendi as mãos.

— Você gosta das minhas unhas?

— Adoro as cores! — respondeu ela um pouco rápido demais. — Adorei os pontinhos!

Notei que ela estava tendo um dia não-tão-bom.

— Posso fazer suas unhas, mãe? — Com o canto do olho, vi no espelho minha boca se movendo como se tivesse começado a ter vida própria. — Por favoooooooorrrr...? — Disse com minha voz de Piu-Piu, mesmo sabendo que, ainda que eu pudesse fazer minha mãe de tonta com essa voz, ela ainda diria não. Ela sempre diz não. Ela sequer usa batom cor de boca.

— Sem ofensa, mãe, mas esse seu visual de agora? Acredite em mim, uma camada de esmalte ajudaria! — Ela riu, então achei que seria seguro continuar. — Você tem que ouvir a geração mais jovem. Deixe-nos mostrar o caminho.

Desde que fiquei doente, minha mãe faz essa cara, que é como se alguém a estivesse forçando a olhar para uma luz que é brilhante demais. Eu deveria saber. Minhas provocações parecem fofas para ela, e o que é fofo se torna triste, e triste traz aquele olhar, e eu não estou com paciência para isso hoje.

— Eu sei que sou eu quem está fazendo isso com você, mãe! Você acha que quero fazer isso com você? — Pronto. Disse em voz alta, ainda que não necessariamente no tom certo.

Olhamos uma para a outra.

Também poderia dizer: "Eu sou a garota aqui!".

Ou: "Bem, foi você quem me fez!". Mas seria maldade, porque o que aconteceu não é culpa dela, assim como não é minha. Vovô está sempre me dizendo isso.

Minha mãe estava sorrindo e franzindo a testa ao mesmo tempo, como se alguém tivesse acabado de contar uma piada terrível.

— Claro que não! — concordou. — Ninguém *deseja* uma coisa dessas. Não pedimos isso. Mas temos que suportar. Todos nós juntos.

Isso mesmo, mãe! Posso lidar com esse otimismo maternal. Quando me desfaço em pedacinhos, ela se fortalece, e vice-versa. Ela sempre dá conta de cuidar de mim. *Eres una estrella*. Na verdade, foi tão estelar que vai escorrer uma ou outra lágrima em breve se não tivermos cuidado. Mas sinto que conseguimos terminar a conversa com dignidade.

— Obrigada — murmurei. — *Mamma mia*. — Ela gosta quando a chamo assim. É nosso filme meloso favorito. Dei-lhe um abraço com tapinhas nas costas que aprendi com ela. Espinha ossuda, omoplatas afiadas. Nós duas precisamos ganhar algum peso.

— E, sim, por favor — disse ao se afastar —, quero que você faça minhas unhas. Maquiagem também. Tudo a que tenho direito.

Que bom que ela não consegue ler minha mente. A vida após a morte! Eu sou a filha nessa casa! Você é aquela que me fez! Se eles controlam você desse jeito, nunca vou querer ter filhos. Mas acho que se tivesse, receberia uma dose de hormônio e seria exatamente como minha mãe.

3

Jack Bell havia tirado o aparelho recentemente e seus dentes pareciam branquinhos e novos em folha, como se ele os estivesse experimentando pela primeira vez. Tenho um metro e setenta e cinco, sou uma das meninas mais altas do primeiro ano, mas ele tinha me ultrapassado por uns bons cinco centímetros. As espinhas dele se concentravam no queixo. As largas maçãs do rosto estreitavam seus olhos de um jeito simpático. Ficamos ali como se tivéssemos sido hipnotizados. Não tive muito contato com Jack desde o sexto ano. Não éramos más com ele — Fiona, Vicky e eu —, mas Jack era tão quieto que tendíamos a nos esquecer de que ele estava lá. Eu me sentia enjoada ali, de pé na varanda dele, usando minha boina, olhando para seus dentes. Ah, se pelo menos eu tivesse cabelo!

Desde pequena, faço uma coisa em momentos como esse. Imagino que estou me cobrindo com algum material espesso até que o mundo lá fora pareça abafado e distante. Então imagino que estou sendo observada por alguém que não consigo saber exatamente quem é, que sabe o que estou pensando e me ama mesmo assim. Isso me faz sentir que posso enfrentar todos os tipos de coisas difíceis.

Observei Jack de dentro da minha capa invisível.

— Vim por causa da campanha.

— Eu sei.

— Ideia da srta. Sedge.

— Eu sei.

Jack subiu as escadas na minha frente, arrastando os tênis em cada degrau, balançando os punhos grossos. Lá no topo, ele se virou.

— Quer uma Coca? Água? Suco de oxicoco? — Hesitei. — Vodca com tônica? — continuou Jack, sorrindo com os novos dentes.

— Água, por favor. — Fingi olhar em volta. — Bela casa.

A verdade é que não gosto de casas com vários andares. Elas me lembram uma casa de boneca onde tudo está à vista.

— É a casa do meu pai. Ele está no trabalho.

— Sortudo.

Conheci o pai de Jack quando éramos mais novos e eles moravam em outra casa, antes do divórcio. Alto, falante, gente boa, é tudo de que me lembro.

Jack foi até a geladeira e eu me sentei na bancada. No balcão, um laptop estava aberto em um site, *Tar Sands Action 2011,* ao lado de uma pilha de livros e um DVD. Isso significava que eu deveria ser informada rapidamente e expulsa?

A cozinha nem sequer tinha porta. Qualquer um poderia nos ver do patamar ou pelas janelas que começavam meio andar abaixo. Meus olhos continuaram indo para a porta da frente, esperando uma versão mais senhoril de Jack entrar ali a qualquer momento para ver o que o filho estava fazendo. Ele estava se demorando na geladeira, de costas para mim, cabeça inclinada para baixo. Cabelo castanho grosso, suficiente para nós dois.

Julgando por sua aparência ossuda e espichada, Jack tinha crescido um pouco rápido demais.

No quarto ano, ele costumava ir à minha casa e recortávamos constelações da *National Geographic* e perfurávamos as páginas para fazer luminárias giratórias que projetavam as estrelas. Naquela época, ele era um garoto com dedinhos tortos e cabelo bem curto. Fomos de bicicleta para a nova subdivisão em Sligo Creek. O riacho tinha sido drenado para a construção das casas, mas mesmo assim a água tinha aflorado em todas as valas. Levamos girinos para casa em baldes. Alguns desenvolveram minúsculas pernas traseiras. Alguns até mesmo as patas dianteiras, mas nunca chegaram a ser um sapo de verdade. Jack disse que os girinos não podiam crescer porque tinham sido tirados de seu ambiente natural. Eu disse que não achava que um buraco fedorento em um canteiro de obras fosse muito natural. Jack disse que era mais natural do que um balde.

O chiado do gás escapando de uma garrafa sendo aberta.

Não se vire ainda...

Outra garrafa aberta.

Tirei a boina. Quando Jack me encarou novamente, uma garrafa em cada mão, lá estava eu com a cabeça nua bem à vista.

É um breve piscar de olhos, uma reação que as pessoas não conseguem evitar. Eu estava preparada para seu olhar surpreso. Não estava preparada para a expressão que tomou conta de seu rosto no instante em que ele me viu: "Curioso. Mas: é o que é. E: tudo bem". Talvez seja o olhar de alguém com uma mentalidade científica. A srta. Sedge me olha com uma expressão muito semelhante. Se você acredita que tudo faz parte do mundo, então tudo é igualmente surpreendente, portanto, nada por si só é surpreendente.

— Cerveja? — Jack me ofereceu uma garrafa, parecendo orgulhoso de ter me arranjado uma opção mais forte.

— Claro — respondi. Ficamos ali num silêncio cúmplice tomando nossas bebidas. Odeio cerveja.

Cabia a mim dizer algo.

— A srta. Sedge me dá aulas em casa. Mesmo entre as sessões de químio, não faz sentido ir para a escola. — Jack assentiu. — O dr. O disse que eu poderia ir, mas mamãe acha que estou muito cansada e que poderia pegar alguma coisa. — Ele concordou com a cabeça mais uma vez. — Provavelmente nem deveria estar aqui. — Mais um aceno de cabeça. — Estou prestes a passar por outro ciclo. — Eu estava sobrecarregando de trabalho os músculos do pescoço de Jack.

— Você gosta de falar sobre isso? — perguntou ele. — Ou não? Tudo bem se você não quiser.

— Às vezes, sim — respondi. — Às vezes, não.

— Como vou saber?

— Vou postar no Facebook: "Agora quero falar sobre o meu câncer. Por favor, marque uma reunião".

Gostei da maneira como seus olhos quase fecharam quando riu e de ele ter perguntado "Como vou saber?", como se dependesse de mim, mas, em teoria, eu poderia falar sobre isso se quisesse. Como se houvesse muitos momentos para falar. Acho que a campanha significava que ele me veria novamente.

— A srta. Sedge é muito legal.
— Eu sei. — Depois de um minuto: — Não fomos muito legais com ela.
— Vocês não foram?
— No nono ano — comecei a explicar —, Vicky fez um desenho dela na lousa. E uma vez ela nos pegou do lado de fora da biblioteca zombando de sua voz. Ela disse para irmos para a aula ou estaríamos em apuros, mas a expressão em seu rosto antes de disfarçar é algo em que não gosto de pensar, nem mesmo agora. Muito menos agora.

Peguei um livro e li o título em voz alta.

— *A vida como a conhecemos: variedades de catástrofe global*. Bem, a catástrofe é melhor do que o aquecimento! Odeio essas palavras. *Aquecimento* soa tão aconchegante. Quem não gostaria de se sentir aquecido? Oleoduto Keystone. Como algo chamado "pedra angular" pode ser perigoso?

Na presença de Jack, com o ar fluindo livremente em torno da lâmpada nua da minha cabeça, não sabia o que sairia da minha boca antes de me ouvir falar.

— É gerenciamento de impressões — disse Jack. — As indústrias extrativas são boas nisso.
— De onde você tira essas coisas? Gerenciamento de impressões. Indústrias extrativas.

Eu me senti subjugada por sua seriedade, pelo que ele sabia que eu não sabia.

— Meu pai, principalmente — admitiu Jack.
— O que não entendo é: as pessoas que estão construindo o oleoduto não estão preocupadas com o planeta? Elas também moram aqui.
— É o maior mistério da minha vida — disse Jack, tão rígido e sério que não pude deixar de sorrir. Ele continuou, falando rápido. — Quero dizer, o fato de que as pessoas não estão mais interessadas no que está acontecendo com a Terra. Talvez não consigam lidar com a realidade. Não. É dinheiro, basicamente. As empresas vão faturar bilhões se o oleoduto for construído. Mas é o *nosso* futuro. — Ele estava no meio de um gesto indicando você-e-eu

quando parou de mexer a mão. Por um segundo, pude vê-lo recuando, e então decidindo continuar. — Para você e para mim, se queremos um futuro, temos que deixar os combustíveis fósseis no solo. É simples assim.

Ele disse mais algumas coisas sobre o Antropoceno, a barganha faustiana, os dois graus Celsius. Pude ver que ele amava a ciência envolvida, os detalhes e as palavras. Fatos eram fatos, e eu podia ler e até mesmo tentar deixá-los se tornar parte da minha visão de mundo, como disse a srta. Sedge. Mas Jack estava errado. Não era simples. Nada sobre o assunto era simples, de jeito nenhum.

De dia, eu podia imaginar supererupções e arrotos de metano com uma curiosidade impassível. Mas, à noite, as imagens evocadas pelos fatos me inundavam até me deixar travada, deitada no escuro, com o corpo latejando de medo. O que eu não conseguia explicar era a excitação que sentia ao pensar nessas coisas. Principalmente os tsunamis. À medida que o fundo do oceano ficava mais raso, as ondas ficavam maiores e mais fortes até que a plataforma continental se esgotasse e as ondas se descontrolassem. Então, os edifícios e as pessoas que, a essa altura, corriam em todas as direções, dignos, cada um à sua maneira, não eram mais do que formiguinhas. Sem parar, as imagens passaram por mim no escuro. Senti cada onda lentamente acumulando energia em si mesma, como uma criatura tendo pensamentos cruéis e impiedosos e, por outro lado, apenas fazendo o que não podia deixar de fazer e o que não pararia de fazer até que terminasse.

— Então... — Eu dificilmente admitiria qualquer desses pensamentos para Jack. — O que vamos fazer?

— Olha...

Ele virou o laptop para mim e juntos nos inclinamos para a tela. Eu ficaria ali por muito tempo, próxima ao calor de seu corpo, navegando pelo site enquanto ele me contava sobre a marcha que os alunos planejavam fazer de Georgetown à Casa Branca. O objetivo era exigir que o presidente cumprisse a promessa de reconsiderar o oleoduto.

— Diz aqui: "Os participantes devem ter pelo menos dezoito anos". Só para a desobediência civil. — Jack se afastou de mim, segurando a borda da mesa com uma das mãos e se equilibrando nas pernas traseiras do banquinho.

— Essa é a melhor parte! Mas podemos arrecadar dinheiro. Podemos divulgar nossa campanha. Podemos participar da marcha. Temos autorização para ficar na calçada em frente à Casa Branca a tarde inteira.

— Sabe como eles chamam esse lugar? — Li na tela. — Cenário de cartão-postal.

— Contanto que você continue se movendo, não vai infringir nenhum regulamento. Mas se você se sentar lá e se recusar a se mover, pode ser presa. É por isso que menores de idade não podem participar.

— Não me importaria de ser presa — disse eu.

— Bem... — Jack ainda estava se equilibrando no banquinho, tentando me impressionar com suas habilidades acrobáticas.

— Antes, talvez me importasse.

— Adoraria ser preso — disse ele. — Mas pode prejudicar a campanha. — Com a mão livre, ele tomou um gole de cerveja. Observei seu pomo de adão subindo e descendo sob a pele lisa da sua garganta e sorri como se soubesse de uma piada que ele não conhecia. A cerveja escorria pelas minhas pernas e as tornava quentes e flexíveis.

— Eu estou pensando como o cenário de cartão-postal vai parecer quando a Casa Branca estiver debaixo d'água — disse eu, de modo sonhador.

O banquinho caiu no chão com um baque. Ele deu um tapa no balcão e se levantou de um salto.

— O que há de errado?

Jack rodopiou uma vez, agitando os dois braços no ar. Vi sua nuca musculosa, seu bumbum magricela dentro da calça jeans e, por um segundo, a complexa parte da frente antes que ele se sentasse novamente, sorrindo.

— Que grande ideia! Podemos fazer cartões-postais da Casa Branca debaixo d'água e vendê-los para arrecadar dinheiro!

Ele estava olhando para mim daquele jeito gentil e parecia o Jack do quarto ano, o menino de cabelo curto e fanático por luminárias giratórias dizendo "Lembra-se de mim?". Naquele momento, tomei uma decisão. Eu encontraria uma maneira de fazer aquilo. Não imediatamente, mas em breve. Para saber como era. E assim que o pensamento entrou em minha cabeça, Jack Bell, em seu entusiasmo pelos cartões-postais, pousou a mão em meu braço, perto do pulso. Ele se afastou quase que no mesmo instante e foi até a pia a pretexto de alguma coisa, mas meu braço estava borbulhando e cintilando tanto onde ele tinha me tocado, que nem parecia mais um braço. Entendi, então, que não se tratava apenas de curiosidade. A questão era que eu queria estar com alguém que, ao contrário da minha família, não *precisasse* me amar, mas simplesmente tivesse decidido me amar. Mesmo que fosse apenas por um dia.

Fiona desabou no meu pufe, mais de uma hora atrasada. Com seus ferozes olhos azuis e cabelo loiro muito claro, ela parecia um anjo do terceiro escalão, sem muita sorte.

— Sedge me pegou junto do meu armário entre a quarta e a quinta aulas. E me botou de castigo.

— Onde está Vicky?

— Em casa, com febre. Mais de trinta e nove graus. Ela estava com uma dor de garganta tão inacreditável que ficou quase histérica na aula de francês.

— E olha que ela nem faz quimioterapia — comentei, me reclinando nas almofadas.

— Eu sei — disse Fiona com sua voz maternal. — Foi bom não termos vindo ver você ontem. Ela podia ter passado para você.

— O dr. O diz que tenho que temer mais meus próprios germes do que os de outras pessoas. — Nos últimos seis meses, tive contato forçado com a ciência o bastante para uma vida inteira.

— Então eu a levei para a enfermaria — continuou Fiona. — Adivinha quem foi junto só para escapar da aula de francês? Adivinha quem convenceu a enfermeira a deixá-la ficar, então *não* estava no corredor quando o sinal tocou?

— Natalie Flynn?

— Sicofanta choraminga. — Fiona era famosa por seu vocabulário, que nunca parecia combinar com a aparência esvoaçante. Ela apontou para si mesma. — *Quem* tomou a iniciativa de levar Vicky para a enfermaria? *Quem* conhecia todos os sintomas da meningite? Oláááá? Achei que ia chegar à sala de estudos a tempo. Só parei por um segundo para checar o celular e peguei detenção.

— Que azar — eu disse, apesar de saber como Fiona se dá bem em situações de perigo. A meu ver, uma detenção ocasional é mais como um imposto de curta duração do que um grande erro judiciário.

— Ela é vil. — Seus dedos com unhas roídas cortaram o ar. — Ela é detestável.

— Irritante, talvez — disse eu, acariciando Cloud. — Ela não é detestável.

Logo de cara, declarei que não ia dar certo quando soube que a srta. Sedge seria uma das minhas tutoras. Achei que fosse uma piada. Mas minha mãe se recusou a tomar providências para me livrar. Ela tem essa ideia sobre os benefícios gloriosos que obtemos ao enfrentar as coisas. Pessoalmente, prefiro olhar por outro lado. Mas, neste caso, ela estava certa. A srta. Sedge não é nada parecida com o que é na escola, onde não tem nenhum senso de humor. Na mesa da nossa cozinha, ela age como se eu não fosse uma aluna ou mesmo necessariamente uma criança, muito menos alguém doente, mas apenas uma pessoa interessante com quem conversar.

— Você recebeu minha mensagem de texto? — perguntei, para nos afastar daquele assunto.

Uma coisa boa sobre Fiona é que ela não fica brava por muito tempo.

— Eu estava lendo quando ela me pegou. Tive sorte por ela não confiscar meu celular. — Fiona se endireitou no pufe, mexendo as sobrancelhas como um desenho animado. — Jack Bell...?

Não queria decepcioná-la e sou a favor de não mentir para a melhor amiga. No entanto, uma certa frieza tomou conta de mim.

— Fui vê-lo — disse eu. — Não sabia que os pais dele haviam se separado.

— E...?

— Conversamos sobre o oleoduto Keystone.

— O que é isso?

— Eles bombeiam óleo do Canadá e o enviam para a Costa do Golfo. Existe uma campanha para fazê-los parar. A srta. Sedge quer que Jack e eu nos envolvamos. — Tentei parecer recatada. — Ele é legal. E fofo.

Sobrancelhas arqueadas para cima e para baixo.

— Não fique muito animada. Nada aconteceu.

— *Nada?*

— Mas poderia.

— Como você sabe?

— Ele tocou meu braço. — Patético! Bem quando você está querendo mentir, você se pega dizendo a verdade.

Ela afundou de volta no pufe sem se impressionar. Fiona tinha quase quinze anos quando menstruou e ainda tinha a cintura alta e a aparência esguia de uma garota do ensino fundamental. Seus pulsos eram tão finos que ela teve que fazer furos extras na pulseira.

— Mas Jack Bell? Ele não é meio básico?

— Ele está diferente agora. Ele me deu uma cerveja. Queria conversar. — Cada frase que disse sobre Jack me fez sentir como se ele e eu estivéssemos conversando de verdade. — Ele vai ser um cientista.

Fiona se iluminou.

— Posso contar pra Vicky?

— Não! — Vicky tinha treze anos e meio quando arrumou seu primeiro namorado, um cara do segundo ano que jogava na defesa do time de futebol americano da escola. Houve outro depois dele e, agora, Wade, que trabalhava em um café, no centro da cidade. Se Vicky descobrisse, nunca mais pararia de falar disso.

Fiona estava olhando para mim.

— O que foi? — Eu ri. Forcei um olhar solene. — O que foi?

— Tem certeza de que nada aconteceu?

— Prefiro contar para a Vicky eu mesma, só isso.

— Certo — disse ela. — Tudo bem.

Eu a encarei.

— O que você quer dizer com "tudo bem"? — No passado, ela não teria parado por aí. — E se eu dissesse que ele me beijou?

— *Para com isso!* Onde?

Demorei um segundo: arquitetura ou anatomia?

— No assento da janela do pai dele. — Foi fácil passar da verdade parcial para a mentira absoluta.

Aquele olhar de novo, como se a barra de segurança da montanha-russa baixasse bem na minha frente.

— Mas, Maddy?

— O quê?

— Ah, não sei. — Fiona cruzou uma perna sobre a outra, mastigou a unha do polegar e sacudiu o pé para cima e para baixo. — Tem certeza de que ele é um cara legal?

Foi a minha vez de olhar para ela.

— Você acha que nenhum cara legal em seu perfeito juízo iria me querer?

— Ah, não seja ridícula! — Ela sorriu. Mas não era um sorriso de verdade. — Você mais do que qualquer uma de nós, sua idiota!

— Você acha que um cara bonzinho e chato é tudo o que eu conseguiria?

— Só estou dizendo... — Ela usou sua voz lisonjeira. — Sou sua amiga, você sabe.

A euforia que senti ao dizer o nome de Jack e inventar coisas sobre ele foi embora. Assim como a frieza que senti um momento antes. Foi o tom da voz dela, que me dizia que, por mais que eu estivesse à frente de Fiona quando se tratava de menstruação, estilo e comportamento em geral, por mais que tenhamos passado tantas coisas juntas como melhores amigas desde sempre, por mais que ela me visitasse três vezes por semana, no mínimo, eu estava em outra categoria agora. Isso fez eu me sentir tão vazia e sozinha que não pude, naquele momento, imaginar algo de bom acontecendo comigo nunca mais.

— Não, esqueça. Estou falando besteira — declarou ela. — Só estou com ciúme. Vá em frente. Prometa que você vai fazer isso.

Eu me levantei tão rápido que manchas escuras brilharam no quarto. Fiona ficou em pé num pulo e me ajudou a não cair enquanto tateei na direção da cama e me sentei de novo, abaixando a cabeça para afastar as estrelas. Pelo canto do olho, vi Cloud sentada ereta na colcha, longe do meu colo e aguardando instruções. Fiona fingiu ter se aproximado apenas para acariciar minha gatinha.

— Pobre menina. — Ela alisou o pelo das costas da gata com os polegares enquanto entoava baixinho para um gnominho de olhos arregalados. — Pobre bebê! Você perdeu seu lugar?

4

— Outro gole? — perguntou vovó, levando o canudo aos meus lábios, sua voz uma versão mais hesitante da voz de minha mãe. Suguei sem abrir os olhos. Refrigerante de gengibre. O néctar da quimioterapia. Dizem que ajuda a aliviar a náusea, mas agora o próprio sabor me deixa enjoada. Bebi sem me importar, porque também tem gosto de conforto. Minha vida inteira é assim. Nada é apenas uma coisa ou outra.

Abri os olhos. O rosto da minha avó me encarava carrancudo, o cabelo despenteado em cachinhos castanho-claros. Meus avós moram no centro da cidade, a apenas meia hora de distância, mas eles vêm e ficam conosco quando estou fazendo quimioterapia. Estavam aqui quando voltamos do hospital. Eu sabia que minha avó tinha cortado o cabelo e feito permanente para fazer essa visita e me deu vontade de chorar.

Engraçado quando olham para você de perto. Nossas cabeças estavam praticamente se tocando, mas aquilo que se passava dentro da cabeça dela e o que estava dentro da minha estavam separados por um milhão de quilômetros. Ou talvez não. Nunca saberíamos. Fecho os olhos. A luz não ajuda. Mas a presença da minha avó, sim. Acho que é porque quando ela me vê vomitando na bacia e caindo de costas na cama, gemendo por causa da boca ferida ou gritando no travesseiro, a mente dela me coloca em uma perspectiva mais ampla. Gosto de pensar que há uma perspectiva mais ampla. Mesmo que seja cientificamente duvidosa uma que mostre pessoas sofredoras sendo embaladas nas mãos de Deus.

— Vó?

Mão fria na minha testa.

— Sim, Bobrinha?

Ela me chamava assim desde sempre. Mantive os olhos bem fechados. Tive que mantê-los assim para arrancar a pergunta de mim mesma.

— Você sempre acreditou em Deus?

Deve ser triste para minha avó viver entre pagãos. Ela tirou a mão e não respondeu de imediato.

— Não, nem sempre — disse ela por fim. — Não de verdade.

— Então, quando começou?

— Quando sua mãe nasceu.

— Por que nessa ocasião?

— Quer que eu conte?

— Bem, *claro*. Eu perguntei, não perguntei?

Vovó me lançou um de seus olhares. Ela acha que o sarcasmo é a forma mais baixa de humor.

— Sim, por favor — pedi com humildade.

— Seu avô e eu ficamos muito felizes quando descobrimos que eu estava grávida. A gravidez correu bem, com enjoos matinais comuns e assim por diante. Mas logo que entrei em trabalho de parto, soubemos que alguma coisa estava errada. As contrações começavam e depois paravam. Isso durou mais de um dia. O bebê estava em perigo. Até que, uma hora, não conseguiram encontrar o batimento cardíaco. Foi muito assustador. Então comecei a sangrar. Acontece que sua mãe tinha o cordão, sabe, o cordão umbilical...

— Eu sei que cordão é esse, vovó!

— Claro que sim. — Ouvi o sorriso em sua voz. — O cordão estava enrolado em seu pescoço. Ela quase morreu. Na verdade, eu também, por causa da hemorragia, que significa perder muito sangue de uma vez.

— Eu *sei*!

— Me levaram às pressas para a sala de cirurgia. Eu estava inconsciente. E enquanto fiquei assim, tive uma experiência incrível... — Vovó se interrompeu.

— Que tipo de experiência?

Ela parecia hesitante em continuar.

— Não tenho certeza se posso explicar para você. — Minha avó contraiu os lábios. — Era como se eu não estivesse mais dentro de mim. Eu estava olhando para a cabeça dos médicos e enfermeiras e, enquanto os observava tentando me salvar e salvar o bebê, havia uma... *presença* não é a palavra certa. Ser? Não. Parece que estava tudo em um só lugar. De qualquer forma, havia *algo* comigo que era completamente bom e generoso.

— Deve ter sido um sonho.

Ela sorriu.

— Talvez. Quando acordei, não conseguia ver o bebê e fiquei com medo, então comecei a falar com Deus. Chegamos a um acordo que, se eu vivesse e meubebê também, eu dedicaria minha vida a Ele.

— Mas, em primeiro lugar, como sabia que havia alguém lá para conversar?

— Ele falou primeiro.

Abri os olhos. Vovó estava sentada na minha cama com seu cardigã amarelo, o copo de refrigerante esquecido nas mãos.

— Não da maneira usual de falar — disse ela. — É mental.

— Parece coisa de maluco.

— Espiritual, então. Mas essa não é uma palavra que sua geração usa.

— *Mental* — eu disse — significa que está na mente. A mente vem do cérebro.

— Hummm — disse a vovó.

— Então, se o cérebro parar, não há mais mente.

— É por isso que dizemos *espiritual*.

— Espiritual não está no cérebro? Então onde está exatamente? — Longo silêncio. — Você reflete sobre essas coisas, Maddy?

— Às vezes.

— Claro — disse vovó, como se fosse a coisa mais natural do mundo. — Maddy — continuou ela —, você acha que tudo ao nosso redor... — Sua mão nodosa gesticulou para as paredes cor de lavanda, os pôsteres do Snarky Puppy, a cômoda com o porta-joias em forma de vestido de baile e as fileiras de velas Muji, até o cobertor de lã azul, em que Cloud estava enrolada parecendo uma nuvenzinha: todas as coisas da minha vida que nunca quis deixar. — Sem falar de onde viemos, para onde vamos, o que a faz ser quem é, já está tudo resolvido? Já era conhecido?

— Alguém deve saber.

— E como esse alguém poderia saber?

— Você já ouviu falar de ciência?

Vovó franziu a testa, mas decidiu ignorar. Quando se tem câncer, é possível escapar impune de várias piadas sem graça.

Eu me virei com dificuldade. Ou meus músculos estavam ficando moles com a falta de uso ou a quimioterapia os estava atacando também. Vovó me ajudou a me apoiar do meu outro lado e colocou a mão no meu rosto. Onde ela tocou era a única parte de mim que não doía.

— A ciência é certamente uma maneira poderosa de compreender o mundo. Nunca a subestime. Mas não é tudo que existe.

— Como *você* sabe?

Depois de uma longa pausa, ela disse:

— Eu não sei.

— Ah, ótimo. — Virei a cabeça.

— Você quer ir à igreja conosco algum dia, Maddy? Seu avô e eu adoraríamos. Você lembra que costumava ir à aula de catecismo quando era pequena? Na nossa outra igreja?

Claro que me lembrava. Biscoitos Graham e Kool-Aid de laranja no porão. Carros de bombeiro de madeira. Mapas em cores impossíveis.

Nós nos sentávamos no tapete formando um círculo ao redor de uma vela acesa enquanto uma senhora falava com uma voz estranhamente gentil. Eu mantinha os olhos na chama da vela, a única coisa interessante na sala. Por fim, ela dizia:

— Agora é a hora de mudar a luz. — E cobria a chama com o apagador de velas, tentando nos fazer pensar que estava apenas "mudando" a luz, e não acabando com ela.

— Obrigada, vovó — eu disse. — Mas não vou começar a acreditar em Deus porque estou desesperada.

— Como eu fiz quando sua mãe nasceu?

— Não foi o que eu quis dizer! — respondi. Era exatamente o que eu queria dizer.

Depois de uma pausa, minha avó perguntou, tão casualmente como perguntaria se eu estava com fome:

— Você se sente desesperada às vezes, Maddy?
Fechei os olhos.
— Na verdade, não. — A náusea havia voltado. Meus pés estavam meio entorpecidos e formigando dolorosamente, como costuma acontecer quando o sangue começa a circular depois que os pés adormecem. — A mamãe sabe o que aconteceu quando ela nasceu?
— Ela sabe sobre o nascimento dela, sim. Eu contei toda a história. Não que ela necessariamente... enxergue da maneira que eu vejo.
— Mamãe não gosta dessas coisas. Nunca mudaria de ideia, mesmo se o bebê *dela* estiver doente.
Vovó riu.
— Sua mãe sempre teve as próprias ideias, desde que era pequena. Assim como você.
— Não concordo com tudo o que a mamãe diz, sabe?
— Claro que não. — Ela acrescentou, falando macio: — Você tem uma mente de primeira, Maddy. Não descarte as coisas só por serem fora do comum. Isso é o que eu diria a você. Há mais por aí do que pensamos.
Os idosos são assim tão enigmáticos? Há mais por aí do que pensamos? Eu gostei daquilo, mas sabia que gostar não era suficiente, e que a conversa tinha que terminar. Não só porque meus pés estavam doendo e por estar pronta para dormir. Havia algo em mim que me fazia querer enfiar o nariz no mundo e ser vista e afagada e, se alguém insistisse em me convencer, eu me encolhia e me escondia. Fingi dormir. Depois de um ou dois minutos, minha avó se levantou da cama e saiu na ponta dos pés.

— Resumindo a história — anunciei no jantar —, vou à igreja amanhã.
Era a terceira semana pós-quimioterapia, eu ainda estava fraca, mas cada vez mais forte, ou pelo menos não tão bem, mas com potencial para melhorar. Assim que quase volto a ser eu mesma de novo, me derrubam com outro ciclo de químio.
— Hã? — Minha mãe ergueu os olhos.
— Com a vovó. O dr. O disse que posso sair, se quiser.
— Eles vão levar você até lá?

— Isso é tudo o que você quer saber? Meu meio de transporte?
Ela riu.
— O que você quer que eu pergunte?
— Que tal "Por que você vai à igreja com a vovó amanhã?"
— Bem, por que você vai?
— Ela me convidou.
— Parabéns para ela.
— E tem um violoncelista tocando Brahms.
— O que de Brahms? — perguntou Robin da cabeceira da mesa, onde ele se senta para deixar claro que aquele é seu lugar. Robin é fanático por música clássica. Aprendeu sozinho a tocar piano quando tinha trinta e dois anos, o que é bastante impressionante. Mas nunca conseguiu aprender a ler as partituras porque não era daquele jeito que seu cérebro funcionava. Ele precisa decorar as coisas. E eu tenho aula de música desde os oito anos e leio partituras muito bem. Ou pelo menos lia quando costumava tocar.
— Não sei. — Espalhei o empadão de frango pelo prato para parecer meio comido. — Eles vêm me buscar às nove e quinze.
— Não está com fome, Maddy? — perguntou minha mãe.
— Não muita. Você não quer que eu vá?
Ela me lançou seu olhar fingido de exasperação.
— Parece que é Domingo de Ramos — disse eu.
— Não foi quando ele cavalgou pela cidade em um burro?
— Você é a especialista. Foi você quem frequentou as aulas de catecismo toda semana!
— Eu fui uma especialista até o nono ano — respondeu minha mãe.
— Foi quando você se tornou uma herege?
— Foi quando comecei a ter minhas próprias ideias.
— Quer ir? — perguntei. — Todos nós poderíamos ir.
Minha mãe me deu seu sorriso tudo-sob-o-sol-é-aceitável.
— Não dessa vez.
— Por que não?
— Vá e passe um dia fora com seus avós. Eles vão adorar.
Pisquei, olhando para Robin.
— Vamos à igreja comigo? A família que ora unida permanece unida.

Ele olhou para minha mãe enquanto colocava o resto da salada no prato.

— Ela está lendo adesivos de para-choque de novo.

—Adoro salada — comentei. — Salada é a única coisa que sinto alguma vontade de comer.

— Oh, desculpe, Maddy! É sua. Quer molho? Pão de alho?

Quando tudo foi oferecido exceto o que eu estava realmente pedindo, Robin disse em voz baixa:

— Você sabe que igreja não é para mim. E tenho trabalho para fazer. Infelizmente.

— Obrigada pelo apoio.

Novamente eles trocaram olhares. Minha mãe esvaziou a taça de vinho.

— Se for o trio em dó maior — avisou Robin —, prepare-se para chorar.

5

Como sempre, vovô estava ao volante. Entrei e bati a porta, dando adeus a minha mãe, que acenava da varanda de uma maneira que significava que ela se arrependera de me deixar enfrentar Deus sozinha. Vovô me deu o quase sorriso que seu rosto mostra quando ele não quer se esforçar para nada especial. Eu costumava perguntar: "Vovô, por que você está sorridente?". E ele sempre respondia: "Não estou". Tornou-se uma piada entre nós.

Agora entendo como a expressão de uma pessoa bem-humorada que deseja ser amável enquanto se mantém reservada.

Quando eu era pequena e íamos à sua antiga igreja, vovó usava saia florida e salto alto. Desde então, ela aprimorou sua noção de estilo. Hoje ela estava com uma jaqueta preta com estampa asteca e blusa azul-petróleo. O colar parecia ossos de dedos de prata.

Ela soprou um beijo na minha direção.

— Olá, docinho. Chapéu legal!

— Olha, estamos combinando — eu disse, ao entrar no carro. Minha boina de tricô com aba era do tom exato da blusa da vovó.

Apoiei o rosto na mão e observei o prédio do corpo de bombeiros passar, a biblioteca pública onde pegava emprestado meus livros um milhão de anos atrás e a casa cor de lavanda com a guarnição amarela ao lado da casa laranja com detalhes em branco. Esse é o Takoma Park, o bairro mais original deste lado do anel viário. Sempre me perguntei quem morava nessas duas casas e como essas pessoas eram. Talvez eu batesse em sua porta um dia sem chapéu para ver o que aconteceria.

Que coisa é essa entre homens e carros? As mulheres são pelo menos tão boas na direção quanto eles, mas se houver um homem por perto, ele pega as chaves e ela verifica o tráfego duas vezes nos cruzamentos. Vovó não parecia se importar. Exibia seu próprio meio-sorriso, completamente diferente do meio-sorriso de vovô. O dela dizia: "No fundo, o mundo é bom e eu quero fazer parte da generosidade". Ela estava cantarolando. Talvez estivesse feliz porque era Domingo de Ramos. Ou talvez estivesse feliz por eu estar no carro.

Afinal, sou a única neta e recebi o nome dela.

Madeleine Rose.

— Vovó — eu disse ao me acomodar —, você se importa se eu chamar você de Rose?

Sorrindo, ela se virou, os óculos sem aro oscilando.

— Se você quiser. — O problema com minha avó é que ela realmente me acha divertida. — De onde veio isso?

— Ah — eu disse alegremente —, não sou mais um bebê.

— Isso é óbvio.

— Além disso, é meu nome do meio. Queria usá-lo.

— Concordo — disse ela, virando-se.

— E quanto a mim? — exigiu vovô, capturando meu olhar no espelho retrovisor.

— Você já a chama de Rose.

— Muito engraçado.

— Você ainda é o vovô, se é isso que quer dizer.

— Contanto que eu não esteja perdendo nada.

— Não se preocupe. — Dei um tapinha em seu ombro por cima do assento. — É coisa de meninas. Não é, Rose?

— Com certeza. Ah, veja, Maddy! Um cervo. Dois deles! — Seus corpos grandes e improváveis saltaram pela faixa central e mergulharam na floresta do outro lado.

— Uau! — disse o vovô. — Eles causam muitos acidentes, sabia?

— Como pode ter gente que quer atirar neles? — perguntou minha avó.

— Nunca vou entender o desejo de atirar em um belo animal.

— E se você estiver morrendo de fome? — perguntei.

— Aí é diferente.

Os carros pararam perto da estação de metrô e não nos movemos por eras. Na primeira chance que teve, vovô deixou a rodovia.

— Preciso de outro café. Se há uma coisa que odeio é ficar parado no trânsito.

— HashtagProblemasDePrimeiroMundo — resmunguei.

— O quê?

— Deixa para lá.

Ele estacionou junto ao meio-fio alguns quarteirões depois. Então, saiu e se inclinou em minha janela, falando por trás da mão em um sussurro teatral.

— Sua avó faz um café horrível. Qualquer dia eu passo mal.

— Por que você mesmo não faz o café?

Ele fez uma careta e fingiu arrancar meu nariz. Eu o observei caminhar em direção à cafeteria, com as mãos nos bolsos, assoviando. O cabelo no topo da cabeça parecia que estava prestes a cair. Fiquei enjoada ao vê-lo caminhando de costas. Obriguei meu olhar a se voltar para o restaurante chinês na esquina, onde mamãe e eu gostávamos de fazer o *brunch* de domingo. A fila já estava dando a volta no quarteirão. Contei as pessoas para não pensar na parte de trás da cabeça do meu avô ou na minha avó cantarolando, mexendo na alça da bolsa, amando belos animais. Deveria haver uma lei da natureza que determinasse que todos os membros de uma mesma família têm que desaparecer ao mesmo tempo.

Então ninguém seria deixado para trás.

Eu tinha contado vinte e seis pessoas, quase até a esquina, quando uma pessoa se afastou e vi que eram duas. Estavam se beijando. Robin tinha o braço sobre os ombros de mamãe. Que surpresa! Que engraçado vê-los ali. O pescoço dela estava dobrado, os ombros tremendo. Quando ela ergueu a cabeça, vi que estava rindo, e não chorando.

Vá e passe um dia com seus avós! Tenho trabalho a fazer. Infelizmente! Aquele aceno melancólico da varanda!

Minha mãe estava de braços dados com ele, nem um pouco preocupada com a espera. Tinham escapulido no mesmo instante em que saí. Teriam toda a manhã e parte da tarde para eles. Uma pessoa generosa não teria inveja disso. Uma pessoa generosa ficaria grata por sua mãe ter alguém. Ao passo que uma pessoa que foi injustamente escolhida pelo universo pode pensar que um buraco se abriu no futuro, em que todos cuidam de suas vidas. Essa pessoa pode até mesmo desejar que a personalidade bem-humorada de Robin vá embora e deixe minha mãe só para mim, alguém que a teve primeiro, que pertencia a ela completamente, que precisava mais dela.

Meu avô se acomodou ao volante, rindo de uma coisa qualquer. Ele insultou o café dela, mas ainda assim a vovó estava rindo e segurando o copo no alto para não derramar, enquanto, atrás dela, eu mal conseguia ver minhas próprias mãos, quanto mais a rua ou os carros, quando voltamos a enfrentar o trânsito rumo à igreja.

— Isso é o que chamo de igreja, Rose. — Quando apontei para o campanário de pedra cinzenta na esquina, o braço da minha avó acompanhou o meu. Estávamos caminhando pela rua 10 porque ela sempre gostou de andar de braços dados, de acariciar as costas, de apoiar a mão no ombro enquanto conversa com quem está ao lado. Quando fiquei doente, ela começou a fazer isso sem parar. De acordo com a mamãe, isso acontece desde que perdeu a própria mãe quando tinha dez anos, mas gosto de pensar que é porque ela quer me tocar.

— Não, essa é católica. A nossa está ali — disse vovó serenamente.

— Primeira Congregacional. — O que estávamos vendo era uma caixa de vidro azul flutuando em um pedestal de concreto. Os painéis quadrados formavam uma lâmina no canto, e as nuvens capturadas em sua superfície colidiam com as verdadeiras em ângulos estranhos.

— Uau — eu disse. — Muito moderno, Rose. — O prédio emitia um brilho violeta que me fez sentir observada, como aqueles óculos de sol com os quais a pessoa vê seus olhos, mas você não vê os dela.

— A igreja ocupa os dois andares inferiores — disse vovó. — Na parte de cima funcionam escritórios que alugamos.

— *Vocês* os alugam?

— A igreja os aluga. É assim que sobrevive hoje em dia. Construímos o prédio com isso em mente.

— *Vocês* construíram o prédio?

Ela me lançou um de seus olhares.

— Então — continuei —, a igreja é de concreto e os escritórios são de vidro colorido? Não devia ser o inverso?

— Você raciocina rápido. — Ela sorriu. — Sempre foi assim.

— Costumávamos parecer mais góticos — disse vovô, andando do meu outro lado. — A primeira igreja tinha uma torre de sino.

— Quando foi isso?

— Mil oitocentos e sessenta e oito.

— Então você nunca sequer a viu?

— Ah! Eu não sou *tão* velho. Esse já é o terceiro prédio. O primeiro foi construído na época da Guerra Civil. Os cultos costumavam ser realizados no Congresso.

— Por quê?

Gosto de alimentar meu avô com perguntas. Ele é apaixonado por informação. Minha avó fica feliz enquanto estiver segurando um braço. Meu avô fica feliz enquanto puder lhe oferecer fatos ou descobrir novos.

— O primeiro-ministro era capelão da Câmara dos Deputados. E você sabia que a igreja construiu escolas para escravos libertos?

Assim que entramos, fui direto para o banheiro feminino.

Joguei água no rosto e passei corretivo em todos os lugares que pude. Vermelho ao redor dos olhos e cinza embaixo deles. Será que o pessoal da igreja se assusta facilmente? Toquei os pássaros dos brincos que mamãe me deu de aniversário. Cada um deles estava pousado em um galho de prata que atravessava o aro. Os pequenos pássaros me deram coragem. Você está bem, disse a pessoa em minha cabeça. Você vai ficar bem. Veja, eu estava bem. Capaz de entrar com alegre indiferença em uma sala cheia de estranhos.

Abri meu caminho de volta entre adultos, crianças pequenas e alguns adolescentes que estavam circulando. Uma senhora me entregou um programa e um talo qualquer.

— Ah, Maddy! — chamou vovó, parecendo ansiosa.

— Parece que todo mundo tem seu ramo de palmeira.

— Fronde — disse meu avô.

— Fronde. Quero corrigir minha declaração. — Revirei os olhos. Vovô sorriu e me cutucou no braço. Eu o empurrei para longe.

— São de origem étnica — disse vovó, puxando meu braço para junto dela. Depois de um minuto, eu me afastei fingindo procurar algo na bolsa. Não ia contar que tinha visto mamãe e Robin no restaurante chinês. Eu tinha muitos outros motivos para chorar.

Segui meus avós pelo corredor de um santuário tão simples quanto o saguão. A decoração insossa me surpreendeu. Seria possível levar a humildade longe demais? Não tinha tapete. Não tinha vitrais. Não tinha cor alguma, exceto por uma colcha bordada que exibia mar e céu pendurada atrás do palco, onde um piano e estantes de partituras foram instalados. No lugar de bancos havia cadeiras, além de um conjunto de arquibancadas de madeira polida ao longo de uma parede. Meus avós foram direto para a segunda fileira das arquibancadas. As pessoas haviam deixado um espaço separado para que eles se sentassem e agora se viravam para cumprimentá-los.

Vovó olhava para mim de vez em quando, prestes a fazer apresentações, mas baixei o rosto para me concentrar no programa. A foto na capa era a reprodução de alguma tapeçaria. Jesus, a multidão, até o burrinho estava com o mesmo olhar preocupado do recém-nascido. Não era para ser um dia alegre? O dia triunfante?

Não dava para alguém achar uma foto alegre para a ocasião?

Não faltava gente alegre ali, apesar dos variados estados de saúde. Contei duas pessoas em cadeiras de rodas, uma boa quantidade de bengalas e cinco com aparelhos auditivos. Uma delas era uma garotinha de olhos fundos e cabeça em formato de amendoim. Estava rindo e dando estrelas no corredor até que seu pai pediu que parasse. Talvez todo mundo tenha alguma coisa errada, mesmo que não seja visível. Talvez por isso estivéssemos ali.

Soar do sino.
Toda glória, louvor e honra.
Respondendo e enviando.

Eu me levantei e me sentei imitando a vovó e assisti aos pastores indo e vindo do púlpito, um homem barbudo e uma mulher com cabelo curto. Eles usavam túnicas pretas até o chão, cobertas com cetim roxo. Meio estranho em um lugar moderno como este, que construiu escolas para escravos libertos. As pessoas ainda devem querer que os pastores pareçam especiais, mesmo que façam questão de colocar os púlpitos no mesmo nível das cadeiras. Ou então o que torna o lugar uma igreja, e não apenas um monte de pessoas reunidas em uma sala?

A chamada para a adoração deu lugar à oração silenciosa. As cabeças se abaixaram.

Vozes mansas encheram a sala. Fechei os olhos e tentei esvaziar um lugar especial em minha mente. Dei uma espiada para baixo.

Esmalte saindo. Olhei para os lados. As sobrancelhas do vovô estavam erguidas por trás dos óculos, enquanto as da vovó estavam franzidas, mostrando concentração. Eu não queria vê-los daquela forma. Dei uma espiada no programa. *Não importa onde esteja na jornada da vida, você é bem-vindo. Dias difíceis e gentis esperam por nós. Não se esqueça de validar o bilhete do estacionamento.* Minha mãe e eu éramos propensas a ataques de riso nas ocasiões mais sérias. Senti falta dela. Eu precisava dela naquele momento. Ela poderia ir para o *brunch* com Robin sempre que quisesse. Fechei os olhos e abri novamente. A oração tinha acabado. As pessoas estavam tossindo, um menino de boné de beisebol circulava com o prato de ofertas, enquanto, no palco, três músicos vestidos de preto tomaram seus assentos.

Eu estava perto o suficiente para ver os músicos preparando seus instrumentos.

O pianista bombeou os pedais. Outro músico torceu o bocal do clarinete e soprou. A violoncelista passou o arco por um pano e deixou o pano cair no chão. Ela dedilhou as cordas, mexeu nas tarraxas e então descansou a mão na curva de madeira do instrumento. Será que, coincidentemente, tocariam o trio em dó maior de Robin?

Não, ouviríamos o primeiro e o terceiro movimentos em lá menor. Tudo estava pronto. A afinação tinha terminado. Os pastores se retiraram para as cadeiras na primeira fila, as caudas pretas das vestes para fora. Os dedos estavam posicionados. A mão do arco estava arqueada na extremidade.

Começaram com bastante calma. A violoncelista teve uma ótima ideia. O piano e, em seguida, o clarinete consideraram, depois a seguiram e corresponderam. Em pouco tempo, estavam tocando com o corpo inteiro. O pianista se curvou, movendo relutantemente os dedos pelas teclas.

Comicamente, o clarinetista estufou as bochechas. Enquanto a música ziguezagueava para cima, uma de suas mãos tentou voar e reger. Eu me inclinei para a frente, temendo por ele. Mas nada aconteceu, ele limpou a mão na perna e voltou a tocar na hora certa. A sala se encheu de música.

A melodia fazia reviravoltas e se elevava, passando por entre os instrumentos, acompanhava cada nota e, conforme o movimento se aproximava do fim, concluía suavemente.

Eles começaram de novo, rápidos e afiados. O pianista estava em um mundo só dele, mas os outros dois trocaram olhares significativos. Logo a violoncelista e seu arco estavam em um frenesi, o cabelo preto balançando conforme ela marcava o tempo. Não suavemente, o violoncelo foi agarrado pelo pescoço, as cordas presas pela vibração dramática das curvas de seus dedos.

A melodia ficou mais e menos tensa, subindo e subindo, dando a volta em si mesma. O clarinetista segurou uma passagem longa e sinuosa. Ele estava acompanhando para ver até onde iria, arqueando as costas para tornar seu corpo mais disponível para a música, quase se levantando da cadeira.

No último minuto, ele aterrissou. O pianista terminou com alguns acordes que fizeram suas mãos saltarem das teclas. A violoncelista abaixou a cabeça.

As pessoas respiraram fundo e se ajeitaram em seus assentos. Sem aplausos, sem assovios, sem ovação de pé. Passar por tudo isso e receber tão pouco em troca!

Eu ansiava por correr até os músicos e abrir meu coração. A pastora foi até o púlpito e disse que agradecia em nome de todos, citando o diretor, que tornara tudo aquilo possível, e os músicos desapareceram atrás do palco. Eu me sentei em silêncio, aturdida. Realmente tinha ouvido música antes?

Minha avó sorriu seu sorriso de sempre, cobriu minha mão com a dela e murmurou:

— Eles não eram bons? — Meu avô tinha tirado os óculos e espiava o programa; música nunca foi a coisa favorita dele. Ah, bem. Eu estava sozinha. Mas não me importei. Não me sentia sozinha.

Sentia o oposto de estar sozinha.

O resto do culto passou despercebido. Nem sequer tentei cantar o hino final. Eu estava pensando em minha mãe e Robin se beijando na frente do restaurante chinês. Aquela garota miserável no carro parecia alguém que eu já conhecia, de quem sentia pena, mas com quem já não concordava. Pensei sobre teclas, cravelhas e cordas, e sobre a maneira terna e prática com que os músicos tratavam seus instrumentos, como uma espécie de segundo corpo.

Enquanto o pastor dava a bênção, de cabeça baixa, um braço estendido, pensei na concentração dos músicos enquanto tocavam. Não foi como a oração silenciosa. Eles estavam praticando uma forma diferente de intimidade. É totalmente pessoal, eles pareciam dizer, mas estamos juntos. Precisamos dizer algo a você com urgência e continuaremos contando, contando e tentando convencê-lo de que todas as coisas tristes e esperançosas que estamos revelando são verdadeiras, mesmo que você não as entenda mais do que nós.

Deixei a fronde de palmeira sobre o assento e abri caminho até o corredor central.

Quais eram as coisas verdadeiras? Uma delas era esta: a música pode se libertar dos instrumentos e viver uma vida própria.

Bem na nossa frente, nos braços do pai, estava a garota que dava estrelas. Ela me encarou, com seus olhinhos estranhos.

— Ei! — gritou a menina, como se estivéssemos muito distantes. — O que aconteceu com você?

Minha avó pegou meu cotovelo por trás para me afastar, mas eu estava sorrindo para a garota, o primeiro sorriso verdadeiro do dia. Que todos olhem para mim, ou finjam que não. Não importava. Não tinha a menor importância.

De volta à casa, encontrei minha mãe aninhada no sofá, lendo, a cabeça inclinada de modo que os tendões de seu pescoço estavam expostos. Ela olhou para mim pacificamente. Isso é o que um domingo longe da filha doente faz. Apoiei as pernas em seu colo, mexendo os pés protegidos por meias para ganhar uma massagem e disse que a ida à igreja tinha sido incrível.

— O que foi tão incrível lá?
— Tudo.
— Tudo?
— A música foi algo fora deste mundo. Épico.

Ela sorriu, massageando meus dedos do pé. O que me fazia feliz a fazia feliz, mesmo que fosse contra seus princípios ateus.

— Sola — ordenei. Distraidamente, ela obedeceu. — Tornozelos! — resmunguei quando ela fez menção de voltar ao livro. A pressão de suas mãos me deu a sensação de que, pelo menos naquele momento, tudo estava bem. Tudo estava em seu devido lugar. Chorar teria sido um grande desabafo. Por minha birra a caminho da igreja. Por Brahms e os três músicos. Pelo aperto forte das mãos de minha mãe e pelo prazer passando por mim como se meu corpo fosse tão bom quanto o de qualquer outra pessoa. Mas fechei os olhos e jurei ao universo que seria o tipo de pessoa que desejava o bem a todos em todos os momentos, principalmente à minha mãe, que não merecia nada daquilo.

Quando Robin entrou, eu disse que tínhamos ouvido movimentos em lá menor.

— Conheço bem essa peça — disse ele, sentando-se a uma distância bem calculada, longe de nós duas. — Uma peça incomum. Clarinete e violoncelo. Dizem que parece que os instrumentos estavam apaixonados um pelo outro.

— Bem, eu adorei.

— Você vai de novo? — quis saber minha mãe.

— Ah, sim. Provavelmente vou renascer em Cristo.

— Não, nessa igreja você não vai.

— Ah, é? E se eu quiser?

— Não é esse tipo de lugar. Aposto que seus avós ficaram satisfeitos por você ter ido.

— Emocionados — respondi. — Em êxtase. Eu gostaria de ouvir mais Brahms.

— Eu tenho os CDs — disse Robin. — HashtagÉSóVocêPedir.

— Na verdade, quero ouvir ao vivo.

Depois disso, fui à igreja uma vez ou outra para confundir minha mãe e deixar minha avó feliz. Eu me acostumei com a congregação e eles se acostumaram comigo, embora nunca tenha aprendido a gostar das orações. Fechava os olhos e deixava que meus pensamentos vagassem até que a música começasse. Em casa, Robin e eu organizamos nossa própria série de concertos para as boas semanas, entre as sessões de químio. Minha exigência era que tínhamos que ser capazes de ver os músicos de perto. Isso descartou o Kennedy Center e as outras grandes salas de concerto, cujos assentos na primeira fila ficavam além do nosso orçamento. Em vez disso, optamos pela música de câmara em museus e bibliotecas.

Ouvimos Beethoven na Phillips Collection, e músicas francesas do século xv na Biblioteca Shakespeare; no Museu Kreeger ouvimos Mendelssohn e, no Renwick, os quartetos de Haydn.

Às vezes éramos apenas Robin e eu, às vezes nós três. Robin recostava-se com os braços cruzados, exibindo uma expressão orgulhosa.

Se minha mãe fosse junto, ela examinava a sala para ver se conhecia alguém e, de vez em quando, apertava meu joelho e sussurrava:

— Não é divertido?

O que eles não sabiam é que eu buscava a solidão. Sempre me acomodava ansiosa para ver os músicos cuidando dos instrumentos antes de começarem a tocar. Quando estavam prestes a começar, eu era tomada pelo desejo de estar sozinha. Era como chegar à melhor parte de um bom livro: não queria ninguém em minha linha de visão. Os outros tinham que estar presentes, mas, a certa altura, eu os tirava do meu caminho, até que, no meio de uma sala cheia de gente, eu bem que poderia estar sentada lá completamente sozinha. Esperando que a música se separasse dos instrumentos. Que alçasse voo para fora de seu tempo, para além do alcance.

Eve

6

— Quem é Maddy?

É o tipo de coisa que todos os pais se perguntam, não apenas quando o bebê chega, mas para sempre. De onde ela veio? Como ela chegou até aqui? Norma observou o lago, protegendo os olhos do sol com a mão. Claro que não foi isso que ela quis dizer.

— Minha filha — respondi rapidamente, temendo que ela se desinteressasse. — Maddy é vidrada em esmaltes.

— Eu adoraria ter uma filha — disse Norma, com uma voz melancólica. — Lá em casa é só videogame e bonecos de herói.

— Você deve ter percebido que Robin não é o pai de Maddy.

Ela me encarou.

— Não é? — Óbvio que ela não tinha percebido nada.

— Maddy cresceu sem pai.

— Mas ela tem um pai adotivo.

— Estamos juntos há três anos. É espantoso como eles se dão bem. Considerando que ele entrou tarde na vida dela.

— Pela minha experiência — disse Norma, de um jeito que me pareceu refletir uma necessidade profunda de me tranquilizar —, as crianças aceitam qualquer situação em que se encontrem. É o normal delas.

— Ela sentia saudades dele antes — disse eu.

— De quem?

— Do pai. Ele foi embora antes de ela nascer.

Quando nos conhecemos, eu fazia mestrado em museologia na Universidade George Washington e Antonio estava terminando o doutorado em neurobiologia. Ele era do norte da Espanha e tinha o porte e o tom da pele mais claro dos bascos, apesar de ter nascido nas montanhas mais ao leste. Falava quatro línguas. Estava feliz de poder estudar no nosso sistema de ensino superior e aperfeiçoar o inglês, mas nunca planejou ficar por aqui. Imagino que hoje lidere um grupo de pesquisas mundialmente famoso na Espanha.

— Ah — disse Norma. — Isso é triste, mas bem comum. — E conferiu meu olhar para ter certeza de que seu comentário era apropriado.

Será que *triste* era a palavra certa? Estávamos juntos havia um ano e meio quando Antonio defendeu sua tese, aprovada sem qualquer objeção. Naquela noite nós celebramos com *tapas* e muito vinho tinto, e caímos na cama, inebriados pela aprovação da tese e um pelo outro e, apesar de o pacote de camisinhas estar bem à vista, sobre a mesinha de cabeceira, nenhum de nós dois se lembrou delas. Esse foi o começo de Maddy.

Quando contei a novidade a Antonio, em um tom de incredulidade beirando a alegria, ele passou o polegar lentamente pelo meu braço e disse, com uma voz hesitante:

— Mas E-vie... — Ele tinha um jeito doce de arrastar as sílabas do meu nome. — Eu não quero ser pai por acidente. Disso tenho certeza.

Estávamos em meu apartamento, sentados no sofá de frente um para o outro, nossos braços estendidos no encosto. Ele tinha vinte e nove anos, eu tinha vinte e seis. O tom de sua voz estava me deixando assustada. Meio de brincadeira, observei que, na nossa idade, alguns casais já estavam indo para o segundo ou terceiro filho.

— Sim, eu sei — respondeu ele, bufando. Antonio tinha escapado de uma família exatamente assim. — E eu não vou ser um deles.

Passamos a noite conversando, chorei, conversamos na manhã seguinte. Conversamos por dias. Para todos os meus argumentos — que ele poderia ficar e continuar as pesquisas nos Estados Unidos, que poderíamos nos mudar para a Espanha, que nossos pais ficariam felizes após se acostumarem com a ideia, que éramos responsáveis pela gravidez, que eu não estava preparada para dar fim àquela vida —, a resposta de Antonio era sempre a mesma: "Eu sei. Talvez você tenha razão. Mas não quero ser pai". Algumas vezes era: "Estou apenas começando minha carreira. Não quero ser pai". Ou: "Não posso ficar aqui e me tornar pai". Era como se o Antonio que eu conhecera tivesse se transformado em um autômato. O sotaque, que antes achava sensual e charmoso, era agora um escudo, um artifício para reafirmar a distância entre nós e me manter afastada. Ele se repetia rigidamente e, assim, foi se afastando mais e mais. Se ele tivesse hesitado, ou chorado, ou feito propostas, talvez eu me sentisse de outra forma. Poderia ter sido persuadida a interromper a gravidez em troca da perspectiva de nos tornarmos pais algum dia, com planejamento. Mas quanto mais Antonio dizia "Eu não quero ser pai", mais me sentia desafiada e mais insistente ficava o chamado daquela vida dentro de mim.

— Nunca? — pressionei na última manhã, na mesa da cozinha na casa dele. — Você nunca, em nenhum momento, vai querer um filho?

A pausa foi longa o suficiente para eu saber tudo o que precisava saber.

— O que você quer dizer é que não quer ter um filho comigo.

Esperei que ele me tocasse ou negasse. Então me levantei, joguei o resto do café na pia, saí dali e comecei a vida com Maddy.

Norma estava esperando. Ela me encarou com os olhos semicerrados, como quem olha diretamente para o sol. Mas eu estava determinada a manter as respostas curtas e capturar sua atenção conectando minha história com a dela. Afinal, o interesse de uma pessoa pelos filhos dos outros é limitado.

— Se você tivesse engravidado acidentalmente, Tanner ficaria ao seu lado?

— Sim! — respondeu Norma. E acrescentou: — Nunca aconteceu. — Daí, com o instinto feminino de minimizar as diferenças, completou: — Não que não pudesse ter acontecido.

Dava para ver, pelo tom irônico que usava quando se referia a Tanner, que ele era difícil, mas decente. Parecido com Robin, eu suspeitava, mas provavelmente mais bonito. Talvez com a quantidade certa de defeitos para ser cativante e para ilustrar as historinhas de autocomiseração que ancoram a irmandade entre mulheres.

— Claro que ele apoiaria você. Especialmente vindo do sul, como com certeza veio, com um nome desses. — A risada de Norma confirmou minha impressão. — Antonio estava no começo da carreira. Era um cientista. Muito focado. E não queria um bebê.

— Mas você teve Maddy mesmo assim.

— Tive Maddy mesmo assim.

— Foi difícil?

— É impossível para mim pensar em *não* ter tido Maddy.

— Depois que eles chegam, mudam tudo — disse Norma. — Você manteve contato?

Olhei para ela.

— Com quem?

— Com o pai.

Eu me recostei.

— Não, nunca. Maddy sempre disse que ia procurar o pai algum dia.

— Você acha que ela vai fazer isso?

Olhei para o lago atrás de Norma.

— Genes não são tudo. Apesar de que, quando Maddy nasceu, senti que já a conhecia.

— Ah — murmurou Norma.

— Olhando no espelho, eu via feições dela misturadas com as minhas. Já aconteceu com você?

— Sim — respondeu Norma. — Já aconteceu comigo.

— O que aconteceu exatamente? — Não queria que concordasse comigo muito rápido.

— Bem, uma vez eu tateei minha cabeça procurando a moleira.

Nos primeiros dias, aquele triângulo mole que permitia ao crânio do bebê se expandir junto com o cérebro era uma fonte de espanto e medo. Também me lembrava de ter procurado a moleira na minha cabeça, apesar de saber perfeitamente que ela se fechava até os dois anos.

— Eu também — admiti, meio a contragosto. Não tinha certeza se gostava do fato de Norma ter tido a mesma experiência. Era o tipo de coisa que se compartilharia com o pai do bebê.

— E a gente levando Luke do hospital para casa! Tanner fez o caminho todo a vinte quilômetros por hora. Com Benjamin, já estávamos mais calmos em relação ao carro.

Após um momento, falei:

— Adoraria ter tido outro filho. Seu segundo interferiu na relação com Luke?

Ela pensou um pouco.

— De certa forma, sim. O primeiro ano de Ben foi o período mais difícil que já passei. Eu ficava pensando: "É impossível! Como alguém consegue fazer isso? Dar aos dois *toda a minha* atenção?". Eu e Luke já tínhamos nosso ritmo. Sentia como se estivesse traindo Luke. Tanner nunca soube o que eu passei.

— Isso nunca aconteceu conosco — respondi. — Maddy era toda minha e eu era toda dela.

Ficamos em silêncio observando uma canoa atravessar o lago próximo à margem norte. Mesmo à distância, era fácil distinguir o movimento deslizante das batidas rápidas de um caiaque. Com destino misterioso, a canoa girou lentamente e deslizou de volta para o outro lado do lago quase sem marcar a superfície da água.

A chegada de Maddy tinha dividido minha vida em um antes e um depois, o tipo de linha que eu imaginava que nunca poderia ser desenhada novamente. O nome? Quando era criança, decorei os livros da série Madeline — *Madeline e o chapéu mau, Madeline em Londres, O resgate de Madeline* —; eu adorava as ilustrações tortas e aquelas órfãs alegres sob os cuidados da srta. Clavel, que deixava as garotas participarem de um monte de aventuras, mas sempre as colocava na cama no fim do dia. O nome Madeleine tinha uma certa solenidade, mas era também divertido, especialmente na forma abreviada, que logo passei a usar.

Aos quatro meses, Maddy não tinha mais o olhar de um ser de outro mundo tentando entrar neste. Ela era curiosa e, na maior parte do tempo, serena, o que as pessoas chamam de "bebê fácil". Ainda assim, muitas noites eu ia dormir mais exausta do que achava fisicamente possível. Tive muito apoio dos meus pais e de um grupo de mães que se reunia na biblioteca da região nas manhãs de sábado. Três de nós, mães do grupo, começamos a nos reunir em nossas cozinhas e a ninar os bebês umas das outras e, naquele primeiro verão, passamos alguns fins de semana juntas na casa do lago. Naquela época, presumi — e por que não pensaria assim? — que Ella e Beth seriam minhas amigas para sempre.

Em um fim de semana prolongado de junho, resolvi viajar para o lago sozinha com Maddy. Cheguei um tanto apreensiva, mas depois que nos instalamos, só nós duas, não me senti nem um pouco solitária. Na primeira manhã, andei pela casa com ela no colo ensinando onde ficava cada cômodo. No terraço, examinamos juntas o buraco da casa de passarinhos de madeira que meu pai tinha construído no porão e pregado na cerca. A época de reprodução já estava no fim, mas a caixa estava ocupada com vidas roliças. Recuamos para vigiar por trás da porta de correr envidraçada. Quando a mãe saiu da casinha e voou — uma andorinha-das-árvores, a julgar pelo bico e a cabeça pequenos —, corremos para lá com uma lanterna para olhar os ovos. Segurei Maddy com o rosto na frente da entrada para ela poder ver as bolinhas brilhantes no meio do ninho peludo. Foi a primeira vez que a ouvi rir.

No segundo dia, os ovos chocaram. Os dois adultos, um azul brilhante e o outro verde, alternavam-se na caixa, de onde vinham piados frenéticos. Os dois pássaros estavam sempre prontos para atacar com voos rasantes se nos aproximássemos muito, mas, fora isso, não pareciam se incomodar com nossa presença distante, então podíamos observar livremente da janela suas idas e vindas. Quando os dois saíram, eu me aproximei com a lanterna. Pequenos ratos pelados com bicos, os filhotes me confundiram com a mãe e imediatamente começaram a piar suplicando comida.

Cantei para Maddy e a segurei dentro da água rasa da beira do lago, onde ela agarrou a areia com os pés e as mãos. Suspendi temporariamente em mim a capacidade de percepção que Maddy ainda não tinha. A cavidade brilhante do lago tinha pouca definição para ela, então tinha pouca definição para mim. Quando ela caía em seus sonhos, os lábios melados com meu leite, eu sentia a presença de alguém, meio admirador, meio guardião, observando eu cuidar da minha bebê e, ao mesmo tempo, olhando as andorinhas entrarem no buraco da caixa de madeira e fazerem o que eram levadas a fazer.

No terceiro dia, deixei Maddy dormindo e fui até o terraço de roupão para verificar como estava a família de passarinhos. Tudo estava silencioso. Os filhotes deviam estar dormindo também. A lanterna não era necessária, pois o sol da manhã já despejava seus raios por trás da casa. Eu me inclinei para olhar mais de perto. O ar e a luz tinham sido tragados da caixa. Lá dentro, se contraindo lentamente, enrolada e ocupando todo o espaço, estava uma cobra grossa e negra.

Maddy

7

Meu avô teve a ideia. Ou talvez tenha sido eu. Ele falou primeiro, de qualquer maneira, mas fui eu quem o levou até lá. Tínhamos ido ao paque Meridian Hill, o melhor lugar perto da casa deles para passear com o cachorro.

Achei difícil subir o morro, então dirigimos até a entrada no topo do parque. Barney, o golden retriever, estava puxando a coleira. Mas, primeiro, tivemos que fazer uma visita à fonte, que, na verdade, é mais como uma cachoeira controlada. Treze piscinas rasas deságuam em uma enorme no fim, feita de pedras trabalhadas à moda antiga e com arcos no estilo dc uma *villa* italiana. A água enche uma piscina, depois derrama na próxima, até que algum sistema oculto — vovô me explicou uma vez — a bombeia de volta para o topo.

Quando chegamos ao mirante, câmaras de concreto encardido olhavam para o céu. Nada se movia. Era assim que o lugar ficava no inverno. Engraçado como uma coisa como água corrente pode ser tão importante. Sem a água, o prédio residencial numa das pontas do terreno parecia impor sua imagem horrorosa sobre o parque.

— Qual é o problema com este lugar? — resmungou meu avô. — A água deveria estar ligada. Por que a água não está ligada?

— Não se preocupe, vovô. Eu não me importo.

— Bem, eu me importo.

Voltamos para o trecho gramado onde poderíamos soltar Barney da coleira. A rigor, isso era contra as regras. Quando o vovô se ajoelhou para tirar a guia, eu me senti na obrigação de dizer:

— Isso não é contra a lei?

— É um dia de semana. — Ele bufou, ainda irritado com a fonte vazia. — Não há ninguém por perto. Que mal há nisso? Você tem que seguir seu próprio juízo. — Esse era um de seus lemas.

Joguei as bolas de tênis para Barney antes de nos acomodarmos em um dos bancos laterais castigados pelo tempo. Ele galopou, fazendo o seu melhor para rastrear as bolas quicando com movimentos bruscos de sua cabeça. Preferia pegá-las no ar em vez de farejá-las fora da grama, mas ultimamente ele mais mordia o ar do que qualquer outra coisa. Barney parecia não se importar. Devia haver algo nojento e delicioso para farejar por ali.

— Você já leu *Diários de gato e cachorro*? — perguntei.

— O que é isso?

— Algo que alguém colocou na internet. O gato diz coisas como: "Mais um dia em cativeiro. Os guardas me dão haxixe e algum tipo de biscoito seco enquanto jantam como reis sua carne fresca". E o cão diz: "Acordar! Minha coisa favorita! Comida no meu prato. Minha coisa favorita! Um passeio no carro. Minha coisa favorita!". Entendeu?

— Acho que sim. — Ele sorriu.

— Perseguindo bolas com artrite nos quadris. Minha coisa favorita!

Barney trotou em nossa direção com seu andar torto, as bolas enfiadas na pele frouxa das bochechas, onde os retrievers guardam pássaros. Fez um desvio para oferecer seus serviços a um jogo de *frisbee* antes de deixar cair as bolas, uma a uma, aos nossos pés, sorrindo como um lunático. Doze anos de idade e ainda muita vitalidade.

Meu avô esfregou o pescoço de Barney com as duas mãos.

— Sim, meu querido, fale comigo — sussurrou ele com olhos lacrimejantes. — Sim, sim, fale comigo.

Peguei uma bola e atirei, fazendo uma careta.

— Bola de tênis viscosa e nojenta! Minha coisa favorita! — Barney se jogou para longe. Nunca passou pela sua cabeça que era velho. — E ele tenta derrubar o dono — continuei.

— Quem?

— O gato escrevendo o diário: "Da próxima vez, vou tentar do topo da escada".

— Isso é um pouco exagerado, não é? — perguntou meu avô, suavemente. — Sua gata faria isso com você?

— Claro que não! Cloud me ama.

— Bem, então.

— Mas ela ainda é um bebezinho.

— Espere até que ela se torne uma adolescente. Então, tome cuidado. — Meu avô riu com seus dentes pequeninos e colocou a mão na minha cabeça. Gostei de sentir o peso da mão dele no meu boné.

— Vovô?

— Sim?

— Como você se sentiria se soubesse que algo não quer você?

— Não me quer?

— Que alguém ou algo disse "não" a você.

Ele estudou meu rosto por um minuto. E disse com delicadeza:

— Você está falando sobre sua doença, Maddy?

— Do que você acha que estou falando?

Ele virou a cabeça, repentinamente interessado nas embalagens de barras de chocolate espalhadas pela grama.

— Gostaria que cuidassem melhor deste lugar.

Balancei as pernas sob o banco e esperei. Barney tinha perdido a presa no ar mais uma vez e estava farejando em pequenos círculos na borda dos arbustos.

— É um sentimento subjetivo, Maddy — disse meu avô, por fim. — Posso entender que você se sinta assim. Mas não está de acordo com os fatos. Temos que pensar cientificamente.

— Fatos! — disse eu com desprezo. — O fato é que há *algo* no universo, ou multiverso, ou como você quiser chamá-lo, que não me quer.

— Querida...

— "Chega de Maddy", isso está dizendo. Não dá para contra-argumentar. Não está dizendo não para você, né? Nem para Barney.

— Bem, na verdade, *posso* argumentar contra isso — começou meu avô, mas eu continuei.

Toda a água do mundo 69

— Você sabe o que eu penso? Acho que tudo começou com meu pai.

Vovô segurou a orelha com uma das mãos.

— Perdão?

— Acho que foi daí que surgiu a ideia. Originalmente.

Eu sabia que vovô tinha ouvido minhas palavras porque ele não perguntou de novo. Dirigiu o olhar para alguns piqueniques esparramados no chão em meio aos restos de comida.

— Entende o que quero dizer? — perguntei.

Os lábios do vovô eram uma linha fina e seus olhos denunciavam seu desconforto.

É assim que ele fica quando se sente perdido. Aposto que estava desejando que a vovó saísse dos arbustos e assumisse o controle.

Ninguém falava muito sobre meu pai durante minha infância. Não havia nada a dizer sobre alguém que saiu tão cedo de cena. Minha mãe sempre respondeu às minhas perguntas porque ela acredita na honestidade e tenta fazer o que é certo o tempo todo. Eu sei que meu pai é espanhol, é cientista, se chama Antonio e tem minha altura, meus olhos e meu cabelo. Ou melhor, puxei essas coisas dele. Eles nunca planejaram ter filhos juntos e, além disso, ele precisava voltar para casa.

— O que quero saber é por que um pai não quer criar a própria filha?

Vovô falou finalmente.

— Eu não o chamaria de pai — observou ele, relutante. — Um pai é alguém que *cria* seu filho.

— Como devo chamá-lo? Doador de esperma?

— Eu o chamaria de um jovem que esteve com muitas mulheres e que cometeu um erro. Ele não tinha muita imaginação, ou era muito fraco...

— Ele teve que voltar para casa!

Meu avô olhou para mim como se fosse a primeira vez que ouvia falar disso.

— Bem, o que quer que tenha acontecido, a questão é que ele não se opôs a *você*. Você, Maddy, ainda não existia. Ele se opôs a uma ideia abstrata. Ele pode ter se arrependido desde então. Não sabemos.

— Mas, de qualquer maneira — insisti —, o fato é que ele não me quis. Como ideia abstrata. E agora descobri que o universo também não me quer. Não dá para argumentar contra isso.

Mas vovô estava preparado para tentar. Ele deu início a uma de suas longas explicações sobre mudança e variação evolutivas e a maneira como os acidentes genéticos garantem que a espécie se fortaleça no longo prazo.

— Fico doente para que todos possam ficar saudáveis?

— Não é isso que estou dizendo. Estou dizendo que não é *pessoal*. Não há ninguém por aí dando a Maddy uma doença só para ser cruel. É assim que a natureza funciona. Acontece. Algumas pessoas têm diabetes e outras têm coração fraco. Algumas têm câncer.

Ele havia dito isso antes. Nunca consegui decidir o que achava disso.

Eu sabia que ele pretendia que suas palavras fossem reconfortantes e eu queria que fossem. Mas a ideia de ninguém ser responsável — nem eu, nem minha mãe, nem os médicos, nem mesmo Deus, se por acaso existir — era incrivelmente assustadora. Preferia que alguém, em algum lugar, estivesse tomando as decisões, mesmo que o que decidisse, cruel e maliciosamente ou apenas de maneira indiferente, fosse me prejudicar. Caso contrário, o que isso quer dizer? Quem está no comando?

— Tudo bem, entendi.

Meu avô voltou a atenção para a grama salpicada de lixo, as narinas dilatadas de alívio, ou pensando melhor, ou reprovando a manutenção descuidada do parque.

— Vovô, você teria abandonado *sua* filha?

Silenciosamente, ele balançou a cabeça, negando.

— E se você *abandonasse* sua filha, gostaria de saber se ela existe ou não? Gostaria de conhecê-la? Ou você pensaria "Ah, isso não tem nada a ver comigo"?

Barney estava aos nossos pés mais uma vez com as bolas de tênis pegajosas. Nenhum de nós as apanhou. Ele pulava para a frente e para trás, tentando colocar uma bola em nossas mãos, mas acabou desistindo e se deitou.

— Vamos ver — disse meu avô, com uma voz impotente, ganhando tempo.

— Quero dizer, os homens deveriam ter uma ideia de como os outros homens pensam, não deveriam?

Ele esticou o braço ao longo do encosto do banco.

— Suponho que sim. — Cruzou as pernas para um lado. — Suponho que sim. — Cruzou novamente para o outro lado.

Eu estava prestes a repetir a pergunta quando, com os olhos não postos em mim, mas nos prédios para além do parque, meu avô disse:

— Bem, por que você não descobre?

— Descobrir o quê?

— Descobrir o que ele estava pensando.

— Quem estava pensando no quê? — perguntei com cautela.

— Seu pai biológico.

— Antonio, você quer dizer?

— Ele parecia ser um bom rapaz.

Encarei meu avô até que ele foi forçado a virar a cabeça.

— Você o *conheceu*?

— Nós o encontramos algumas vezes. Sua mãe o levou em nossa casa.

— Você está me dizendo que conheceu meu pai?

— Não posso dizer que o *conhecíamos* — disse ele apressadamente. — Nós o encontramos, só isso, em algumas ocasiões.

— Vovó também?

— Claro.

— Mas por que você nunca mencionou isso?

Meu avô espalmou as mãos sobre os joelhos. Inclinou-se e pôs o peso para a frente sobre os braços, ombros erguidos, tocando as orelhas.

— Acho que foi porque sua mãe enterrou o assunto bem fundo. Ele tomou uma decisão e ela precisou tomar a dela. Não foi fácil. Para prosseguir e construir uma vida para si mesma, sua mãe teve que decidir que ele não existia para ela. Então, nós seguimos o exemplo.

— E quanto a mim? — Minha voz soou estridente e infantil. — Ninguém pensou em mim?

— *Estávamos* pensando em você. O tempo todo.

— Como, se eu era apenas uma ideia?

— Não seja dura com ela, Maddy. Sua mãe fez um trabalho de primeira classe. Ela contou tudo a você.

— Os fatos básicos da questão, sim. Sempre disse que quando tivesse dezoito anos iria atrás dele.

— Quantos anos você tem agora? — Como se ele não soubesse.

— Dezesseis anos e dois meses.

Ele me olhou demoradamente.

— Dezesseis anos e dois meses, com câncer — continuei.

— Então, por que você não vai agora?

Foi como uma conversa em um sonho.

— Você acha que posso?

— Você está perguntando para mim? — Vovô sorriu. — Achei que você fosse da geração da internet.

— Quero dizer, você acha que posso, sabe, com a mamãe e tudo?

Depois de um tempo, ele disse:

— Sua mãe já tem o suficiente com que se preocupar. Essa história remexeria com toda a bagunça de anos atrás. — Outra pausa. — Se ela soubesse.

Ioga para valer estava sendo praticada no centro do parque. Dois homens de short estavam oferecendo seus corpos ao céu. De repente, a cabeça do meu avô girou.

— Ouça-me, Maddy. — Para uma pessoa tranquila, vovô conseguia entrar no modo mandão com muita facilidade. — É muito importante. — Ele ergueu um dedo indicador nodoso. — Dezesseis anos é muito tempo. Você teria que estar preparada para tudo. *Qualquer coisa*. Ele pode decidir não responder. Ele pode ser desagradável.

— Entendi — respondi.

— Ele pode estar morto.

Não desviei o olhar.

— Tudo bem.

— Ele pode ter uma família agora e não querer saber de você.

Isso me deteve por um minuto. Eu disse severamente:

— Ouça, vovô. Pense bem. O que tenho a perder?

Ele se recostou.

— Muito.

— Mas foi você quem disse que eu deveria encontrá-lo!

— Você pode ter que desistir da fantasia que tem sobre ele.

— Grande coisa — resmunguei. — Então vou perder uma fantasia? Mais uma para a lista.

Agora, os olhos *dele* se encheram d'água. Isso eu não podia suportar. Agarrei o braço dele e me forcei a falar com minha voz mais encorajadora.

— Mas pode ser que tenhamos um final feliz! Então não valeria a pena?
— Sim — disse ele. — Acho que sim.

O silêncio se avolumou entre nós. Sentindo uma mudança no clima, Barney empurrou a bola na minha mão. Ergui o braço e lancei a bolinha num movimento longo e forte.

— Boa — disse meu avô com aprovação. — Você não joga como uma menina.

— Ei!

— Desculpe.

— É melhor você se preparar. Veja! Ele pegou. — Abracei e elogiei Barney com alegria quando ele voltou. Já havia esquecido o que tinha feito, mas aceitou o elogio como merecido.

Meu avô e eu nos levantamos exatamente ao mesmo tempo. Ele agarrou a coleira.

— Viu? — disse ele com satisfação. — Não há mal nenhum em quebrar uma ou outra regra.

No caminho de volta, pegamos um atalho por entre os arbustos amarelados, passando pela Serenity. Ela está apoiada em uma base baixa, de frente para a rua 16. Quando era pequena, morria de medo dessa estátua. Costumava aparecer em meus sonhos. Mais tarde, fiz questão de visitá-la.

Mesmo assim, sempre me aproximei dela pelo lado direito, que tem a mão completa. A da esquerda se foi, o pulso termina em um coto.

Vovô me disse que Meridian Hill era o parque mais perigoso da cidade. Alguém naquela época deve ter quebrado a mão dela só por diversão.

Não era apenas a mão que estava faltando. A maior parte do rosto também.

Os olhos estavam vazios, e onde deveriam estar o nariz e os lábios, havia apenas uma pedra perfurada. Era uma pena, porque dava para ver que tinha sido bonita, e seu vestido ainda era, franzido na cintura e caindo entre as pernas. Suas feições arruinadas lhe davam uma expressão de surpresa, mas ela estava com os pés descalços plantados, separados, em uma pose orgulhosa e forte, como se não soubesse que estava machucada ou então tivesse decidido não se importar.

— Você sabia que existe uma estátua idêntica em Luxemburgo? — perguntou vovô, puxando Barney para longe do pedestal, onde ele estava erguendo a perna. Eu me sentei na beirada para descansar.

— Você quer dizer sem rosto e mão?

— Não, boba. Mesmo tema, pelo mesmo artista. Essa estátua foi comprada em Paris, na exposição de 1900. Supostamente, o escultor usou Isadora Duncan como modelo.

— Por que você adora tanto os fatos, vovô?

— Eu? — Ele parecia satisfeito por alguém ter notado. — Acho que porque quanto mais você sabe sobre alguma coisa, mais interessante ela se torna.

— Não quando são inventadas para nos manter na linha. Ou para mostrar quem é que manda.

— Para impedir que as pessoas ataquem estátuas, você quer dizer? — Ele riu. — São regras insignificantes com as quais não me importo. Coisa de gente intrometida.

— E as regras para falar uma língua?

— Bem, sim. É diferente. Não iríamos muito longe grunhindo e apontando uns para os outros, não é? — Meu avô fica com uma expressão distante nos olhos quando tem uma ideia e está tentando classificar diferentes partes dela. — E existem as regras familiares.

Ele tirou os óculos e os limpou. Seus olhos pareciam velhos e nus até que ele os colocou de volta atrás do vidro. Assim que tem as diferentes partes da ideia alinhadas na ordem certa, como os vagões de um trem de brinquedo, ele puxa o trenzinho para a frente.

— Pode ser: "Não tenha segredos". Ou pode ser: "Não fale demais". Entende o que quero dizer? As regras sempre podem ser quebradas. Ao passo que, lidando com fatos — disse ele, dobrando a cintura para examinar um pedaço de mofo no joelho da estátua —, não é possível alterá-los. Não é possível desobedecê-los. Eles simplesmente existem.

— Vovô? — Mesmo pensando nisso, meu coração disparou no peito como se algo estivesse tentando sair. — Você realmente acha que eu deveria tentar encontrar meu suposto pai?

Meu avô pegou no meu braço como a vovó, embora sem a mesma firmeza. Viramos as costas para a estátua e seguimos Barney pela calçada até o carro.

— Sim — respondeu ele. — Com todas as advertências observadas, acho, sim, de verdade.

— Por que você está sorrindo?

— Não estou — respondeu meu avô.

Mas ele estava. E nós dois sabíamos disso.

Dois dias depois, com uma voz que não tinha volume para ir além do sofá da sala, perguntei ao meu avô qual era o sobrenome de Antonio. Estávamos sozinhos no hall de entrada. Minha mãe e minha avó tinham ido para a cozinha. Ele olhou ao redor e estendeu as mãos em um gesto de impotência que dizia: "Não me envolva". Meu rosto ardeu. Ora, a ideia tinha sido dele!

Meu avô pôs as mãos nos bolsos e sacudiu as chaves e moedas. Vi em seus olhos que ele queria me encorajar, embora se recusasse a colaborar. Era porque: se não clicasse o mouse pessoalmente, não teria qualquer responsabilidade pelo desastre que se seguiria? Era porque: problemas de família são assuntos de mulher? Ou porque: se ele não podia contar para Eve ou Rose, deveria ter ficado calado lá naquele banco do parque?

Estava mexendo sem parar nas moedinhas. Esperei, até que ele olhou para mim. Então lancei-lhe um olhar tão longo e dolorido que vovô me puxou, passou o queixo na minha cabeça nua e o manteve ali, me abraçando forte. Por que sempre sinto pena das pessoas quando estão erradas? Queria resistir e fazer com que ele se desculpasse, mas então pensei que talvez fosse sua maneira desajeitada de me dizer que uma busca como essa era algo que eu tinha que fazer sozinha.

Fui para a cama cedo e sonhei com melros alçando voo em bandos. Assim que alcançaram a linha do horizonte, seus corpos se transformaram em letras do alfabeto. Logo, enxames de letrinhas pretas cruzavam o céu branco, mas nunca formavam palavras.

Depois do café da manhã, liguei o computador. O protetor de tela mostrava algas e cavalos-marinhos, embora, estranhamente, nenhum peixe. Mesmo que ele quisesse me ajudar, duvidava que meu avô se lembrasse do sobrenome de Antonio. Não é o tipo de coisa que os homens notam. Respirei fundo e digitei "Antonio Espanha cientista" no Google e cliquei em "Imagens". Um quadriculado de rostos apareceu na tela. Fiz a varredura, cliquei e ampliei, como se estivesse fazendo compras. Como era um cientista espanhol de quarenta e poucos anos? Barba pontuda e curta ou cheia como a de um duende? Caninos afiados? Cabelo eriçado como uma escova de sapato? Magricela? Com papada? A qualidade precisa e estranha de cada imagem me confundiu. Antonios em abundância. Mais Antonios do que eu precisava.

Tinha que haver outra maneira. Fui aos registros dos alunos de graduação de Georgetown, mas, quando digitei na caixa de pesquisa "Antonio 1994" — o verão em que fui concebida! —, o sistema pediu um sobrenome e me informou que o banco de dados on-line teve início em 1998. Voltei à página com os rostos de "Antonio Espanha cientista" e cliquei em um de que gostei na quinta linha. Não. Ele tinha concluído o doutorado em 2000 em uma universidade em Granada.

Abandonei aquele Antonio. Deixei o banco de Antonios que poderiam ou não ser meu pai e os guardei em meu laptop, onde me pareceu que continuariam a levar uma meia-vida sussurrante.

Afundada na cadeira, tentei imaginar o que viria a seguir.

De acordo com a srta. Sedge, as partículas que constituem o mundo sólido não são reais, mas tendências a existir. Não é possível ter certeza de que um elétron está aqui e não lá em um determinado momento. Ninguém entende isso, nem mesmo os cientistas.

Adorei a ideia de um mundo misterioso e cheio de emoção dentro do mundo normal.

Mas o que não entendia era o seguinte: com toda aquela incerteza, um livro ou uma árvore ou qualquer coisa feita de átomos está sempre em um lugar, e não em outro. E daí se as partículas se comportam de maneiras misteriosas? No mundo real, que é o que importa, não há mágica ou flexibilidade de qualquer tipo. Não posso dizer que minha casa ficava em Minter Place na semana passada e que esta semana fica em Greenwood Circle. Não desço as escadas de manhã e descubro que a mobília mudou de lugar sozinha ou que a contagem de glóbulos brancos voltou ao normal.

A tendência do meu pai a existir pareceu aumentar quando comecei a procurá-lo. Mas, quando me sentei em minha escrivaninha no dia seguinte e abri o laptop, meus dedos hesitaram sobre as teclas. Meu novo ciclo de químio começaria na segunda-feira. Tinha a tênue sensação de que estava prestes a ser envenenada para ser salva. Longe da mamãe, longe de Cloud, longe de todos e de tudo que importava.

Pai, pai, pai, pai. Que raios isso significa?

Depois da igreja, meus avós chegaram e minha mãe preparou um almoço especial cujo cardápio eu tinha escolhido, bolo de carne com molho picante, pois demoraria um pouco até que eu pudesse desfrutar de comida novamente. Esses rituais deram à quimioterapia iminente a sensação de uma ocasião quase festiva, como o Natal, mas sem luzes, presentes ou diversão.

Como de costume, minha mãe não conseguia se acalmar. Ela se sentou no sofá com as pernas sob o corpo e me chamou para esfregar minhas costas, tanto por ela quanto por mim. Robin se trancou na sala de música. Ao passar por mim no corredor, minha avó colocou as costas da mão na minha bochecha como se eu já estivesse com febre. Mais tarde, quando eu estava assistindo à TV, vovô abaixou-se com dificuldade ao meu lado. Ficou olhando para a tela por um tempo, balançando o pé para cima e para baixo, fingindo estar fascinado pelo *American Idol*. Eu o ignorei. Finalmente, ele se inclinou e perguntou, em um sussurro de agente duplo:

— Como está indo a pesquisa?

Lentamente, eu me virei e olhei para ele com os olhos arregalados.

— Achei que você não queria ter nada a ver com isso! — Coloquei o máximo de reprovação na voz, ainda que, sendo uma trouxa para sorrisos tímidos, já tivesse começado a perdoá-lo.

Ele pôs um dedo nos lábios e continuou com o sussurro hilário.

— Não lembro o sobrenome dele, mas sei que era neurocientista.

— Cérebro, certo? — sussurrei de volta. — Bem, não consigo encontrá-lo na lista dos ex-alunos de Georgetown.

Ele ergueu a sobrancelha.

— Ele não estava em Georgetown. Ele estudou na Universidade George Washington.

Gritei e bati minha mão na dele, sabendo que ele tentaria solenemente apertá-la. Ele nunca sabia como reagir, na verdade. Agora o aperto de mão é uma de nossas piadas.

O barulho trouxe vovó até a porta. Ela sorriu olhando para os olhos dele e para os meus.

— O que está acontecendo aqui?

— Segredos profundos e obscuros, Rose — respondi. — Não faça perguntas.

Corri escada acima. Fechei as cortinas, embora estivesse no meio da tarde. A Universidade George Washington tinha o registro de ex-alunos muito bem organizado.

Rapidamente localizei um Antonio Jorge Romero que recebera o título de doutor em neuroquímica em 1994. Procurei outros tipos de doutorado em Ciências naquele ano recebidos por alguém chamado Antonio. Ninguém.

Fui até a janela e toquei a bainha da cortina. Minha mãe a fizera com um tecido que eu tinha comprado pela internet, cheio de notas musicais. Com o nascer do sol, as notas pareciam pássaros em fios telefônicos.

Depois de um minuto, voltei ao laptop e digitei "Antonio Jorge Romero neurocientista". Apareceu a fotografia de um homem sorridente, de cabelos castanhos, bronzeado e de aparência intensa. Havia apenas um. Ele estava ligado ao corpo docente da Universidade de Londres. Com alguns cliques, confirmei o ano e o local de seu doutorado.

Fui até a cômoda e fiz caretas no espelho. Máscara da tragédia. Máscara de desprezo. Quem você pensa que é? Por que alguém deveria se importar?

De volta à escrivaninha, a tela ficou em branco. Alarmada, mexi no mouse até que o rosto dele se iluminou, ainda sorrindo, mesmo que não para mim. Eu podia respirar de novo, mas, juro por tudo, não conseguia olhar diretamente para a foto. Só conseguia ver meu pai por meio de rápidos olhares de esguelha.

Olhos calorosos.

Sorriso de lábios unidos.

Sorriso de boas-vindas?

Algo errado com os dentes?

Sobrancelhas ligeiramente levantadas. Com humor? Arrogância?

Cabelo castanho avermelhado como o meu. Raízes cinzentas, como as da minha mãe.

Quanto mais eu olhava, mais os olhos se afastavam.

Fechei a foto dele e tamborilei no tampo da escrivaninha com as unhas.

¡*Coraje*!

Abri o Outlook e digitei um endereço de e-mail.

Coloquei-o na pasta Rascunhos.

Fechei a tampa.

Encarei minha maçã meio mordida de casca brilhante.

Olhei para o ponto no meu braço onde a agulha entra.

Abri a tampa.

Abri o rascunho.

Desfoquei os olhos para que as palavras ficassem ilegíveis.

Pontos em linha reta.

Uma revoada de pássaros.

¡*Coraje*!

¡*Coraje*!

Enviar.

Caro Antonio Jorge Romero,

Você não me conhece. Meu nome é Maddy. Encontrei seu endereço de e-mail na internet. Espero que não se importe que eu escreva assim do nada. Vou direto ao ponto. Você frequentou a Universidade George Washington em 1994. Você conheceu uma garota chamada Eve Wakefield? Se você e Eve foram um casal naquela época, você provavelmente sabe o que vou dizer.

Talvez você queira se sentar. Ela é minha mãe. Tenho dezesseis anos e dois meses. Sei que isso pode ser um grande choque. Não tenha medo. Não quero nada de você, exceto me apresentar e espero que você faça o mesmo. Eu ia esperar até os dezoito anos para procurá-lo, mas devido a várias circunstâncias sobre as quais não vou falar, estou fazendo isso agora. Espero sinceramente que meu contato não seja um grande choque e que você me responda. Obrigada por ler isso, se você leu até o fim.

Madeleine Rose Wakefield

(Maddy)

P. S.: Não contei à mamãe que estou fazendo isso.
P. P. S.: Se você não responder, posso aparecer na sua porta.
P. P. P. S.: Estou só brincando!

8

Até isso tudo acontecer, eu mal havia colocado os pés em um hospital. Agora, gostasse ou não, o hospital era meu lugar. A loja de presentes na entrada era meu lugar. A recepcionista que me chamava de "carneirinha querida" pertencia a mim, assim como a senhora com os óculos pendurados em uma corrente empurrando o carrinho entre as mesas do ambulatório, e também o faxineiro com a camisa azul de dois tons, ajoelhado sobre um pano para limpar os rodapés. Eu me sentia atraída pelas pessoas que não eram responsáveis pelos assuntos de vida ou morte e, sim, pelas tarefas diárias que fervorosamente pretendiam cumprir, não importando quais fossem.

Nós nos sentamos nas poltronas cor de laranja da sala de espera.

— Maddy, tudo bem?

— Tudo bem.

— Vamos superar isso.

— Sim.

— Em uma ou duas semanas, você estará novinha em folha.

Agarrei o braço da minha mãe e apoiei o rosto em seu ombro como se eu fosse uma criança precisando de um cochilo. Isso a fez me puxar para perto e beijar o topo da minha cabeça, o que eu queria que ela fizesse porque estava me sentindo mal por não ter contado que estava procurando Antonio. Eu me sentia especialmente mal quando estávamos apenas nós duas, com tempo para matar e muito silêncio.

Ela me abraçou forte por um minuto, depois me soltou e abriu seu livro. A diferença entre minha mãe e eu é que ela consegue ler quando está preocupada e eu, não. Seu cabelo curtinho estava crescendo. Mais cinzento do que antes. Minha culpa. Ela ajeitava a franja a cada página mais ou menos com dois dedos de uma das mãos. O cabelo estava crescendo sem corte na nuca. Não era essa a proposta, na minha opinião. Certamente, eu não queria ter uma mãe desgrenhada.

Dá para absorver muita coisa disfarçando o olhar. Uma mãe lendo. Uma mãe lendo ao lado da filha doente. Uma mãe lendo ao lado da filha doente que no dia anterior enviou um e-mail para o pai há muito tempo desaparecido.

Um segredo faz coisas estranhas com a pessoa, e não apenas se ela for descoberta. Dentro da mente, quero dizer. É uma sensação deliciosa e pesada que ocupa todo o espaço, então não dá para acreditar que outras pessoas, minha mãe, por exemplo, se mexendo na cadeira, piscando para a página e de vez em quando estendendo a mão e apertando de leve meu joelho ou braço, não saibam. Você quer contar o segredo e quer guardá-lo. Será que eu deveria ter feito aquela piada sobre aparecer na porta de Antonio? Ele provavelmente não responderia de qualquer maneira. Como o vovô disse, eu precisava estar preparada para tudo.

Tive um sobressalto quando minha mãe descruzou as pernas e colocou o marcador de páginas no livro. Minha mente estava tomada por Antonio, a mente da minha mãe estava cheia de outras coisas e nenhuma de nós sabia com o que a mente da outra estava tomada. Ela se levantou e sorriu para mim, e eu sorri de volta. O meu era falso. Ela projetou seu olhar em mim de um jeito que costumava sinalizar humor e solidariedade, mas que hoje em dia provavelmente significava cansaço ou medo mal disfarçado. Talvez, também significasse capacidade de adivinhar segredos. Talvez por telepatia genética, ela soubesse que eu havia enviado um e-mail para meu pai e estava tentando decidir se abordaria o assunto ou esperaria por mim. Ela sempre tenta não se intrometer. Lancei meu olhar de Piu-Piu para ela. Fale sobre isso, mãe! Me faça perguntas!

Minha mãe apenas se alongou e foi buscar um café. Beber café é a única coisa prejudicial à saúde que ela faz. É seu prazer diário. Ela não deixa de tomar, mesmo que durma mal.

O crânio nu do menino sentado na nossa frente tinha trilhas cruzadas de pontos de metal e uma mancha roxa em forma de mapa acima da orelha. Olheiras escuras. Bochechas, a única parte infantil dele que restou. De cabeça baixa, ele estava brincando em seu telefone enquanto a mãe folheava uma revista. De repente, o menino balançou as pernas e sorriu para mim.

Desviei o olhar. Era uma política minha não olhar nos olhos das outras crianças. Minha cabeça era uma rocha que não recebia nem transmitia nada.

Fingi estar fascinada pelo quadro de quatro painéis chamado *A cada dia a vida começa de novo*, como se eu não o conhecesse de cor. Os quatro painéis representavam as estações. Cada pintura começava com uma garota se balançando em determinada estação e seus pés tocavam a estação seguinte, exceto no painel do outono, no qual o balanço estava vazio e preso na lama. A última garota usava galochas amarelas em meio a um inverno violeta, o que provava apenas uma coisa — grande coisa! —, que o suposto artista havia estudado a paleta de cores.

— Você gosta dessa pintura? — O menino estava rouco como um velho.

— Não muito.

— Por que não?

— Veja como os balanços são tortos! Eu faria melhor. E as mãos delas parecem cobertas por luvas.

— Acho bonito — disse ele. — Quantos anos você tem?

— Dezesseis.

— Eu tenho dez anos. Qual o seu nome?

— Maddy.

— É nome de verdade?

— Claro que é um nome de verdade! E o seu?

— Torrence.

— Não me diga que é um nome de verdade.

Ele abaixou o rosto e cobriu o sorriso com as duas mãos. Crianças dessa idade têm dentes grandes demais para a boca. Sua mãe olhou para cima e para baixo novamente.

— Disseram que eu ficaria bem se durasse três anos. Eu estava tão perto! Só faltavam dois meses. Então, ele voltou. Você está fazendo químio?

Assenti.

— O que você tem?
— Câncer nas células que deveriam me proteger. — Ele não tinha como apreciar a ironia. — Você tem irmãos ou irmãs?
Torrence olhou para o lado.
— Essa é minha irmã.
Então era por isso que ela parecia tão jovem e entediada. Para evitar a pergunta, eu disse:
— Sou filha única — e assim que minha mãe se sentou, com um café em uma das mãos e um chocolate quente para mim na outra, completei: — e essa é minha mãe.
As mulheres trocaram sorrisos cautelosos e voltaram à leitura.
Ele ergueu o telefone.
— Summer me deu um iPod Touch. Para poder jogar *Angry Birds* no carro.
Lambi o chantilly da minha bebida.
— Você sabe o que é *Angry Birds*?
— Um jogo onde pássaros tentam matar porcos que estão roubando seus ovos.
Ele apontou para uma pulseira roxa que estava usando.
— Isto é do Todos pela Summer. Eu adorava a Summer. Ela morreu.
— Ah.
Torrence agarrou a beirada da cadeira e balançou as pernas.
— Posso dar uma coisa para você?
— Como assim?
— É assim. Depois de receber um presente, você dá para outra criança com câncer. Para animá-la. O que você quer?
— Nada — respondi.
O olhar dele beirava o desdém.
— Você deve querer *alguma coisa*.
— Torrence... — disse a irmã, em advertência. — Você sabe que deve ser uma surpresa.
Ele abaixou a cabeça e balançou as pernas um pouco mais, e então meu nome foi chamado.
Minha enfermeira favorita, Carla, estava de plantão. Quando ela me viu, gritou como se eu fosse sua amante desaparecida e me deu um abraço

sufocante. Seu cabelo crespo estava preso em um rabo de cavalo. Por trás dos óculos, Carla tinha olhos muito amáveis.

Ainda que eu soubesse o que ia acontecer e que o abraço de Carla trouxesse lágrimas aos meus olhos, por um minuto pareceu que tudo ia ficar bem só porque era ela quem cuidaria da minha sessão de quimioterapia. Mamãe segurou minha mão, acariciou meu ombro e trocou sorrisos com Carla enquanto ela verificava o acesso e me conectava e alterava a válvula, examinando a bolsa com olhos experientes.

Algumas crianças que eu conhecia estavam lá, Sandy e Rita, a bailarina que perdeu a perna, mas era Torrence que eu não conseguia tirar da cabeça. Trilhas cruzadas de pontos de metal no couro cabeludo. Cobrindo o sorriso com as duas mãos. Querendo me contar coisas. Me dar coisas. Pelo menos aos dez anos eu estava despreocupada porque não tinha ideia do que iria acontecer. Pelo menos não precisei enfrentar nada disso na idade dele, as sessões de químio e todo o horror que vinha depois. Sorri para minha mãe e fiz um esforço mental para dar boas-vindas ao líquido. Outra garota estava deitada na cama em meu lugar. Eu estava voando sobre o hospital, as copas das árvores e o tráfego girando e girando em círculos. Acima e além e bem longe.

Quando estávamos saindo do hospital, pensei em Torrence mais uma vez, apesar de não conseguir vê-lo em lugar algum. Talvez tenha ido lá apenas para fazer exames. Passamos como sempre pelos vitrais de margaridas e narcisos, pelas fotos emolduradas de praias, pontes e pavões. Não me deixam sair até que minha contagem esteja alta, mas, mesmo assim, a primeira semana em casa é horrível.

Menina desaparecida. Bebê monstro. Eu me perguntei se a mãe de Torrence cuidava dele quando ele se sentia mal, ou se Torrence tinha uma avó, porque acho que a irmã dele passaria o tempo mascando chiclete e contando cada minuto até que pudesse escapulir do quarto. Era possível que Torrence nem mesmo *tivesse* mãe. Não suportava pensar nisso.

Peguei no braço da minha mãe e saímos o mais rápido que podíamos para o estacionamento, para casa e para minha cama. Antonio passou pela minha mente. Expulsei o pensamento. Ele não pertencia àquela parte da minha vida. Eu não o queria nela. Que bom que não tinha contado para minha mãe. Juntas, percorremos o corredor em volta do pátio, onde as esculturas de madeira pintada eram visíveis de todos os ângulos. Uma tinha braços e pernas articulados como os de um besouro. Outra tinha a cabeça de uma abóbora gigante sob um chapéu do qual uma pena preta em forma de dedos se projetava. O terceiro personagem, golpeado por um tijolo, segurava seu crânio com as duas mãos. Fechava os olhos com força e gargalhava. Sempre que passava pelas esculturas, se quiser chamá-las assim, minha pergunta era: "É para ser engraçado? É para animar as pessoas?". Mas hoje me senti atraída por sua estupidez sombria. Parei para examinar aquele atingido por um tijolo. Sua cabeça estava quase afundada, mas ele ria de qualquer maneira, desse jeito esquisito e triunfante, como se dissesse: "A-ha, você me bateu, mas não pode realmente me pegar!". Quase me deu vontade de rir.

Cada vez leva um pouco mais de tempo para eu me recuperar. Esse ciclo de quimio foi o pior até agora. O acesso infeccionou e voltei ao hospital por dois dias para tomar antibióticos. Tiveram que chamar a equipe da quimio intravenosa para colocar a agulha no meu braço. Mesmo assim, doeu para caramba. Em casa, corri para o banheiro a noite toda. Minha boca estava pegando fogo com as feridas, e eu só podia comer banana amassada e tomar vitaminas. Alimentos adequados para bebês.

Meus pés estavam tão dormentes que eu não conseguia nem ficar de chinelos. A quimio faz coisas com seus nervos. O dr. O diz que quando os tratamentos terminarem, isso deve desaparecer.

Deitei de bruços no tapete para não odiar muito a cama, empurrando Cloud para longe sempre que se aproximava. Então, me senti mal e tentei persuadi-la a voltar, mas ela se cansou de mim. Tudo o que eu queria era minha mãe, e ela estava lá, ajoelhada ao meu lado no tapete, sua voz melodiosa fluindo por todo o lugar, forte para mim.

— Pobre bebê. — Mesmo antes de eu ficar doente, ela costumava me chamar assim se eu estivesse me sentindo mal por algum motivo banal. Antes, todos os motivos eram bem banais.

— Eu quero ser — disse para o tapete.
— O quê?
— Um bebê.
— Bem, você era, e pode ser novamente. Sempre que precisar.
— Não me refiro a um bebê chorão.
— Você puxou a mim. — Ouvi o sorriso em sua voz. — Eu herdei de sua avó. É de família.
— Quero dizer um bebê de verdade. Que as pessoas cuidam porque é gordo e fofo.
— Você não é gorda — disse ela, correndo os dedos pela minha espinha, leve como a luz, qualquer toque mais pesado e eu vomitaria de novo. — E você não é fofa. Você é linda.

A cegueira das mães!

— Talvez eu já tenha sido.

Ela aproximou o rosto do meu e sussurrou:

— Pessoas como nós precisam chorar. O que faríamos se não pudéssemos chorar?

— Tudo bem, mas por que fomos as escolhidas?

Eu a tinha lá. Ela me beijou em vários lugares e saiu do quarto com uma desculpa qualquer antes que *ela* começasse a chorar, desmentindo assim sua tese de que chorar não era motivo para se envergonhar.

Aos poucos, fui melhorando até que, um dia, estava sentada na cama, talvez não novinha em folha, mas também não completamente arrasada, quando, com um aperto no estômago, eu me lembrei de Antonio. Depois que minha mãe entregou a bandeja do almoço e voltou para o andar de baixo, liguei o laptop e rolei todos os comunicados chatos da escola. Lá fora estava garoando, mas dentro do quarto um enorme feixe de luz do sol incidiu sobre a tela.

Antonio Jorge Romero. Lá estava ele, esperando pacientemente na minha caixa de entrada.

Três semanas! Talvez tenha pensado que perdi o interesse. Talvez tenha pensado que eu estava perseguindo ele. Talvez tenha pensado que dei um perdido. Com um olhar rápido para o espelho e outro para a porta, meu coração disparado como o de uma criatura exultante que desejava acreditar novamente no universo e no que ele poderia oferecer, cliquei no nome do meu pai.

Querida Maddy,
    Naturalmente, fiquei muito, muito surpreso ao receber seu e-mail. É difícil saber o que dizer e como dizer. É verdade que sua mãe e eu estivemos juntos em Washington, em 1994. Deixei a América no verão em que me formei. Você provavelmente sabe que Eve e eu não entramos em contato desde aquela época. Sua mãe é uma pessoa maravilhosa. Tenho pensado muito nela ao longo dos anos. É tudo que posso dizer por enquanto. Obrigado por escrever.
    Antonio

AH, MEU DEUS! Uau. Quando vi seu nome na minha caixa de entrada, não acreditei no que estava vendo!
    Demorei a responder porque estive ausente. A maioria das garotas da minha idade está no Facebook o tempo todo, mas ainda uso e-mail como uma pessoa idosa (não que você seja velho). Acho que é mais pessoal, nem sempre quero que todo mundo saiba da minha vida. Espero que não haja problema em enviar um e-mail novamente.
    Não tenho certeza de como devo chamá-lo. Estou anexando uma foto minha. É uma das minhas favoritas. Minha amiga Vicky tirou no verão passado no parque. Sou eu à esquerda e Fiona à direita. Dá para ver o quanto sou mais alta do que ela. Sou muito mais alta do que a minha mãe. Estou no primeiro ano do ensino médio.
    Toco piano (ou tocava) e adoro música clássica. Robin, o namorado da minha mãe, sabe tudo sobre música clássica. Vamos a concertos, principalmente de música de câmara. Isso é outra coisa que a maioria dos adolescentes da minha idade não gosta, mas Fiona diz que não sou como a maioria e acho que isso é bom, certo? Ser autêntica e tudo isso. É tão estranho escrever para você. Eu me pergunto se inventei você! Meu avô me ajudou a encontrar você. Ele é o único na família que sabe. Ele disse que talvez você não quisesse saber de mim e que eu deveria estar preparada para tudo. Acho que talvez eu tenha tido sorte...
    Por favor, escreva de volta. Se você quiser.
    Maddy

Maddy,

Concordo com você na questão do Facebook. Meus filhos são muito novos para isso, mas minha esposa zomba de mim porque eu nem sequer tenho uma conta. Obrigado pela foto. É tão bom ver você. Isso é muito estranho para mim. Muito estranho! Você pode ver minha fotografia no site da UCL. Sou neurocientista. A propósito, acho melhor que sua mãe saiba que estamos em contato. Você concorda? Se desejar, envie-me o e-mail dela e eu mesmo entrarei em contato com ela. Estou feliz que sua mãe esteja com alguém. Você tem irmãos ou irmãs?

Antonio (pode me chamar de Antonio)

9

Imprimi nossa troca de e-mails para que algo de Antonio ocupasse o mesmo espaço que eu. Coloquei as folhas de papel em uma pasta, que escondi junto da parede ao lado da cama. Debaixo da minha cama é um lugar da casa onde ninguém mexe. Tem coisas lá embaixo com meio centímetro de poeira. Uma varinha de condão de brinquedo cuja ponta costumava acender, uma boneca Lalaloopsy, uma colagem que fiz no terceiro ano, um diário com capa de plástico que é desbloqueado com um código, um livro chamado *Sexwise* e, provavelmente, muitas outras coisas que não consigo ver. Sei disso porque quando algo cai entre a cama e a parede, sou obrigada a apontar uma lanterna na direção do vão e pescar o que perdi com pinças de churrasco. As bordas das coisas perdidas estão cinzentas e encobertas, como os objetos que podiam ser vistos pelas escotilhas quando encontraram o Titanic. Eu estava prestes a fazer uma grande limpeza no quarto quando fiquei doente. Agora prefiro deixar as coisas onde estão, junto com as pinças de churrasco e a pasta de e-mails, onde colocarei os novos e-mails quando chegarem. *Se* continuarem chegando.

Felizmente, a contagem de glóbulos não era alta o suficiente para o próximo ciclo de quimio então tive algumas semanas de folga para me sentir bem. Na vez seguinte em que fui visitar Jack, conheci o pai dele. Coincidência! Dois pais na mesma semana. Talvez conhecer o pai seja um acontecimento tão grande que é como um ímã que arrasta outros pais para ele.

Jack e eu estávamos no laptop navegando na internet quando ouvi a porta da frente sendo aberta e, então, passos na escada. Isso me sobressaltou, ainda que não estivéssemos fazendo nada que pudesse me deixar nervosa. O sr. Bell é mais corpulento do que Jack, mas tem o mesmo rosto largo e olhos estreitos que dão a sensação de que está em meio a pensamentos profundos ou, pelo menos, divertidos. Ele apertou minha mão como se encontrasse garotas carecas em sua cozinha todos os dias da semana e disse:

— Acho que você está passando por um momento difícil.

— Papai!

— Desculpe-me. Disse algo errado? — Ele procurou sinais em meu rosto de que eu estava ofendida. — Estou sempre envergonhando meu filho. — Então deu um tapa nas costas de Jack. — Faz parte do trabalho de ser pai.

Jack encolheu os ombros.

— Faça como seu cabelo, pai. Caia fora.

O pai de Jack piscou para mim. Eu esperava que ele visse através do meu sorriso vacilante e fizesse perguntas mais específicas sobre o momento difícil que eu estava enfrentando. Mas ele não fez isso, então me abracei como se estivesse com frio e fiquei catando fiapos em meu suéter.

O sr. Bell pendurou o paletó em uma cadeira e afrouxou a gravata. O caso tinha sido adiado, ele contou, por isso voltou para casa mais cedo.

Ele fez algumas perguntas educadas sobre minha mãe, onde morávamos, esse tipo de coisa, e então nós três conversamos sobre a campanha. Ele ficou parado com os pés separados, como o xerife de um faroeste, girando uma bola invisível nas mãos para fazer pontos. Tinha muitos pontos a fazer. Jack refletiu sobre tudo o que seu pai disse, e pude perceber que ele tinha uma enorme admiração pelo sr. Bell.

Mesmo que não pensassem sobre isso, era óbvio que passaram muito tempo juntos. Correção. O pai tinha passado muito tempo com ele. Porque, verdade seja dita, as crianças estão presas em determinado lugar, elas aceitam o que vier. Foi o pai de Jack que se preocupou em estar lá o tempo todo para que, agora, pudesse dar um tapinha nas costas do filho daquele falso jeito cordial só para vê-lo encolher os ombros e se esquivar de seu toque. Era um pai de verdade.

Depois de trocar de roupa, o sr. Bell foi para a Office Depot em busca de papel e cartuchos de impressora. Foi o que ele disse ao filho, que virou os olhos para que eu visse o que ele pensava a respeito de todo esse cuidado paternal.

— Seu pai é tão legal. — Por alguma razão, Jack e eu sempre ficamos na cozinha. Quando não estávamos no balcão de café da manhã vendo alguma coisa juntos, Jack gostava de ficar com as costas apoiadas contra o balcão, como agora.

— Meu pai é um saco.
— Tudo bem, certo.
Sorriso acanhado.
— Às vezes.
— O que aconteceu entre seus pais? Se você quiser falar sobre isso.
— Eles se separaram. Eu tinha dez anos. Minha irmã já estava na faculdade.
— Por que eles se separaram?
— "Diferenças irreconciliáveis." Eu costumava colocar meus fones de ouvido à noite quando eles estavam discutindo. Aparentemente, meu pai não era empolgante o suficiente para ela. Minha mãe está com alguém mais emocionante agora. — Ele observou minha expressão. — Não se preocupe. Estou acostumado. Naquela época, tudo o que eu queria era que eles voltassem a ficar juntos. Tentei de tudo.

— Como o quê?
— Ah, quebrei a perna pulando do telhado da varanda.
— Não acredito que você fez isso de propósito!
Ele sorriu.
— Na verdade, não. Mas, depois disso, ficávamos juntos todo fim de semana por um tempo. Então, no verão após o sétimo ano, fugi do acampamento com Freddy Cook. Passamos a noite toda na floresta antes de sermos encontrados. Dissemos que estávamos testando nossas habilidades de sobrevivência, mas meus pais não acreditaram nisso. Foi quando começamos a fazer terapia familiar.

Balancei a cabeça, presunçosa, porque nunca precisamos de terapia familiar.

Então me lembrei de que, para fazer terapia familiar, você tem que ter uma família.

— Esse cara, o George. — Jack enfiou o queixo no pescoço e pigarreou: — Então, como você se sente em relação a isso, Jack? Sua mãe não ama mais seu pai e você não convida os amigos para irem a sua casa porque você mora em dois lugares e em nenhum deles se sente à vontade. Alguma ideia que você gostaria de compartilhar conosco sobre isso? — Jack riu. — Eu gostava de George, na verdade. Não lembro, a sua mãe sempre foi sozinha?

— Ela não está sozinha. Está com Robin. Ele é como um padrasto para mim. Amo o Robin! — Estava sendo um pouco enfática, mas os meninos não se ligam nesse tipo de coisa. Depois de um minuto, eu disse: — Nunca conheci meu pai verdadeiro, se é isso que você quer dizer.

— Ah. — Jack olhou para mim. — Bem. Eu gostava da sua mãe. Ela era divertida. Você se lembra daquela brincadeira em que ela nos enrolava em toalhas? Eclodíamos, ou o que quer que os casulos façam, e tocávamos no ombro dela, e ela se virava toda surpresa e, então, éramos borboletas e dançávamos pela sala.

Eu me levantei, me espreguicei e me sentei de novo. Agora não era a hora de percorrer as trilhas da memória. Ele não via que eu tinha algo para dizer?

Trampolim alto. Mergulhe.

— Sabe, Jack?

— O quê?

— Você não vai acreditar. — Eu estava tentando não sorrir. — Encontrei meu verdadeiro pai esta semana.

Não culpei Jack por pensar que era uma piada.

— Sem chance! — Ele olhou para mim, pronto para começar a rir se eu desse um sinal.

Contei a história da busca, a mudança de posição do meu avô, o e-mail que enviei, a resposta de Antonio. Jack ficou muito quieto, encostado no balcão com os braços cruzados, os olhos fixos no meu rosto. Foi a mais completa atenção que ele já tinha me dedicado. Talvez o assunto tivesse um apelo exótico, não conhecer o próprio pai, encontrá-lo on-line.

— Ele é cientista em Londres — disse eu. — Às vezes, ele aparece nos jornais.

Os cientistas não escreviam para revistas? Ora, isso é notícia.

— Que tipo de cientista?

— Neurocientista. Cérebro.

Jack estava me olhando com curiosidade.

— Você parece lidar muito bem com isso.

— Não, não lido! — Eu não sabia como dizer a Jack que eu praticamente aceitaria o pai de qualquer um em vez do que eu tinha. Um malvado ou bêbado, velho demais, divorciado ou muito bravo. — É meio estranho.

— Então, o que você vai fazer? Tentar conhecê-lo?

— Conhecê-lo! — repeti. — Só o encontrei no domingo. Minha mãe não sabe. Nem meu avô sabe. Você é o único que sabe.

Ele ficou em silêncio.

— Sério?

— Sério.

Esse fato teve um efeito estranho em Jack. De onde estava no balcão, ele me lançou alguns olhares perplexos e agradecidos, como se eu tivesse acabado de lhe dar um presente-surpresa. A banqueta em que eu estava sentada era do tipo das de lanchonetes retrô, com assento acolchoado vermelho. Era possível dar um giro completo. Coloquei o pé no chão e tomei impulso, fazendo meu banquinho girar lentamente. A geladeira de aço inoxidável passou... a janela mostrando o gramado... o fogão de cinco bocas... a prateleira suspensa com panelas de todos os tamanhos... A qualquer segundo, Jack reapareceria e eu teria que encará-lo novamente, sendo que, agora, tinha contado a ele sobre Antonio.

Duas coisas aconteceram ao mesmo tempo. O balcão vazio oscilou sem Jack apoiado nele, o que significava que ele tinha ido embora e eu nunca mais o veria de novo, e Jack estava atrás de mim, como num passe de mágica, de outro jeito. Grande e próximo. Fazendo com que eu virasse. Inclinei meu rosto e fechei os olhos. Mas ninguém me beijou. Em vez disso, fui tomada por algo que parecia mais com asas do que braços e meu rosto foi esmagado no pescoço dele. Estávamos tão próximos que eu podia sentir o calor dele e seu cheiro de grama. Era a melhor coisa que me acontecia em muito tempo. Mas por que ele não queria me beijar? Tinha perdido a coragem? Medo de pegar minha doença? Os segundos passavam. Faça alguma coisa!

Ri e me afastei.

Seus braços afrouxaram.

— O que é tão engraçado?

— Nada!

Jack foi até a geladeira e segurou a porta aberta, olhando para o interior iluminado. Era solitário vê-lo tão longe de novo. Fui até ele e toquei no braço que segurava a porta da geladeira.

— Não tem nada engraçado, Jack.

Ele encolheu os ombros, um pouco mais gentilmente do que tinha feito com o pai.

— Com fome? — perguntou ele, deixando a porta se fechar.

— Na verdade, não. Acho que preciso ir.

— Certo.

— Eu não estava rindo de você.

— Certo.

— Na verdade, estava rindo de mim.

— Não precisa — disse Jack, tenso.

Tive medo de tocá-lo.

— Amigos?

Um sorriso falso foi tudo o que recebi.

Oi, Antonio,

Sei que mamãe aceitaria bem a ideia de eu escrever para você.

Mas REALMENTE não acho que devemos contar a ela agora. O que acontece é que uma de suas melhores amigas tem câncer e minha mãe está muito ocupada e estressada. Acho que seria melhor não dar a ela mais uma coisa com que se preocupar (não que ela fosse se preocupar especificamente, mas você sabe o que quero dizer). Sou filha única. Tenho uma gatinha da raça ragdoll chamada Cloud. Gostaria muito de ter um irmão ou irmã. E gostaria muito de ter uma gêmea idêntica. Se fosse assim, agora você teria duas surpresas em suas mãos em vez de uma! Mas o melhor é que haveria outra pessoa no planeta como eu.

E se uma de nós se perdesse, mamãe teria uma sobressalente! Estou brincando. Tenho dois primos, Denny e Joe, mas não é a mesma coisa. Eles moram na Califórnia. Vivemos na capital. Bem, Takoma Park, Maryland, para ser exata.

Meus avós moram bem no centro da capital, na rua Corcoran.

Às vezes, queria ter uma família enorme. Mas gosto da minha como é. Quantos filhos você tem?

Maddy

P. S.: *Estudio español en la escuela.*

Olá, Maddy,

Parabéns por aprender espanhol! Sou do norte da Espanha, um lugarzinho nas montanhas. Mudei-me para Londres há onze anos para assumir um cargo de pesquisador. Conheci minha esposa, Erica, aqui. Ela é inglesa e acabei morando em Londres sem realmente querer. Muitas coisas na vida acontecem sem intenção. Temos dois filhos. Oscar tem seis anos e meio e Daniel, quatro. Não sei o que sua mãe disse a você sobre mim. Lamento saber sobre a amiga dela. O que me preocupa é que Eve se sinta excluída quando souber que temos escrito um para o outro. Estou tão feliz que você me escreveu, mas acho melhor pararmos por ora, até que você decida se pode contar para sua mãe.

Saludos,

Antonio

Antonio,

Bem, você vai contar a sua família sobre mim?

Maddy

10

Na semana após o desastroso não beijo, mandei uma mensagem para Jack dizendo que me sentia meio mal e não poderia encontrá-lo. Ele respondeu *Tá*, o que era pior do que nenhuma resposta. Por dois dias não me vesti nem saí muito do quarto. Tive que impedir que mamãe ligasse para o dr. Osterley. Disse que eu podia estar gravemente doente, mas que ela precisava respeitar o fato de que eu era uma adolescente com altos e baixos hormonais. Disse que ela deveria consultar o livro sobre o cérebro do adolescente. Perguntei se achava justo que minha vida emocional fosse propriedade pública só porque eu estava com câncer. Ela recuou. O que me permitiu ficar no quarto queimando neurônios. O que, eu precisava admitir, tinha seu lado negativo.

Em um acesso de frustração confinada, peguei o caderno de desenho que mamãe me deu e comecei a desenhar a blusa pendurada na cadeira. Esbocei linhas irregulares e descuidadas para que qualquer um que estivesse assistindo soubesse que era algo idiota e que eu não me dedicava àquilo. Meu coração estava de volta à cozinha de Jack, obsessiva e inutilmente repassando o que cada um tinha dito e quando, repetindo o mundo que girava a partir do banco para editar o momento em que fechei os olhos, esperando que algo acontecesse, e o momento em que ri.

Pouco a pouco, o que eu estava fazendo dominou meus pensamentos. O lápis arranhou o silêncio. Meus pensamentos sumiram. Toda a minha atenção se voltou para as dobras do tecido. Desciam a partir da costura dos ombros descrevendo colunas macias. Meu trabalho era iluminar as curvas e aprofundar as fendas entre elas, para conferir a cada uma sua forma peculiar. Um comprido triângulo espremido no meio. Um tubo. Uma canoa sobre as ondas. As dobras convergiam para a barra da blusa e assim faziam sentido. Tentei mostrar isso repassando a bainha duas vezes. Inclinei a cabeça. Muito pesado? A faixa na parte inferior ficou muito escura? Apaguei e redesenhei com mais suavidade, comparei as formas mais uma vez e espalhei as sombras de maneira que dificilmente daria para dizer em que ponto elas se transformaram em luz. Quando recuei, lá estava: uma segunda blusa pendurada em um segundo mundo prateado que parecia ter sido feito recentemente, mas que na verdade poderia estar lá desde sempre.

Encontrei minha mãe no andar de baixo e diminuí a velocidade para um passo digno antes de entrar em seu escritório. Ela sorriu, não tanto para o desenho, mas para o meu rosto.

— Me desculpe, mãe. — Eu me aproximei para ela me abraçar.
— Por quê?
— Por nada. Só sinto muito.

No dia seguinte, desenhei Cloud enrolada em minha cama. Ela estragou tudo ao se virar. Desenhei aquela pose até que ela se mexeu e tive que começar de novo. Depois de muitas tentativas, desisti e acariciei sua barriga, pensando em seus órgãos em miniatura por dentro, todos em perfeito estado de funcionamento.

Desenhar outra blusa? Não. Algo vivo que conseguisse ficar quieto. Ergui a mão esquerda. O dedo indicador apontado para o teto, os outros fechados na palma. Com a mão direita, comecei a desenhar. A mão da Serenity devia ser assim antes de ser quebrada. Gesto elegante. Desenho terrível! Eu rabisquei o trabalho. Talvez eu só fosse capaz de fazer blusas. Eu me levantei e atravessei a sala. Ao voltar, encontrei meu eu distante, me esforçando para ver pelo espelho onde estava. No canto do quarto? Roupas penduradas no armário? Atreva-se a desenhar a si mesma. Atreva-se! *Muito difícil*, alguém sussurrou. *Muito triste.*

Arrastei a cadeira até o espelho e comecei antes que pudesse me convencer do contrário, pensando desta vez no sorriso de Antonio na foto.

Quente, como seus e-mails, mas sem revelar nada. E se Antonio pudesse me ver agora, uma garota careca com brincos de argola desenhando uma garota careca com brincos de argola? Se ele pudesse me ver agora, ele saberia. Não queria que ele soubesse, e não porque eu não tivesse contado a minha mãe sobre ele ainda. Só não queria. Não podia ser uma garota normal só uma vez? Além disso, se Antonio sentisse pena de mim, eu nunca saberia o que ele realmente pensava.

Mais uma vez, o ritmo de olhar para cima e para baixo e combinar as formas não deixou espaço para os pensamentos. Minha mãe tinha o hábito irritante de ter razão. Desenhar permite que você pense apenas: as coisas são o que são. A luz cai onde cai. O formato da minha testa é o que é. Um truque para fazer um rosto, de acordo com o sr. Yam, é fingir que é um objeto como outro qualquer no mundo. O outro truque é manter a aparência geral e os detalhes em mente ao mesmo tempo, ou ser capaz de alternar entre eles. Assim que comecei, lembrei que sempre fui boa nos dois truques.

Desta vez, quando mostrei o desenho para minha mãe, ela balançou a cabeça lentamente enquanto piscava rápido. Acho que porque era a filha dela sem cabelo presa dentro de um espelho. Estávamos sentadas no sofá. Senti algo passar entre nós por meio do desenho.

— Tão ruim, mãe?

— É um desenho excelente, Maddy. Extraordinário. Você parece...

— O quê? — exigi. — O que eu pareço?

Olhando para o desenho, ela disse:

— Suplicante... Mas também desafiadora.

— O que é "suplicar" mesmo?

— Suplicar é: "Por favor, me ajude". Desafiador é: "Não mexa comigo".

— Durona, você quer dizer?

— Acho que sim.

— Isso é bom?

— No seu caso, sim. Você sempre teve esse lado.

— E o outro lado?

Seus olhos ficaram nublados.

— Compreensível. — Ela beijou minha testa e tentou parecer alegre enquanto me abraçava com toda a força. — Completa e totalmente compreensível.

De volta ao meu quarto, estudando o desenho, decidi que era a testa e os olhos que diziam "me ajude", a boca e o queixo diziam "não mexa comigo". Gostei do fato de que essas qualidades vazaram no papel sem que eu exatamente as colocasse lá, e gostei do fato de que minhas qualidades eram aparentes para outras pessoas. Em todo caso, era um bom desenho, qualquer um poderia ver. Fingi que Antonio estava olhando por cima do meu ombro. Aposto que os filhos dele não sabem desenhar assim. Seus outros filhos.

Antonio,
    Vou pensar sobre isso. Mas ela está realmente chateada e preocupada com a situação da amiga, o que é algo muito maior com que se ocupar. Pelo menos eu acho que é.
    E sou eu que tenho que aturá-la quando ela está estressada. ☺
    Maddy

Vicky e Fiona vinham uma ou duas vezes por semana agora, em vez de todos os dias. Fiona tinha aulas de teatro e Vicky tinha muita lição de casa para pôr em dia. Pelo menos, foi o que ela disse. A lição de casa era principalmente Wade. Embora eu tenha percebido que o romance não estava indo exatamente de acordo com o plano. Ela se sentou na cadeira da escrivaninha e desafivelou as sandálias gladiadoras.

— Estão me matando. — Ela me lançou um olhar penetrante.
— Como está Maddy hoje?

Eu gostava de ser citada na terceira pessoa. Ela só fazia isso entre nós.

— Ela está bem — respondi. — Meio que na mesma. — Não tinha intenção de contar a Vicky sobre Antonio. Ele era um fato surpreendente que ainda não parecia um fato. — Mas como está você?

— Ah, você sabe. Sobrevivendo. Wade está sendo um idiota. Eu digo a ele: meninas são como fogueiras. Se você não as alimenta, elas apagam.

O celular de Vicky reproduziu o toque de marimba. Ela revirou os olhos.

— Deve ser ele. — Olhou para o visor. — Não, é Billy. Eu atendo? Ele saiu com Carina Butler ontem à noite.

— Atende — disse Fiona. Billy Quinn era um garoto por quem tínhamos uma queda. Ele tinha ombros estreitos, um rosto triste e era incapaz de enganar ou sentir rancor. Éramos como suas irmãs mais velhas.

Vicky acenou com a cabeça, mantendo os olhos em Fiona e em mim.

— Basta dizer que a estrutura óssea do corpo dela está estruturando certas partes do seu corpo... estou brincando, Billy. *Brincando*. Espera um segundo, vou colocar você no viva-voz. Estou com Fiona e Maddy.

Ela colocou o telefone sobre a cama para que pudéssemos ouvir e ser ouvidas.

— Podemos ajudar — disse eu. — Como foi?

— Acho que ela queria me beijar.

— *Queria?* — Vicky nos encarou com intensidade. — Queria beijar você?

— Tive a sensação de que sim. Ela estava bem perto.

— Você beijou Wade no primeiro encontro, Vic? — perguntei.

— Claro que não. — Ela sorriu. — Guarde um pouco de emoção para a próxima vez, Billy.

— Como faço isso?

— Ponha a mão no rosto da Carina e se incline na direção dela — disse Fiona.

— Abrace-a — disse Vicky. — Então seus rostos ficarão próximos. Se ela der um sinal, você saberá que está tudo bem seguir em frente.

— Obrigado, pessoal — disse ele. — Vocês são as melhores.

— Mas se você demorar muito, ela pode resolver tomar a iniciativa.

— Ah, merda...

— Não, Billy, isso é bom! Mostra que você é um cavalheiro.

— Garotas gostam disso.

Quando desligamos, eu me deitei. Era exaustivo ter que se preocupar se Wade era bom o suficiente para Vicky, ou se Billy tinha beijado Carina ou não, ou se ela iria deixá-lo e destruir sua confiança para sempre.

— Como está o Jack? — perguntou Fiona.

— Ótimo. Tem uma campanha publicitária para promover a marcha em que estamos trabalhando.

Vicky estava na minha cômoda fazendo em si mesma um delineado de gatinho. Ela se virou, um olho pintado com o que parecia ser uma asa.

— Acho ótimo que goste de tudo isso. De verdade. Mas, para ser totalmente honesta com você, não consigo me animar com essa coisa toda.

— Você não quer pensar no fim do mundo como o conhecemos?

— Ela faz isso para ficar com o Jack — disse Fiona, sentada no pufe. Não gosto de ser mencionada como se não estivesse presente.

— Não é *só* por isso, não.

Vicky olhou para mim por um momento, segurando o delineador com seus longos dedos.

— Os asteroides, por exemplo. — Ela se virou e ergueu as sobrancelhas para começar a pintar o segundo olho. — Há cem por cento de chance de a Terra ser atingida por um asteroide. Cem por cento. Cedo ou tarde. Estrondo. Finito. Então, por que esperar e se preocupar? Não dá para ir para outro lugar. O mesmo acontece com o clima. Podemos muito bem viver o presente. Bem, é isso o que eu acho.

— Você quer que seus filhos cresçam em um deserto?

— Que filhos? — disse Vicky para o espelho. — Não vou ter filhos chatos. Vou me divertir.

— Bem, eu quero filhos — anunciou Fiona.

— Eu também — concordei. — E gostaria que eles tivessem ursos polares e árvores.

— Vão em frente. — O cabelo de Vicky caía sobre os ombros como um xale preto e grosso. Os italianos sabem fazer cabelo. Nada como o algodão-doce de Fiona ou as ondas marrom-avermelhadas que tive há muito tempo; em termos de cabelo, nós três poderíamos pertencer a espécies diferentes.

— Onde você vai encontrar Wade? — Fiona quis saber.

— Ele vem me buscar. Quatro e meia. Lembra que ele tirou a carteira de motorista?

— Você vai nos abandonar às quatro e meia? O que aconteceu com o papo de garotas antes dos caras?

— Garotas primeiro!

Vicky manteve um silêncio forçado. Eu acreditava que as pessoas queriam estar perto dela porque ela era bonita e seus pais eram ricos, mas era mais do que isso. Ela era sempre autêntica. Era engraçada e gentil de uma forma meio distraída e nunca fazia joguinhos. Observando-a enquanto ela passava o delineador até se transformar em uma bruxinha, pude ver o futuro. Vicky teria aventuras e contratempos, e três ou quatro maridos, pelo menos, e um número igual de divórcios. Olhei para ver se Fiona estava pensando a mesma coisa, mas ela estava no chão, arqueando as costas enquanto fazia a posição de ioga *cachorro olhando para cima*.

— Esta posição — disse ela olhando para o teto — alonga a coluna vertebral.

— Deus sabe que a sua precisa ser alongada — disse Vicky.

— Ei! — Fiona costumava ter inveja da minha altura. Não acho que ela ainda se sinta assim, mas continua desesperada para ganhar alguns centímetros. Fiona saiu da pose e se sentou de pernas cruzadas, esfregando as coxas. — Continuo tendo essas dores de crescimento, mas nunca acontece nada.

— Pobre bebê — disse eu. — Nem pense nisso. "Baixinha" é o novo "altona".

Fiona continuaria a ser doce e delicada e teria uma casa cheia de filhos excêntricos e ficaria ao lado de seu homem independentemente do que acontecesse. De maneiras diferentes, as duas conseguiriam o que desejavam. Se acontecesse amanhã, no próximo ano, em alguma outra época, ou nunca, não fazia diferença. O futuro para elas era um imenso campo enevoado do qual não conseguiam ver o fim.

— A propósito — disse eu —, não há nada acontecendo, vocês sabem. Com Jack.

— Bem, posso dizer que ele não posta nada de interessante no Facebook — disse Vicky. — Apenas imagens de icebergs e links para arrecadação de fundos.

— Como *você* sabe?

— Se você não vai persegui-lo, nós vamos! Queremos saber se ele está enganando você. Acredite em mim, há algumas garotas gostosas atrás dele.

— Um mulherengo? Jack Bell? — Fiona estava do outro lado da sala agora, agachada. — Cara legal, mas não exatamente...

— Por mim, tudo bem — interrompi. — Somos *amigos*.

— Amigos — disse Vicky com desgosto. Fiona se levantou, meu caderno de desenho nas mãos. — Ei, o que é isso? Não me diga que foi você quem desenhou!

— Tudo bem, não vou dizer.

— Oh, meu Deus. Parece exatamente com você. *Exatamente*. Maddy, você é uma ótima artista. Não é, Vic?

Vicky se virou, ansiosa para ver também.

— Uau — disse ela. — Eu nunca conseguiria fazer isso. Nem em um milhão de anos. — Pessoas que cuidam de si mesmas não se importam em elogiar os outros.

— Você nunca tentou — falei, para devolver a gentileza.

Fiona estava folheando as páginas. Chegou nos esboços semiacabados de Cloud.

— Que legal. Aperte os olhos e olhe de um para o outro.

— É como se ela estivesse se movendo na página — disse Vicky.

— Quase viva.

Maddy,

Desculpe, fiquei em silêncio. Tenho estado ocupado e também tirei um tempo para pensar. Esta é uma situação complicada para todos, *¿no estás de acuerdo?*

Se você ainda quiser me escrever, acho que, por mim, tudo bem, por enquanto. Vou tentar responder a todas as perguntas que você tiver.

Antonio

Eve

11

Norma apertou o nó de seu rabo de cavalo e achei que ela estremeceu um pouco sob o sol quente. Acabei contando a história da cobra sem nem saber bem por quê.

— Contei para Maddy quando ela já era grande para entender.
— E qual foi a reação dela?
— Ah, mesmo pequena, Maddy gostava do... gótico, digamos. Nunca fugiu das coisas assustadoras. Ela queria saber o que existia no mundo, acho.
— Ela ainda é assim?
Olhei para minhas unhas.
— Ah, sim.
— Os meus são uns gatinhos assustados — disse Norma. — Acho que eles vão ficar menos sensíveis na adolescência. Não é a fase em que ficam vidrados em filmes de terror, sangue e essas coisas?
— Acho que sim — respondi. — É estranho. Fazia anos que não pensava naquela cobra.

Não consegui interpretar o silêncio de Norma, então apontei para a família de patos que, todos os dias, caminhava da península até o tronco tombado no terreno vizinho. Eles prosseguiam com animação e confiança mecânicas, como se a proteção dos filhotes fosse questão de mantê-los na posição correta. Seguimos a procissão de patos até que desapareceram, um de cada vez, por uma abertura sob o tronco.

— Nós realmente ouvimos aqueles patos nadando ou só *achamos* que ouvimos? — perguntei. Som de verdade ou imaginado: a diferença não é tão grande quanto se pensa. O que eu imagino também faz parte do mundo.

Norma inclinou a cabeça.

— Acho que não consigo ouvi-los.

Achei a resposta muito enigmática.

— Mesmo que estejam muito longe para que possamos ouvir, inventamos os sons.

Próximo de nós, na sombra dos galhos que se curvavam sobre a água, raios de luz se lançavam na água.

— Maddy diz que há três mundos em um lago. A textura da superfície. A lama, as algas e as pedras submersas. E o reflexo. O truque, diz ela, é manter todos os três mundos na cabeça ao mesmo tempo.

Norma assentiu de uma forma encorajadora que me deixou desconfiada. Por que tinha ficado aqui tanto tempo ouvindo atentamente minha conversa incoerente sobre lagos, cobras e tartarugas? Ela entrelaçou os dedos e estendeu os braços com as palmas das mãos para fora, aquele gesto frequentemente acompanhado de um bocejo. A qualquer momento ela ia se levantar, despedir-se, subir no caiaque tão desajeitadamente quanto tinha desembarcado e partir remando de volta para sua vida.

O píer tremeu sob nossos pés. Eu me virei. Robin estava em pé ao lado do barco atracado.

— Tenho que ir — disse Norma, se levantando.

— Não, não! — protestou Robin. — Não quero atrapalhar. Só vim dizer um oi. — Ele estava olhando para nós alternadamente, sorrindo um pouco, tentando entender o momento. — Você é de lá do outro lado?

— A nova garota do pedaço. Norma — disse ela, estendendo a mão. Eles pareciam comicamente incompatíveis. Norma era um tipo do norte, ossos largos e pele clara, enquanto Robin, que tinha um avô grego, era pequeno e muito bronzeado.

— Eve me disse que você está fazendo um novo quarto no sótão.

Ele mostrou as mãos manchadas.

— Você se machucou — observei e me aproximei para tocar nos nós dos dedos dele. Sempre achei que a timidez de Robin só era visível para mim, mas talvez fosse óbvia para todo mundo.

— Infelizmente, acho que ainda falta muito — respondeu ele, colocando a mão de volta no bolso.

— Meu marido é um otimista quanto a reformas — disse Norma. — Minha regra pessoal é estimar quanto tempo vai demorar e daí multiplicar por quatro.

— Mais ou menos isso — concordou Robin, rindo. — A gente chega lá. Venham um dia desses ver como está ficando. — Era visível que os dois tinham simpatizado um com o outro.

— E vocês venham nos visitar — disse Norma, ajoelhando para desamarrar o caiaque. — Estou desesperada para conhecer pessoas.

Observamos juntos enquanto ela entrava, fazendo o barco balançar. Robin segurou a corda de amarração até ela ajeitar as pernas e ela, então, empurrou a doca e acenou com o remo, como se estivesse convencida de que o mundo era um lugar magnífico e que nós éramos muito sortudos por estarmos aqui.

Maddy

Maddy

12

Ainda sentia alguma surpresa ao abrir a porta da frente e me deparar com a professora que estava vindo à minha casa. Ela usava a capa de chuva com cinto marrom e óculos com uma armação grande e carregava sua sacola de pano. Perdi tantas aulas que a única esperança que tenho de entrar no primeiro ano do ensino médio é continuar com as aulas particulares em casa. Ainda assim, talvez eu precise repetir um ano. Vamos ver.

— Você sabia que arrecadamos quatrocentos dólares vendendo seus cartões? — perguntou a srta. Sedge assim que descemos as escadas. Ela estava lá para me ensinar biologia, mas a campanha estava tomando cada vez mais o nosso tempo. A srta. Sedge tinha um jeito áspero de falar, como se escondesse pedras na boca que precisasse afastar. Eu quase não reparava mais, era apenas uma característica dela, como ter cabelo castanho. Se me dissessem há um ano que eu admiraria a srta. Sedge e ficaria ansiosa por suas visitas, não teria acreditado. Acho que se tivessem me contado muitas coisas há um ano, não teria acreditado.

O protetor de tela de seu laptop era a imagem que Jack e eu fizemos com o Photoshop, da Casa Branca debaixo d'água. Nós a chamávamos de *Zona do Cartão-Postal*.

— É uma imagem fabulosa. Definitivamente, vamos usá-la nos pôsteres. E nas faixas, no dia da marcha.

— Foi ideia minha — lembrei a ela, embora Jack já tivesse me dado o crédito.

— Eu sei que foi. Você é uma estrela. Vocês dois são. Agora precisamos pensar em outra coisa. Algo para acompanhar os discursos. Não sei exatamente o quê.

A campainha tocou. Levei um susto. A srta. Sedge fingiu não notar.

Eu tinha me assegurado de que ela chegaria primeiro porque queria que estivéssemos em uma conversa profunda quando Jack chegasse, para que ele ficasse de fora. Queria que me achasse digna de consideração, ainda que eu não soubesse o que fazer quando um menino me agarrasse do nada e depois se esquecesse de me beijar.

Ouvi Jack conversando com minha mãe no hall de entrada, e ela pedindo que ele descesse. Eu tinha resolvido manter os olhos ocupados, mas eles pareciam ter vontade própria. Ele se juntou a nós na mesa, ligou seu computador e abriu um documento em branco. Tomei isso como um bom sinal, indicando que ele não faria muito contato visual comigo.

— Vamos fazer um *brainstorm* — disse, como se estivéssemos esperando que ele aparecesse e salvasse o dia.

— Você não pode mais dizer *brainstorm*.

— Não?

— É um insulto para as pessoas com epilepsia.

— Rá! — disse a srta. Sedge. — Se eu tivesse epilepsia, acharia um insulto ser tratada com tanta condescendência.

Ela não gostava do politicamente correto ou qualquer coisa do gênero. Verdade, ela era uma monitora de corredor excessivamente rígida, mas Jack disse que era para se manter bem com as autoridades escolares. Eles não gostaram do fato de ela ter sido presa na última marcha.

— Isso é mesmo legal? — perguntei.

— O que é legal? — perguntou ela.

— Incitar menores ao ativismo e à desobediência civil — disse Jack.

— É legal destruir a terra em que vivemos? É legal envenenar a atmosfera? É legal derreter as calotas polares?

— Provavelmente *é legal* — disse Jack.

— Quem se importa? — Resolvi cortar seu ponto técnico. — Mude as leis.

A srta. Sedge deu uma risada gutural de aprovação.

— Exatamente. Vocês não podem participar dos atos de desobediência civil, mas podem trabalhar nos bastidores e tocar o projeto. São vocês, jovens, que deveriam estar mais envolvidos. É o seu mundo. — Em voz baixa, ela acrescentou: — Minha ambição naquela escola é renunciar antes de ser demitida. — Gostei da maneira como ela respondeu às perguntas sem fazer isso diretamente.

— O que poderíamos fazer?

Jack sugeriu uma montagem em vídeo de icebergs derretendo.

Eu disse que era muito óbvio. Que tal um balão de ar quente estourando lentamente? Ele não tinha certeza. Um desenho? Uma canção? Diligentemente, ele anotou todas as ideias, lançando olhares para mim de vez em quando, mas mantendo os olhos principalmente na srta. Sedge. Ela era mais jovem do que aparentava, não muito mais velha do que minha mãe.

Eu estaria no lugar dela um dia? Estaria na sala da família de uma garota do ensino médio conversando sobre meu assunto favorito? Seria alguém para quem Jack era apenas mais um garoto inteligente de dezesseis anos?

Repassamos a lista. O balão de ar quente era literal demais, um desenho animado muito simplista.

— Uma música, não. — Fiz minha cara de boba. — Uma música seria demais.

— Menos é mais — disse Jack.

— Seja lá o que isso signifique.

A srta. Sedge se recostou na cadeira. Por mais perturbador que seu silêncio fosse, podíamos confiar porque ela nunca tentou nos bajular.

— A estrutura do anel benzênico foi resolvida por um sonho. O problema vinha preocupando Kekule há muito tempo. Então, uma tarde, ele adormeceu e sonhou com uma cobra mordendo a própria cauda.

Estávamos numa aula de ciências agora? Jack e eu trocamos um ligeiro encolher de ombros.

— Embora não haja provas de que ele teve o sonho — continuou ela. Seus relatos ao longo dos anos eram inconsistentes.

— Então por que acreditar? — perguntou Jack.

— A consistência é superestimada — respondeu a srta. Sedge. — Einstein ouvia música quando chegava a um beco sem saída. Ele dizia que costumava funcionar. Alvarez estava estudando o magnetismo no registro geológico quando descobriu o que aconteceu com os dinossauros. Ele e o pai formularam a ideia de que a Terra foi atingida por um asteroide.

— Engraçado — comentei. — Minha amiga Vicky estava falando sobre asteroides. É verdade que algum deles, algum dia, vai nos atingir?

— Em algum momento nos próximos dois milênios. Pode atingir ou errar por pouco.

A srta. Sedge tirou os óculos, esfregou os olhos e colocou os óculos de volta.

— Existem teorias concorrentes, é claro, sobre os dinossauros. O que quero dizer é que as soluções geralmente vêm de fora do domínio do problema.

— Pensando fora da caixa — disse Jack. — Um *brainstorm* sem limites.

— Se quiser apelar para os clichês.

— Bem, como você chamaria? — perguntei, sentindo pena de Jack, embora concordasse que seu apreço por clichês era cansativo.

— Eu chamaria de "pensamento criativo". Chamaria de "pensamento indireto". Chamaria de "usar todos os nossos talentos", incluindo aqueles que não controlamos. O velcro! — Jack riu e eu também. — Um engenheiro estava caçando nos Alpes e notou suas roupas cobertas de carrapichos. Ele viu que eles tinham pequenos espinhos que se prendem às fibras do tecido. *Voilà*! Se procurar uma resposta direta para uma pergunta, obterá algo que já conhece. Se seguir por um caminho tortuoso, terá a chance de conseguir algo mais interessante.

— Então, o que devemos fazer? — Jack não gostava de não saber sobre coisa alguma.

— Bem, com o que vocês estão preocupados atualmente? — A srta. Sedge estava se dirigindo a nós dois, mas tive a sensação de que estava realmente falando comigo. — No que vocês acordam pensando? O que é importante para vocês? — Jack se inclinou para a frente, ansioso para falar. — E não me diga o que você acha que eu quero ouvir.

Agora era minha chance. Subi as escadas, peguei meu caderno de desenho e o entreguei sem dizer uma palavra. A srta. Sedge não disse nada. Primeiro ela segurou cada página a um braço de distância, depois tirou os óculos para um close-up. Ela examinou a camisa, as versões incompletas de Cloud e os meus desenhos em frente ao espelho oval. Desde segunda-feira, eu tinha feito mais cinco desenhos, alguns com chapéus, outros sem, e com expressões diferentes, de beicinho a neutro e feroz. Jack estava olhando por cima do ombro dela.

Ele assoviou e olhou rapidamente para mim.

A srta. Sedge largou o bloco. Ela olhou direto nos meus olhos até eu quase me sentir como o mendigo no templo prestes a ser curado.

— Estes são bons — disse ela. — Você sabe disso, não é? O que você vai fazer com eles?

— Fazer com eles?

A srta. Sedge estava olhando através de mim.

— Tenho uma ideia.

Ela ligou seu laptop e digitou algo no Google. Rolou a página para baixo. Clicou em um vídeo do YouTube. Em alguns segundos, uma imagem apareceu dentro da caixa preta. Jack e eu nos inclinamos em direção à tela de modo que nossos braços ficaram próximos, mas sem se tocar.

Começava com ondas quebrando na praia. Água, areia e céu eram linhas negras feitas em carvão e animadas. A costa se agitou, ondas avançaram sobre ela, recuaram, avançaram mais uma vez. Um cão apareceu. Dois cães. Uma vaca. Um grupo de crianças. As crianças correram, acariciaram os cães, acariciaram a vaca e fugiram. Os animais se deitaram. Ondas fracas quebraram na praia e os contornaram. Pássaros apareceram e desapareceram no céu.

Os cães e a vaca sumiram, até que tudo o que restou foi o espaço em que eles estiveram. Nem pessoas, nem crianças, nem animais voltaram para a areia, nem pássaros para o céu. As ondas iam e vinham, iam e vinham, até que tudo congelou e ficamos olhando para o sinal de iniciar o vídeo.

Cliquei no triângulo e reproduzi novamente a animação.

Jack disse:

— Ele fez tudo a partir de desenhos, não foi?

— Incrível.

— A única coisa, talvez, é que as mudanças de cena são meio bruscas. Não deveriam ser mais suaves?

— Não! — Dei um tapinha em seu braço e ele não se afastou. — Adoro a maneira como até as coisas que deveriam estar paradas estão se movendo.

— Acho que sim — disse ele.

— Cada coisa tem um espectro ao redor, de onde ele apagou o último desenho. Parece que tudo foi feito a partir de erros.

A srta. Sedge não disse nada, apenas ficou sentada sorrindo francamente como se tivesse passado muito tempo lidando com um brinquedo especial e estivesse se divertindo ao vê-lo ir embora. Eu não tinha ideia de que ela entendia de arte.

— Isso é o que você pode fazer com seus desenhos, Maddy. Animá-los.

Antonio,

Inglês e arte são minhas matérias favoritas. Também gosto de ciências, mas, principalmente, porque tenho a professora de ciências mais incrível, srta. Sedge. Estou levando biologia a sério neste ano. Além disso, estou interessada no meio ambiente. Vou participar da marcha contra o oleoduto Keystone em outubro.

Não sei o que quero fazer, quero dizer, como carreira ou trabalho ou o que seja. Tivemos sessões de orientação vocacional no ano passado na escola que me deixaram em pânico. Como vamos saber? Tenho muitas perguntas para você, no entanto. Por exemplo: qual é a sua altura e quais são seus hobbies?

Como são minha avó, avô, tios, tias e primos na Espanha? Como são Oscar e Daniel? O que você está tentando descobrir sobre o cérebro? Como você faz sua pesquisa — em um laboratório ou examinando pessoas? Você já leu *O homem que confundiu sua mulher com um chapéu?*

Maddy

Querida Maddy,

Como cientista, estou muito preocupado com o que estamos fazendo com a Terra. Precisamos que os jovens se envolvam. É o seu mundo que estamos destruindo. Você tem razão, precisamos repensar nosso lugar no mundo natural com um pouco (muito!) mais de humildade. Não podemos contar com a ciência para nos livrar dos problemas. É perigoso pensar que podemos. A Terra sobreviverá, não importa o que façamos com ela, mas podemos não estar aqui para aproveitá-la!

Sou um bom cientista e um péssimo artista. Gosto de ler, principalmente não ficção. Biografias e livros de história. Toco violão, clássico e também *folk*. Tenho quase um metro e noventa de altura.

Oliver Sacks faz um ótimo trabalho ao observar o cérebro disfuncional como forma de tirar conclusões sobre o cérebro normal. Faço parte de um laboratório que estuda memória e transmissão sináptica. Se entendermos melhor como os neurônios normalmente se comunicam, poderemos descobrir o que acontece quando as coisas dão errado. Fazemos isso estudando no microscópio células vivas de cérebros de ratos. Então, sim, é um trabalho de laboratório.

Falando em trabalho, infelizmente tenho que ir!

Antonio

13

Jack descobriu com o sr. Yam qual software usar e o instalou no meu laptop. O pai dele comprou um suporte e fixamos a câmera nele em meu quarto, onde era possível ter um pouco de privacidade. Assim que tivemos algo para trabalhar juntos, as coisas se acalmaram entre nós. Quase me esqueci daquele dia embaraçoso na cozinha dele. Praticamos como melhorar a sequência de quadros por minuto e como aprimorar a resolução dos esboços que eu apagava ou fazia desaparecer com tinta branca.

Como sempre, era mais difícil do que parecia e ainda não tínhamos decidido sobre a sequência de imagens.

— Tem certeza de que deseja usar a si mesma? — Jack não parava de perguntar.

— Foi ideia minha, lembra?

— Mas não é muito... próximo?

— Quanto mais perto melhor.

— Bem, se você tem certeza.

Então, no dia seguinte:

— Tem certeza de que não quer usar outro tema? — Até que me cansei e disse para ele parar. As pessoas pensam que, quando você passa por alguma coisa horrível na vida, não quer falar sobre isso. Elas não percebem que você pensa nisso o tempo todo. A animação me permitiu pensar sobre minha situação e, ao mesmo tempo, tirar proveito dela. Tentei explicar para Jack, mas não tenho certeza se ele entendeu. Achei que minha cabeça poderia estar enrolada em um pano, sendo lentamente desembrulhada, ou eu poderia ficar careca gradualmente. Jack disse que não.

— Por que não? Você me odeia por ser careca?

— Muito óbvio. Que tal se, aos poucos, você fosse sendo coberta por habitações humanas, a partir do início do Antropoceno? Cavernas, cabanas de barro, cidades?

Não nos sentimos mais perto de uma solução, mas não queríamos consultar a srta. Sedge.

— Em que pensamos logo ao acordar? — perguntou Jack.

— Foi o que ela disse.

Para ser sincera, não queria contar a Jack no que eu pensava ao acordar. A primeira coisa pela manhã era a pior. Minha mente trabalhava a noite toda examinando minha vida sob todos os ângulos, sem ninguém para me proteger ou dizer palavras reconfortantes. Então, quando retomava a consciência, minha mente me apresentava as conclusões antes que eu tivesse a chance de pensar. Naquela hora do dia, as conclusões eram sempre se não tristes, assustadoras ou sombrias.

Quem queria ouvir coisas tristes, assustadoras e sombrias?

— Bem, no que *você* acorda pensando?

Jack não diria.

Entre as sessões de químio, pegamos um Uber até o parque National Mall para visitar meu monumento preferido. Sem estátuas, sem companheiros de marcha, sem pilares ou discursos famosos, apenas a pedra negra ficando mais larga e mais carregada de nomes conforme caminhávamos e, por fim, era como uma espécie de sala à prova de som, com todos olhando para os nomes das pessoas que nunca mais seriam vistas. Milhares e milhares. Eu poderia olhar no livro e ver exatamente quantos, se quisesse. O que não fiz. Nossos reflexos pensativos foram capturados pela superfície polida. Jack usando seu moletom de Georgetown, eu, meu boné de beisebol, com os nomes estampados em nós e aquelas notas pessoais coladas na pedra. Eu costumava gostar de ler cada uma delas.

— Não sei, não. — Conduzi Jack de volta, encosta acima. — Não acho que isso vá nos ajudar com o que estamos fazendo. Você acha?

Foi por acaso que tive a ideia. Se acreditar no acaso. Foi no dia em que levei Jack para conhecer meus avós. Nós nos sentamos na cozinha bebendo limonada e admirando os potes de cerâmica da minha avó, e Jack respondeu às perguntas dela sobre a escola e riu das piadas idiotas do meu avô e, então, brincamos com Barney atrás da casa.

— É tão diferente aqui — disse Jack. Onde morávamos, tínhamos gramado em todos os lados da propriedade e o jardim dos fundos era tão bonito quanto o da frente. Aqui, as casas eram solenes e ordenadas quando vistas da rua, mas os fundos eram repletos de varandas de madeira, saídas de incêndio e puxadinhos de diferentes tamanhos e estados de conservação. Parecia que uma criança não sabia o que fazer com tantas peças e as jogara todas juntas, sem ordem alguma. Uma ideia estava circulando em minha mente, tentando pousar.

— Quer ir ao Meridian Hill?

Parei no caminho, fingindo admirar a vista inexistente da rua 16. Por que não havia bancos deste lado do parque? Jack segurou meu braço e, assim que chegamos à Serenity, fiquei feliz em me empoleirar no pedestal e me inclinar para a frente com as mãos nos joelhos para recuperar o fôlego.

— O Mall pertence ao governo e aos turistas — eu disse a ele. — Este é apenas um pequeno parque, mas parece que é meu.

Ele estava tão ocupado preocupado comigo, curvando-se para verificar meus olhos, que não percebeu a estátua, a princípio. Quando a viu, imediatamente colocou a câmera no rosto alterando as lentes, capturando-a de todos os ângulos.

— Quer dizer que você nunca esteve aqui? — Queria que ele se lembrasse de quem tinha encontrado o parque primeiro.

— Acho que não. — Ele deu um passo para trás, focalizando e fotografando. — Eu amo esse tipo de coisa. No ano passado, estava obcecado por pintura descascada.

— Isso já foi feito — disse eu.

Jack me lançou um olhar feroz.

— Não me importo se já foi feito! Eu estou fazendo, tá?

Ergui as mãos para mostrar que estava desarmada. Por que digo coisas assim quando estamos apenas nos divertindo?

— Desculpa. — Ele deu um sorriso ansioso. — Você sabe como ela ficou assim?

— Vandalismo, eu acho. É assim desde que eu era pequena. O Serviço de Parques nunca se preocupou em arrumar.

— Espero que nunca arrumem.

Todos os resultados são classificados. Terrível, nada bom, nada mau e bom. Depois do último ciclo de químio, os resultados dos exames não foram bons. Eles me indicaram uma combinação mais forte de drogas. Quando voltei do hospital, estava mais deprimida do que nunca.

Chorei muito. Isso continuaria indefinidamente. Nunca ficaria livre. Vovó cantava canções de ninar para mim, vovô fazia perguntas silenciosas do lado de fora da porta e minha mãe ficava comigo noite e dia. Tudo isso ajudou. Mas desenhar foi a única coisa que realmente funcionou. Assim que consegui me sentar, comecei a desenhar a minha pior versão em meus dias mais desesperados, inchada e machucada, assustadora, assustada e sem esperança.

Na terceira semana, a semana mágica, o novo veneno tinha terminado de fazer seus estragos e eu finalmente pude comer, sair de casa e me sentir humana. Meu humor começou a melhorar, como se eu tivesse um colete salva-vidas que não me deixava ficar embaixo d'água. Sim, tenho esse tipo de sorte.

Estudei as fotos que Jack fez da Serenity e a retratei no caderno de desenho. Encontrei algum tipo de prazer em desenhar a estátua. Não que quisesse que ela desmoronasse. Mas, considerando que ela *havia* desmoronado, que tinha sido danificada por alguma coisa que não pedira e que não poderia mudar de forma alguma, queria que ela desmoronasse abertamente, para que todos vissem. Fiz desenho após desenho de mim mesma e desenho após desenho do rosto arrancado da estátua, sabendo que não poderia mostrar para minha mãe. Poderia? Só precisava continuar e ver o que aconteceria.

Naqueles dias, este era o meu lema: "Continue e veja o que acontece".

Liguei para Jack para dizer que tinha uma ideia. Não queria contar por telefone, então combinamos de nos encontrar em sua casa depois da escola. No fim das contas, algo melhor aconteceu naquele dia, e semanas se passaram sem que pensássemos novamente na animação.

Olá, Antonio,

De volta! Estávamos fora. Você sempre escreve para mim do trabalho? Sua pesquisa parece incrível. Mas... pobres ratos! Você também tenta descobrir coisas como: por que a música nos provoca tantas reações quando, na verdade, são apenas ondas sonoras entrando em nossos ouvidos? Ou o que acontece após a morte?? Ou isso simplesmente não é possível??!! Você não respondeu às minhas perguntas sobre sua (minha) família. Mas acho que eu não disse o que você queria saber sobre a mamãe, então estamos quites. Eu ainda gostaria de saber, no entanto.

Os meninos estão felizes com a chegada do verão?

Londres é sempre chuvosa e fria? Acho que eu não suportaria. Adoro o calor. Embora, na capital, fique incrivelmente quente e todo mundo permaneça dentro de casa no ar condicionado.

Maddy

Maddy,

A música tem um efeito profundo em nós. A maioria das coisas que têm um efeito profundo em nós nos deu uma vantagem evolutiva em algum ponto. Minha pesquisa é muito específica, sobre a bioquímica do cérebro e, talvez, um pouco entediante para a maioria. Mas realmente trata de algumas das questões humanas mais interessantes.

Por exemplo, como conseguimos lembrar um número de telefone ou reconhecer uma maçã? Como uma memória pode durar a vida toda? E, por fim, o que acontece no cérebro quando ouvimos música ou nos sentimos felizes, tristes etc.?

Acho que o que acontece quando morremos não é algo que a ciência possa pesquisar. Nem todos os cientistas são ateus, mas eu mesmo sou ateu e tenho uma abordagem bastante pragmática para essas questões. Você descobrirá suas próprias ideias à medida que ficar mais velha.

Espero que suas férias tenham sido ótimas. Acho que as escolas americanas são mais flexíveis com relação a períodos de folga durante o ano letivo. Aqui, isso é tratado quase como um crime.

Antonio

14

Chovia tanto que, no caminho entre a minha casa e a de Jack, foi como correr sob uma cachoeira. Tomar chuva melhorou meu humor. Qualquer coisa fora do normal fazia isso. Encharcada, eu me materializei na varanda dele. Jack me deu uma camiseta cinza e um short de ginástica para vestir e, no banheiro, tirei a roupa molhada e me enxuguei, mantendo um olho em mim no espelho.

 Eu seria a modelo perfeita para uma aula de anatomia. Minhas clavículas tinham suas próprias sombras. Muitas garotas morreriam para serem tão magras. O que era meio ilógico. Acho que eu estava bem na circunstância em que me encontrava, especialmente se me virassem de lado para que a protuberância no peito onde ficava o acesso, não fosse vista. Pescoço comprido, cabeça não exatamente humana. Melhor de lado, mão no quadril proeminente. Vista frontal. Acesso visível. Mamilos despontando. Ossos do quadril. Lábios. Quem pensou nisso como uma parte do corpo? Pelo menos havia uma vantagem na quimioterapia. Não era preciso fazer depilação! Vicky me disse que dói demais, mas os meninos esperam que as garotas se depilem.

 Jack Bell? Você poderia ir até a modelo e localizar a clavícula?

 Sem problemas. A clavícula está bem ali. Também é chamada de saboneteira.

 Vá em frente e toque na modelo.

 A clavícula vai do ombro ao pescoço... aqui...

Excelente, Jack. Agora, você pode apontar a cintura pélvica? Rápido! A modelo está ficando com frio.

Bem, a cintura pélvica se conecta à coluna aproximadamente aqui...

— Você está bem, Maddy? — Sua voz hesitante me alcançou através da porta. — Você não desmaiou nem nada, certo?

Peguei as roupas secas de cima do vaso sanitário.

— Saio em um segundo! — Há quanto tempo eu estava lá? A camiseta cheirava a sabão em pó e, por baixo dele, tinha o cheiro de grama de Jack. Mesmo com a cintura elástica, o short ficava solto em mim. Podia cair. E eu não tinha roupa íntima seca para vestir. Ah, bem! *Que será, será.* Enrolei o cós, tossindo para afastar as risadas. Sem rir. Sem rir dessa vez.

Jack estava na cozinha em seu lugar de costume, de pé, de costas para o balcão, as mãos postas uma de cada lado. Ele não se mexeu quando entrei. Parei no meio da cozinha para deixá-lo dar uma boa olhada em mim. Queria que ele me visse usando suas roupas. Tentei manter uma expressão de leve superioridade no rosto. Quem disse que eu queria beijá-lo? O abraço que ele me deu no outro dia tinha sido apenas um momento de solidariedade entre dois amigos com questões familiares a resolver.

— Tive uma ideia para a animação. — Agora que eu estava ali, usando um short que arejava partes do meu corpo que geralmente não recebiam tanto ar, será que eu realmente queria pensar em caveiras tristes e rostos em ruínas? — Não precisamos fazer isso agora.

— Tudo bem — disse Jack. Ele foi até a geladeira. Agora já sabia que eu não gostava de cerveja, por isso mantinha algumas garrafas de *cooler* de uva sempre à mão. Quando terminamos nossas bebidas, ele se levantou e, sem perguntar, trouxe mais duas para nós. Segurou minha garrafa um pouco mais do que o necessário antes de me deixar pegá-la. Dava para ver a pulsação em seu pescoço. Havia algum tipo de conflito nos olhos dele. Tive, então, certeza do motivo que nos impedia de ir adiante com a tarefa. No caminho de volta do banheiro, tropecei na perna do banquinho.

Jack me segurou e me impediu de cair. O coração de alguém estava batendo forte, talvez o dele, talvez o meu. Aquele era o momento em que ele poderia ter se afastado. Eu poderia ter me afastado. Em vez disso, nos endireitamos e começamos a nos beijar. Fiquei chocada, no começo, com os movimentos ávidos e, talvez, um pouco desajeitados de nossos rostos. Mas eu não queria parar nem tão cedo. Nunca tinha beijado um menino, mas, assim que começamos, sabia exatamente o que fazer.

Eu me afastei para ver seus olhos. O olhar tímido e orgulhoso e a impressão de que Jack passava de um estado de espírito para outro e tornava a mudar me fizeram rir. Desta vez, eu sabia que ele não se importaria. Era um tipo de riso completamente diferente, dirigido a nós dois, motivado pela extravagância que estávamos praticando. As mãos de Jack estavam nas minhas costas, me pressionando contra a protuberância em sua calça jeans. Eu me senti prestes a entrar num território inexplorado e não havia nada a fazer a não ser começar a beijar novamente. O universo pode não me querer, mas Jack quer.

Ele me empurrou para o corredor, nossos dedos entrelaçados. Manobrei nossos movimentos de modo que era eu quem o conduzia. O beijo fez com que me sentisse ousada e livre. Jack tinha uma expressão atordoada, mas conseguiu dar uma espiada no relógio.

— Quando seu pai volta? — sussurrei, apertando meus dedos.

— Tarde. Não me importo. E você?

Eu me importava, mas tinha que dizer que não. Esperava que Jack soubesse o que estava dizendo em relação aos hábitos de trabalho do pai. Chegamos à porta do quarto. Será que ele tinha planejado isso com antecedência? Talvez não quisesse desafiar o destino se preparando, por exemplo, limpando o quarto? O lugar cheirava a chulé e maçã podre. Cortinas semicerradas criavam um crepúsculo castanho-avermelhado. A cama de solteiro estava desarrumada contra a parede. Dei um empurrão de brincadeira no peito dele. Caímos na cama, lutando. Quando ele estava por cima, puxou minha camiseta e, vendo que eu estava sem sutiã, parou e murmurou algo que não entendi. Era uma palavra de uma sílaba que ele repetiu com voz confusa e arrastada antes de abaixar a cabeça para me beijar onde eu nunca tinha sido beijada.

— O quê? — exigi saber, para mantê-lo falando. — O quê? — Ainda que, àquela altura, não precisasse mais saber.

Quando ele ergueu a cabeça, nossos olhos se encontraram. Foi difícil suportar e não dava para sustentar por muito tempo, mas, para mim, foi o momento decisivo que deu sentido à nossa pele nua, o choque de sua boca em meu seio, a sensação de que estava levitando para fora da cama e, ao mesmo tempo, deslizando de encontro a ela. Jack me olhava como se não me reconhecesse. Aquela era a hora de colocar minha mão em seu zíper. Ele puxou a calça jeans e a cueca para baixo, arrancou as meias e a blusa e parou de joelhos na minha frente. Suas feições foram instantaneamente tomadas pelo terror de estar nu e totalmente à vista. Mais musculoso do que parecia vestido. Do meio de um emaranhado de pelos, algo despontou na direção do abdômen dele. Eu tinha visto ereções na internet e em um livro, por isso estava familiarizada com a forma no geral. Ainda assim. Era muito estranho ver a ereção de alguém de carne e osso, a ereção de alguém que mordia a tampa das canetas e era capaz de resolver equações quadráticas.

Ele se agachou ao meu lado, batendo os dentes de forma barulhenta, fingindo estar com frio em vez de tímido. Sua pele estava quente junto às minhas pernas. Em meu ouvido, ele sussurrou:

— Precisamos usar... você sabe, certo?

Assenti com a cabeça e, enquanto isso, um pensamento se intrometeu em minha mente, um pensamento que praticamente paralisou tudo.

Teriam minha mãe e Antonio, na paixão do momento, se esquecido de verdade de tomar as providências ou eles me queriam secretamente?

Eu me afastei para que não nos tocássemos mais, e Jack congelou, alerta à menor mudança. Ficamos assim por um longo momento de agonia, eu com os joelhos dobrados para um lado, Jack tentando ao mesmo tempo ficar longe de mim e se esconder, nada disso muito fácil naquela cama estreita, cada um de nós olhando nos olhos temerosos do outro. Então, a perna dele escorregou e se alojou contra a minha, e o peso e o calor da perna diziam: "Por que não? Por que não fazer isso se eu quiser?". Então, me aproximei de Jack e de toda aquela novidade em seu corpo e, em segundos, estava olhando para o rosto mais alegre que já tinha visto. Motivo suficiente para seguir em frente, apesar de tudo.

Deitamos juntos sob o lençol, Jack de costas, eu com a cabeça em seu ombro. A posição era muito desconfortável e precisei esticar o pescoço para olhar para ele, mas não reclamei, porque é assim que as pessoas se acomodam nos filmes depois do sexo, e diria que Jack parecia orgulhoso por eu estar em seus braços. Radiante, apesar de estar encolhido. Como se tivesse acabado de ganhar na loteria. Ouro olímpico.

Também me senti orgulhosa, por diferentes motivos. Acontecesse o que fosse, eu tinha feito. Bronze talvez, não ouro, mas tinha experimentado. Como eu poderia não estar feliz?

Jack passou o rosto no topo da minha cabeça. Agora que tinha permissão para tocá-la, Jack parecia genuinamente apreciar a sensação. Pelo menos me pareceu que sim. A certa altura, segurou minha cabeça com as duas mãos.

Foi uma das coisas deliciosas daquela tarde. Outra foi seu esforço sincero ao me tocar. Ele desistiu cedo demais, mas pode ter sido porque estava tão gostoso que perdi a coragem e recuei de repente como se dissesse "Para! Por que você acha que essas partes são chamadas de 'íntimas'?" — e me concentrei em dar prazer a ele. Jack ficava me perguntando se doía, o que foi gentil da parte dele. Doeu, mas não tanto. Ninguém nos flagrou. Ele não adormeceu. Fiquei ali, me sentindo aquecida e confortável. Este corpo que me traiu servia para alguma coisa.

— Devíamos conversar sobre o que aconteceu — disse Jack com a voz normal, me pegando de surpresa. — Se for o que queremos fazer — acrescentou rapidamente.

— É o que diz no livro que minha mãe me deu quando eu tinha quatorze anos.

Na época, reagi, é claro, com falsa indignação operística: primeiro porque ela ousara me dar uma coisa daquelas, só para começar, e, segundo, porque ela estava sugerindo, com um sorriso travesso, que discutíssemos o assunto e olhássemos as fotos juntas. Ela sabia muito bem que eu iria esconder o livro, devorar o livro, encontrar maneiras indiretas de trazer o livro à tona e tomar o livro não exatamente como um sinal verde, mas como um combinado de algum tipo entre *Mama mia* e eu. O que fiz, pensando: "Uau, repugnante, emocionante, bizarro. Um dia, um dia".

— Vai ficar cada vez melhor — Jack me informou solenemente, e seu rosto assumiu uma expressão que fez com que eu me erguesse para beijá-lo em diferentes lugares.

Como se ele soubesse de alguma coisa!

— Foi ótimo — disse eu, e afundei de volta com uma pontada repentina.
— Você foi ótimo. — O fim da tarde era minha hora menos favorita do dia. Nem uma coisa nem outra. Anormalmente estático. Luz sombria. Quando? Quando, para mim, isso iria melhorar?

— Sua mãe deu um livro sobre sexo para você? — perguntou Jack.

— Minha mãe nunca faria isso.

— E seu pai?

— Meu pai teve comigo *a conversa séria*. Uma vez, quando eu tinha dez anos e estávamos acampando. De novo, alguns anos depois. E uma última no fim do ano passado. Dessa vez abordamos contracepção e DSTs.

Levantei a cabeça, sorrindo um pouco.

— Vocês abordaram também a anatomia feminina?

Jack ficou vermelho e desviou o olhar.

— Deveríamos estar falando sobre nossos pais em um momento como este?

Eu me aninhei e beijei seu pescoço para afastar a sensação de fim de tarde. Seria de se imaginar que não ter nada entre duas pessoas além da pele levaria ao seu verdadeiro âmago. Seria. Mas o fato é que me senti mais próxima de Jack beijando-o na cozinha do que depois. Boca primeiro, e eu tinha tudo dele. Eu não contaria isso a Vicky, nem mesmo a Fiona, mas não se tratava apenas de ter algo dentro de mim que pertencia a outra pessoa. Não que a situação fosse obviamente cinco estrelas para ele, mas como haveria de ser boa para mim? Não, era o seguinte: quando ele estava pressionando o colchão de cada lado da minha cabeça e gemendo em notas ascendentes que me fizeram pensar em um cachorro cego escalando um penhasco, era como se tivesse ido embora e me deixado e eu não tivesse ideia se voltaria ou como seria se voltasse. Verdade, ele estava deitado ali falando comigo em sua voz cotidiana. Mas depois que se satisfazem, não é mais fácil para eles irem embora?

Jack me abraçou com mais força e beijou minha testa em câmera lenta, exatamente como se faz quando se ama uma pessoa, mas não pode dizer a ela. Fui tomada por uma onda de saudade da minha mãe. Ela estava em casa esperando por mim, mas eu não podia recorrer a ela. Escondi o rosto no ombro de Jack e ele deitou a cabeça na minha, tão terno quanto possível, sem saber que eu não estava mais com ele. Estava de pé em uma rocha solitária que se projetava na direção do mar. De maneira atabalhoada, tinha saído correndo, querendo o que todos querem, fazendo o que as pessoas fazem nas manhãs de sol. Mas agora eu via a água negra estendendo-se à minha frente até o horizonte e, atrás de mim, em silêncio, a maré havia subido e bloqueado o caminho de volta.

15

Da rua, minha casa parecia uma réplica de si mesma. Não menor, exatamente. As pedras roxas do pavimento assentadas, como sempre, até os três degraus da varanda. As janelas do sótão formando um *a* aberto, o corrimão preto e as venezianas vermelhas eram iguais.

Mas, ainda assim, a casa estava diferente. Completa sem mim.

Minha mãe estava tirando a louça da máquina de lavar, de costas para a porta da cozinha, fazendo tanto barulho que não me ouviu entrar. Cantarolando, colocou uma leva de louça no armário, ajeitou a franja com uma das mãos e se abaixou novamente, a calça jeans frouxa evidenciando os quadris estreitos e delicados demais para pertencer à mãe de alguém.

O barulho de pratos batendo uns nos outros é o som mais solitário de todos os tempos.

— Mãe?

Ela se aprumou e se virou, o batedor de ovos em uma das mãos, a taça de vinho na outra, o sorriso pronto.

— Ah, chegou! Eu estava começando a... — Ao ouvir o som de sua voz, não consegui controlar a respiração ou o formato da boca.

Minha mãe se voltou para mim.

— O que há de errado, Maddy? O que aconteceu?

O batedor de ovos caiu no chão. A taça bateu na beirada do balcão e se quebrou, deixando-a com um caco de vidro irregular na mão que parecia algo saído de um desenho animado.

— Assustei você?
— Você está bem?
— Cuidado! — disse eu.
— Cuidado! — disse ela.

Peguei o resto da taça, joguei no lixo e apanhei a pá. A falta de jeito da minha mãe era lendária. Ferramentas para lidar com as situações que ela provocava estavam sempre à mão.

— Não se mexa. Vou dar um jeito nisso.

A bagunça tinha momentaneamente tirado a dor do meu coração. Quando me levantei, senti algo se arrastando bem no fundo em meu peito.

— Mãe, você está sangrando!
— Estou? Não é nada. — Ela estava tentando olhar nos meus olhos.

Passei um pano de prato nas costas da mão dela. Ela estava certa, o corte não era profundo. Sua mão parecia estranhamente tímida na minha. Os ossos estavam saltados e as veias também. Ela me deixou pressionar o pano até que o sangramento parasse.

— O que foi? — perguntou de novo, me puxando para perto e murmurando as coisas de sempre. — Você esteve no Jack?

Abaixei a cabeça e tentei me encolher o máximo possível.

— Estamos trabalhando na animação. Tomei chuva.
— Suas roupas não estão molhadas — comentou ela.
— Usamos a secadora.
— Você está com frio, Maddy? Vai pegar um resfriado.
— Estou bem. — Eu me enterrei nela novamente. — Mãe? — comecei a falar, com a voz de alguém massacrado pelos acontecimentos do dia.
— Sim? — sussurrou minha mãe como se soubesse o que estava por vir.
— Por que meu pai foi embora?

Senti seus braços ficarem pesados e imóveis.

— Por que isso agora? — Quando não respondi, ela disse: — Bem, não sei por quê. Não sei, de verdade.
— Teve que voltar para casa?

— Sim, suponho que sim. De certa maneira.
— Mas ele poderia ter ficado?
— Na época, pensei que sim.
— Ou que ele voltaria.
— Sim.
— Por que ele não voltou? — Era como falar em um tanque cheio de ecos. — Ele não queria um bebê?

Silêncio no tanque.

— Acho que ele não queria ter um bebê comigo.
— Você? Ele não queria *você*?
— Não o suficiente, pelo menos.

Calafrios subiram pelas minhas costas que a mão da minha mãe não conseguia alcançar.

— Você ficou brava com ele?
— Na época, fiquei. Brava e triste.
— Ainda está?
— Foi há muito tempo, Maddy. A perda foi dele. Pense em tudo o que ele perdeu.
— Isso? — Eu me afastei. — *Isso aqui?* — Apontei para mim mesma, meu corpo machucado, alquebrado.
— Você! — gritou ela. — Ele perdeu você.

Não sei como estava meu rosto, mas minha mãe fazia expressões que eu nunca tinha visto. Ela não queria ter essa conversa, mas um de seus princípios era que as mães respondessem às perguntas dos filhos com sinceridade. Talvez fosse por isso que eu nunca tinha perguntado a ela diretamente sobre o assunto. Sempre nos referimos a Antonio, de certa maneira, como se ele fosse um personagem de um conto de fadas cujos atos já tivessem sido superados.

— Bem, eu estou — declarei.
— Você está o quê?
— Brava e triste.
— Sei que você está! — A resposta veio instantaneamente. — Claro que você está, Maddy! Eu sempre soube disso.
— Eu não estava tão brava antes — falei. — Não costumava pensar nisso. Mas agora penso. O tempo todo.

Eu poderia ter contado, então, um ou ambos os meus segredos. Era o lógico a fazer. Antonio já estava presente e havia tempo para Jack também, como um sonho preocupante a ser exibido e receber forma à luz do dia. Minha mãe estava com aquela expressão de novo, de alguém sendo forçado a olhar para uma luz forte. Tratei de me controlar, engolindo o medo que enchia minha garganta como uma risada. Seria possível? Eu conseguiria?

Parecia que outra garota estava parada ali pensando essas coisas, ousando se conter e seguir adiante.

Foi o momento que Robin escolheu para passar por ali. Quando nos viu, fez uma rápida meia-volta olhando para trás por cima do ombro. Com os olhos, minha mãe disse a ele para recuar e nos deixar sozinhas na cozinha. O que fiz em seguida foi uma surpresa para mim tanto quanto para qualquer um. Eu me adiantei, arrastei Robin e o coloquei entre nós como se ele fosse um urso de pelúcia, um prêmio que eu tivesse ganhado. O espanto em seus rostos foi gratificante, assim como a resistência de seu antebraço, que, na verdade, era apenas fingimento.

— Longe de mim me intrometer em um momento feminino — disse Robin.

— Você não está se intrometendo. Ele está, mãe?

— De modo nenhum. — Minha mãe se afastou e foi até a gaveta ao lado da pia onde vão parar os utensílios domésticos que não têm para onde ir. De olhos baixos, ela começou a atirar coisas para fora. Chaves de fenda, brincos quebrados, um ímã em forma de cenoura, uma lanterna sem lente, elásticos, tocos de velas, fusíveis e canetas se amontoaram como se o chão da cozinha sempre tivesse sido seu verdadeiro local de descanso.

Hipnotizados, Robin e eu a observamos colocar o curativo que encontrou ali, um azul da Disney, na mão que nem sangrava mais, piscando furiosamente para afastar as lágrimas antes que escorressem ou fossem notadas. Uma das coisas que mais odiava no mundo era ver minha mãe chorar. Ansiava por correr em seu socorro. Foi um milagre eu ter ficado parada.

Mesmo que Robin não tivesse saído do transe para pegar com ternura os objetos e verificar se havia estilhaços no chão, mesmo que não tivesse feito um barulhinho reconfortante e oferecido a ela um de seus abraços de homem baixo, fazendo-a se virar e esconder o rosto em sua blusa, eu teria ficado onde estava. Porque *eu* tinha alguém comigo agora, ou era assim que me sentia, e juntos estávamos fechando silenciosamente as janelas e fechando portas e portões que eu nem sabia que poderiam ser fechados e trancados. Quer minha mãe visse assim ou não, o fato era que guardar um ou dois segredos seria melhor para nós duas no longo prazo. Tenho que pensar no longo prazo agora.

Parte II

Eve

16

Na manhã seguinte ao dia em que Norma remou até nós, uma tempestade chegou. Continuei indo ao píer todas as manhãs, como sempre fazia, mesmo debaixo de chuva, mas ela não apareceu novamente. Três dias depois, eu e Robin voltamos para casa.

Quando paramos na garagem, os grilos estavam anunciando o fim do verão. Poderia ter sido qualquer noite de agosto da minha infância, voltando do lago refrescante para a cidade quente. Na rua Corcoran, eu e meu irmão apostaríamos corrida até a porta de entrada da casa. Naquele dia, eu não queria sair do carro. Robin apoiou os braços no volante e soltou um bocejo elaborado, exatamente como meu pai costumava fazer, enquanto eu observava que as providências que tínhamos tomado para fazer parecer que a casa estava habitada enquanto estávamos fora — deixando as persianas das janelas em alturas diferentes, programando um timer para a luz da varanda — só serviam para chamar a atenção para a casa vazia.

Lá dentro, joguei a bolsa sobre a mesa da sala de jantar e examinei a correspondência que nossa vizinha, a sra. Platt, tinha organizado em uma pilha quando veio regar as plantas e alimentar o gato. Robin agarrou Cloud e a pegou no colo como uma criança, cantarolando "You are my Sunshine" na cara da gata, até que ela se desvencilhou e pulou para longe. Quando a peguei para Maddy, Cloud era uma bolinha de pelos quase sem corpo. Agora, exibia o andar oscilante de uma gata adulta e o pelo cor de fuligem de sua raça. Não me importava que ela ficasse irritada conosco por trancar a portinhola de saída e deixá-la à mercê da sra. Platt, que, na nossa ausência, a mantinha numa dieta de ração seca. Só queria que Cloud estivesse aqui quando voltássemos.

Robin sorriu para mim com uma cara cansada, a testa vermelha pelo excesso de sol. A primeira vez que vi Robin, ele estava debaixo dessa mesma mesa, em cuja superfície eu agora traçava espirais com a ponta dos dedos. Eu tinha voltado das compras na manhã de meu quadragésimo aniversário e encontrado dois homens montando o presente de meus pais, feito à mão, de nogueira inglesa. Não me lembro de seu auxiliar — ele já tem outro agora — mas eu muitas vezes penso naquela versão antiga do Robin, quando ele era um estranho magrelo deitado no chão, as mãos segurando a tábua na posição para aparafusar as pernas por baixo da mesa, os olhos semicerrados, concentrado, os braços levantados puxando a camiseta para fora dos jeans e deixando entrever a linha da cintura. Em um comentário rápido, ele me disse que tinha se mudado para o norte da Virgínia para estudar com um mestre carpinteiro japonês e, no fim, tinha aberto o próprio negócio aqui. Tinha resgatado a madeira de uma obra perto de Culpeper, onde as árvores estavam sendo derrubadas e queimadas, e as tábuas estavam secando em sua oficina quando Rose e Walter tinham ido conversar com ele sobre um trabalho.

— Gente boa, seus pais. Gostei muito deles. — Já em pé, ele parou e me examinou pela primeira vez, talvez para checar se a bondade era um traço familiar.

Eu o chamei de volta algumas semanas depois para ajeitar uma perna bamba da mesa. Fomos almoçar. Ele me ligou quando voltou à cidade para saber se o reparo tinha funcionado. Pedi a ele um orçamento para uma estante embutida na sala de estar. Quando ele veio montar a estante, me levou para jantar. Seis anos mais velho que eu, Robin era trabalhador e generoso, com um sorriso cativante que achei que era reservado para mim até vê-lo lançar o mesmo sorriso para caixas de supermercado, garçons e mecânicos enquanto conversava com eles.

Robin foi se entranhando vagarosamente na minha vida até o momento em que parecia que sempre estivera ali, falando dos nós da madeira, de sonatas e da vida selvagem. Não era da natureza de Robin forçar as situações, e eu tinha que me precaver até conseguir avaliar as consequências para Maddy.

Mas ela estava crescendo e precisando cada vez menos de mim e, depois das primeiras semanas, durante as quais se recusou a sorrir para ele, ela se abriu mais e mais para a presença de Robin em nossas vidas, chegando até a me apressar a, como ela disse, "fechar o negócio".

— Fechar o negócio? O que você sabe sobre isso?

— Mais do que você imagina.

Um sábado, quando Maddy foi dormir na casa de uma amiga, Robin veio comer tacos e aproveitar nossa recém-consertada lareira. Naquele momento, a casa vazia pareceu sedutoramente erótica. Então, fomos do chão da sala de estar para o quarto e logo estávamos passando a maioria dos fins de semana juntos. Cada um de nós tinha um filho — o dele, que raramente via, tinha vinte e três anos e morava em Cincinnati, fruto de um casamento anterior desastroso —, portanto não havia pressão para procriarmos. Robin encontrou uma garagem próxima para alugar, trouxe a oficina para cá e, meio sem qualquer cerimônia, veio morar conosco. Eu me lembro de pensar que a vida não poderia ser melhor. Maddy foi diagnosticada sete meses depois.

Não conseguia evitar que meus dedos traçassem espirais na madeira, girando para um lado, depois para o outro. Nada na mesa era simétrico, com exceção da espessura uniforme. Era feita de duas tábuas de nogueira vermelha, retas de um lado, arredondadas do outro, e unidas por juntas holandesas incrustadas na madeira. Uma longa rachadura na extremidade reta fazia parte do design e de seu charme. A mesa era uma das poucas coisas que eu tentaria salvar de uma casa em chamas. Maddy, por outro lado, nunca gostou dela. Achava a mesa torta e inacabada.

Robin se aproximou e segurou minhas mãos entre as suas. Ele me abraçou.

— Desligue o ar-condicionado. Vou descarregar o carro e ligar para a sra. P. Aí vamos direto para a cama.

Arrastei a mala até o topo da escada no andar superior. Então, sem conseguir evitar, girei a maçaneta da porta do quarto de Maddy, entrei e me sentei em sua cama.

Naqueles meses em que eu não suportava nem me afastar muito de casa nem me ocupar com qualquer coisa, ficava na porta olhando para o quarto da

Maddy. Parecia-me invasivo passar da porta quando ela não podia me convidar para entrar. Agora eu estava aqui cercada por seus pôsteres, seu tapete peludo, sua penteadeira de espelho oval, que me observavam com o olhar circunspecto de objetos que poderiam ter outros usos.

Experimentei recostar na almofada triangular circulando um pulso com os dedos da outra mão, inspecionando o quarto como ela fazia, rainha de seu mundo. Enquanto estava nessa posição, meu celular escorregou do bolso da minha blusa e caiu entre o colchão e a parede. Enfiei a mão para tentar encontrá-lo. Caixa. Livro. Cartolina. Algum tipo de pasta coberta de poeira. Tive que sorrir. Maddy tinha herdado meu método de cuidar da casa. Hoje em dia, a sra. Walsh apenas passava o aspirador nos espaços vazios.

Seria muito trabalhoso procurar uma lanterna, então, em vez disso, eu me ajoelhei na cama e fui tirando os objetos até criar espaço para caber a minha mão. Assoprava a poeira e contemplava cada objeto por um momento. A colagem de uma rua da cidade que ela fez no terceiro ano do ensino fundamental. Seu rosto ansioso e tímido. Um livro sobre sexo que eu havia dado para ela. Espero que aquela abordagem sensata tenha ajudado. Ensaiei um sorriso que afetasse naturalidade: até agora, tudo bem. Depois veio uma caixa de plástico rosa, meio diário, meio caixa de lembranças, um presente de Natal de Rose. Para abrir, era necessário um código de quatro dígitos, havia muito tempo esquecido.

Tinha sido uma performance hilária! Maddy fazia questão de digitar o código na minha frente para me lembrar de que apenas ela poderia abrir a caixa, e então tentava impedir que eu visse o conteúdo com manobras elaboradas. Mas se eu ia embora muito rápido, ela se oferecia para me mostrar; se eu recusava a oferta, ela me seguia pela casa, cada vez mais agitada, e, por fim, insistia que eu olhasse seus objetos particulares. Claro que o fecho podia ser forçado, mas fiquei feliz em notar que não tinha nenhuma vontade de invadir o diário de uma menina de nove anos, ou de saber que bugigangas Maddy tinha resolvido esconder ali. Último item: uma pasta de arquivo verde com uma palavra escrita na capa. *Antonio*.

Mesmo na adolescência, Maddy continuava tendo uma letra claramente infantil, o pingo do *i* era um círculo. Foi como se eu estivesse me olhando de cima, me vendo ajoelhada na cama. Minhas mãos pareciam fracas, quase anestesiadas, enquanto o que elas seguravam parecia se contorcer, cheio de vida. Eu queria abrir a pasta. Não conseguia. Lentamente, eu a abri.

Caro Antonio Jorge Romero, li. *Você não me conhece... Naturalmente, fiquei muito, muito surpreso ao receber...* Fui virando as páginas, lendo na diagonal. *Não tenho certeza de como devo chamá-lo... Como cientista, estou muito preocupado... Você sempre escreve para mim do trabalho? Nunca se pode confiar em um verão inglês, quase só chuva quando deveria ter sol...*

Coloquei as páginas de volta e fechei a pasta. Ajoelhada no colchão, recoloquei os papéis entre a cama e a parede. Fiquei em pé sobre o tapete de Maddy, a vergonha pulsando dentro de mim. Eu podia sair dali. Fingir que nunca tinha entrado. Esquecer o que tinha visto. Em vez disso, corri até a cama, arranquei a pasta do vão e, segurando aquele objeto na minha frente como se fosse um escudo, desci as escadas chamando por Robin.

Ele estava sentado na banqueta do piano e girou para me encarar. Seu cabelo cor de areia ainda era maleável o suficiente para ser convincentemente penteado para trás, só dava para ver como era ralo olhando de cima. Mais uns cinco anos, se durássemos tudo isso, e ele se juntaria à população dos homens com careca. Possivelmente, vai se sair melhor que a maioria, pois é bem pouco vaidoso e tem um rosto muito expressivo. Ele leu as duas páginas que passei para ele e assoviou entre os dentes, esperando que eu falasse algo.

— Vou voltar para o lago. Preciso ficar sozinha — declarei. — Preciso pensar.

Nossa vida íntima tinha praticamente deixado de existir quando Maddy ficou doente. Houve vezes, quando ela estava na igreja com meus pais, ou na casa do Jack, em que tínhamos até conseguido, criando uma esperança precária que durava uns dias. Mas, na maior parte do tempo, eu não conseguia tolerar a diversão do sexo, não conseguia tolerar o prazer.

Robin pegou minhas mãos e as balançou de leve.

— Você não pode pensar junto comigo? Eu não sou só um rostinho bonito, sabe?

Movi minha cabeça de um lado para outro, em negativa.

Robin me soltou e esticou os braços para os lados, dedilhando de costas as notas mais altas e mais baixas. Quando ele se mudou para cá e trouxe seu piano vertical, guardamos no porão o velho piano no qual Maddy tinha aprendido a tocar. Naquela época, ela já não estava mais fazendo aulas e, depois de ficar doente, perdeu todo o interesse em estudar, ou em aprender sobre música ou compositores. Ela queria ir a concertos e assistir concentrada, inclinada na direção do palco, criando com os ombros um espaço privado, para onde se retirava. Ela me silenciava se eu tentava falar. Apenas na música em si ela prestava uma atenção ávida, que eu só podia observar com o canto do olho, trancada para fora de seu mundo e enjoada de compaixão e medo.

— Você não precisa se esconder, Eve.

— Maddy se correspondeu com ele por meses e eu nunca soube! Ela nunca me contou.

Ele escorregou para o lado para dar espaço na banqueta. Pressionei meu rosto contra seu ombro firme. Se é verdade que, sob a superfície, somos um caldeirão fervente de ideias malucas, crenças irracionais e desejos bizarros, o medo põe tudo isso à vista. Durante o ano da doença de Maddy, eu tinha sido alternadamente distante e acusatória com Robin. Era minha filha que estava ameaçada. Era minha criança emagrecendo, minha criança sendo perfurada e invadida, minha criança que talvez nunca crescesse para ser adulta. O filho de Robin era um jovem tímido chamado Vince, que trabalhava como plantonista em um hospital e não tinha interesse nem no pai nem, até onde eu podia perceber, em qualquer contato humano normal. À noite, deitada na cama, eu não conseguia evitar esses pensamentos. O mundo seria melhor sem o Vince que sem a Maddy. Por que não ele? A vergonha desses devaneios me distanciou ainda mais de Robin, que esteve sempre ali ao meu lado, observando minha angústia de longe com uma expressão que dizia: "Me deixe entrar".

— Eu sei que é difícil para você — disse eu.

— O quê?

— Esse meu jeito. O que aconteceu. Tudo.

Ele me apertou, um pouco forte demais, eu achei.

— Não gosto da ideia de você ir para lá sozinha. Por que você não vê se a Beth ou a Ella podem ir junto?

Olhei surpresa para ele.

— Elas desistiram de mim.

— Foi isso o que aconteceu? — Ele tinha ficado triste quando eu e minhas amigas nos separamos.
— Você sabe o que aconteceu. Nós nos distanciamos.
— Bem, vocês não podem se reaproximar?
— É demais para você, não é?
Ele cruzou os braços.
— Só estou dizendo, ficar isolada nunca é bom.
Depois de um tempo, acrescentei cautelosamente: — Quem sabe? Talvez Norma esteja lá.
— Nossa nova vizinha?
— Seria legal se ela estivesse.
— Bem — disse ele —, melhor do que você ficar lá sozinha.

17

Depois de passar pela última das cidades industriais, a estrada seguia quilômetro após quilômetro por meio de plantações que cobriam a terra como um tapete, interrompidas apenas por galpões ondulados e máquinas agrícolas estacionadas em áreas pavimentadas. De vez em quando, aparecia um celeiro que poderia ter vindo diretamente de um livro infantil, a pintura vermelha tão perfeita que parecia a capa de um folheto de propaganda. Mas não me pergunte, não sei avaliar quanta verdade há nas aparências. Nesses dias, o mundo exterior para mim é só um pano de fundo, ou uma fachada, com os pontos principais pintados de cores brilhantes e costuras ocultas que eu conseguiria enxergar se olhasse de perto.

A semana no trabalho passou em meio a um torpor. Depois das férias de verão no lago, do encontro com Norma e da descoberta das cartas, era difícil acreditar que eu fosse diretora assistente de qualquer coisa, muito menos do setor de educação de um famoso museu. Planejei os turnos de outono dos estagiários, debati com meu chefe os prós e contras de oficinas noturnas, guiei turistas, artistas amadores e aposentados de galeria em galeria, só pensando na tarde de sexta-feira, quando eu poderia sair mais cedo, ir para casa, arrumar minha mochila e viajar. Agora, com a luz do dia minguando e as *Invenções* de Bach ecoando dentro do carro, o tempo parecia estar se movendo novamente para frente, ainda que aos solavancos.

Mais plantações, mais máquinas paradas, mais celeiros improváveis. Na pista mais ao leste, um caminhão de doze rodas passou em direção aos lagos inferiores, onde a extração de gás por fraturamento hidráulico* estava a todo vapor. Eles esperam até o anoitecer para enviar caminhões-tanque de água sem qualquer identificação. Tawasentha era, dos três, o lago de maior altitude e, até aquele momento, a associação de moradores tinha se mantido firme, mas o pagamento oferecido era grande demais e, na última reunião, um quarto dos membros tinha votado a favor. Na minha opinião, era só uma questão de tempo até que os deslizamentos de terra e o envenenamento do lençol freático nos alcançassem.

Eu deveria ser a ativista ideal, inspirada pelo modo como Maddy tinha enfrentado o impensável. Era possível extrair coragem da coragem do outro. A imaginação usada na luta. Onde estava minha imaginação? Onde estava minha bravura?

Virei à esquerda no armazém e comecei a claustrofóbica subida da montanha, atravessando a floresta do Parque Nacional até chegar a uma cancela, a entrada para a estrada que levava ao lago. Fui envolvida pelo aroma denso e picante das samambaias. Um homem barbudo surgiu na varanda do bangalô do zelador e, quando ergueu a cancela, fui tomada pelas dúvidas que estavam ali de tocaia a viagem toda. Onde eu estava com a cabeça? Não queria ver ninguém. Ela nem devia estar lá. Mas eu não podia voltar, então pisei no acelerador e segui, acenando para o homem. Os zeladores mudavam sempre. Quem conseguiria viver muito tempo neste local tão exposto, perto o suficiente para sentir o cheiro do lago, mas sem nunca ver a água?

Na manhã seguinte, comi um ovo cozido no terraço, daí peguei meu café e desci até o lago. Sem Robin na casa atrás de mim, o píer parecia um barco cujas amarras tinham sido cortadas. Supervisionei a dispersão da névoa, observei enquanto a superfície da água era perturbada por brisas suaves

---

* Fraturamento hidráulico, ou *Fracking*, é um método de extração de petróleo e gás natural que envolve a injeção, a alta pressão, de uma mistura de água, areia (ou outro material resistente ao esmigalhamento e capaz de preencher as microfissuras do solo) e produtos químicos na superfície. O processo amplia as fissuras e fraturas do substrato rochoso, permitindo a saída do petróleo e/ou do gás selado nos bolsões subterrâneos. (N. T.)

competindo entre si e tentei encontrar sinais de vida no monstrengo amarelo na margem oposta. Até levantei e fiz um pouco de alongamento e alguns agachamentos. Sem binóculos, não tinha como confirmar se o movimento que eu via era de pessoas ou da folhagem. Não havia alternativa senão pegar minha mochila e seguir a trilha que margeia o lago. Estreita como uma passagem de animais, serpenteava entre as raízes das árvores, o caminho forrado de folhas pontiagudas dos pinheiros que cobriam o musgo esponjoso. A trilha permitia percorrer todo o perímetro do lago, e existia por uma norma da associação de moradores de Tawasentha: as margens do lago deveriam ser acessíveis a todos os que viviam por ali, a qualquer hora.

Eu precisava admitir que, de perto, o amarelo da casa era mais digno que de longe, um tom ocre quase veneziano. Mesmo sendo cuidadosa, alertei o cachorro sobre minha presença, um terrier marrom peludo que saltou de trás de uma pilha de estacas e latiu, o corpo rígido ao lado do caiaque emborcado.

Norma apareceu na porta dos fundos para checar o motivo da agitação. Saiu da casa gritando para o cachorro:

— Quieto! Tudo bem, Homer, amiga, não inimiga — e olhou para mim, surpresa. — Ah, oi!

— Desculpe incomodar.

— Não foi nada. Ele está só se mostrando. É um bebezão. Não é, Homey? — Ela se curvou para afagar o cão. O nome de desenho animado soava estranho na voz suave de Norma.

— Eu estava dando a volta no lago.

— Que legal. — Ela franziu a testa para o céu. — Um bom dia para fazer isso.

Avistei o para-choque de uma picape na entrada da garagem.

— Você deve estar ocupada.

— Sempre. — Ela se levantou, sorriso eficiente no rosto, o agasalho cinza manchado de tinta. Hoje, uma bandana com motivos de casco de tartaruga mantinha seu cabelo fora do rosto. Parecia mais autônoma do que eu lembrava. — Quer entrar? Ver como está ficando a casa?

Agora que meu objetivo estava à mão, eu disse:

— Quem sabe outro dia.

— Tem certeza? Não tem problema. Os meninos estão com a minha mãe. Não quero que fiquem perto enquanto estamos mexendo no piso. Muitos produtos químicos perigosos.

Protegi os olhos com a mão e estudei o lago. Não tinha nenhuma vontade especial de entrar na casa de Norma. Tanner poderia estar lá. Duvidava de que estivesse, dada a forma direta de falar, mas, mesmo assim, não queria correr o risco de ser sugada pelas armadilhas de uma vida familiar despreocupada.

— Podemos tomar café aqui fora — ofereceu Norma. Quando me virei, ela me abriu um sorriso tão hospitaleiro que tive vontade de dizer algo desagradável, só para ver o que aconteceria com seu rosto.

— Está bem.

O píer deles era maior que o nosso, mas estava em pior estado. Uma parte da extremidade estava solta. Pelos montinhos esfarelados nas tábuas, entendi que os patos usavam o local para descansar. Aliás, toda a margem do lago estava precisando de um pouco de atenção. Na parte rasa, não havia sinal da areia branca fina que meu pai repunha todos os anos e que fazia com que nadar ali fosse tão bom. O fundo do lago de Norma era só musgo e galhos e o chão era um brejo, dava para ver, da margem até a casa. Agora, olhando de perto, eu não via nenhum sinal evidente de retirada de árvores. Será que eu tinha me enganado? Talvez eles tivessem apenas aparado os galhos.

Norma me deixou na mesa de piquenique de madeira e foi fazer café. Isso me deu uma chance de observar o terreno e ficar amiga de Homer, que se sentou com a dignidade de uma esfinge aos meus pés. Era um lago diferente daqui. Enquanto tínhamos uma vista para todo o lago, eles só podiam ver a faixa de água entre a casa deles e a nossa, o resto estava oculto pelo promontório que separava a baía deles do corpo principal do lago. Tinham mais privacidade, mas também uma sensação opressiva de isolamento. Do outro lado, só dava para ver a ponta do telhado de nossa casa através das árvores. Nosso píer era uma linha pálida sob as pinceladas verdes das cadeiras. Seria difícil saber o que alguém estaria fazendo lá do outro lado; eu entendi por que Norma tinha interpretado meus movimentos de braço como um pedido de socorro.

Ela voltou com duas xícaras em uma bandeja. Jogamos um pouco de conversa fora falando da frente fria recente. O sol mergulhava e emergia de nuvens vagas. Uma brisa levantou a franja vermelha na testa de Norma, fazendo com que ela tentasse enfiar o cabelo sob a bandana. Jogados pelo chão estavam um caminhão, uma bola, um taco e uma variedade de brinquedos de água.

— Como estão os meninos? — perguntei, tentando lembrar que ela governava um mundo sem conexão com o meu.

— Você sabe. Anjos ou bandidos. E nada entre um e outro — suspirou. — Não sei o que faria sem minha mãe. Ela é ótima com eles. E eles dão um bocado de trabalho. Especialmente Ben, claro. Mas ele acaba arrastando Luke junto.

— Por que especialmente Ben?

— Benjamin tem vários problemas — respondeu Norma calmamente. — Não mencionei isso? Ele foi diagnosticado como autista, no extremo do espectro.

— Ah... Não sabia.

Norma abriu um sorriso calculado, mostrando que não havia necessidade de sentir desconforto ou pena.

— Tentamos a escola pública. Mas não serve para o Ben, pelo menos não nesse momento. Tem um lugar que ele frequenta metade da semana.

— Deve ser difícil.

— Tem sido terrível. — Então, ela se corrigiu: — Uma jornada e tanto.

Aquela era uma palavra pela qual eu tinha um desapreço especial, uma palavra que tinha sido empregada por várias pessoas durante os últimos dois anos para descrever a minha situação.

— Você vê assim?

— Bem. — Norma me encarou, me estudando. — Melhor ser uma jornada que um sofrimento, certo? — perguntou ela, abrindo seu sorriso solar. — Como estão as coisas com você? Como está Maddy?

O momento tinha chegado, quase sem esforço da minha parte. Norma não era uma amiga, mas era calorosa, saudável e livre de contaminação. Eu tinha tido amigas e perdido amigas. O que eu precisava era de uma desconhecida.

— Maddy não está mais aqui — respondi.

— Na idade dela, com certeza tem outras coisas para fazer. Pelo menos você e Robin ficam livres para ir e vir quando quiserem. — Ela envolveu a xícara com as duas mãos e olhou para elas pensando, talvez, numa liberdade que ela e Tanner talvez nunca tivessem.

— Não, eu quis dizer que Maddy não está mais conosco. Ela morreu em novembro passado.

Norma levantou a cabeça rápido, em um tranco.

— Ela estava com câncer.

Foi um alívio ter dito aquilo, dar o peso para ela carregar, foi também um triunfo, uma vergonha e um fardo. Os olhos azul-claros de Norma se encheram de lágrimas. Eu tinha transformado uma manhã de café em uma tragédia, uma conhecida em uma confessora. Será que eu teria que carregar Norma agora também?

Ela buscou no meu olhar alguma indicação de que eu estivesse brincando, a mão cobrindo a boca.

— Você não disse nada!

— Não é fácil.

— Claro, claro...

— Desculpe — disse eu. — Você tem filhos. Deve ser muito chocante ouvir algo assim.

Será que inventei esses pensamentos para ela, ou os li em seus olhos e no movimento de seus ombros, as minúsculas mudanças que brilharam luminosas em seu rosto? O desejo de saber tudo. O desejo de comparar minha vida com a dela. O desejo de olhar para o outro lado. O desejo de fazer voltar o tempo, de se recolher em seus próprios problemas, de nunca ter remado até meu píer, porque agora nós duas estávamos amarradas uma à outra pelo que eu tinha contado, e uma pessoa gentil como ela não saberia como se desvencilhar.

— Caso esteja pensando — continuei —, não estou louca. — Norma emitiu algum ruído, mas segui falando. — Eu não acredito em nada específico. Você acredita? Mas, agora, fico pensando: talvez seja arrogante ter tanta certeza. Quem sabe ela não está em algum lugar? Ninguém sabe. Mesmo quem pensa que sabe. *Especialmente* quem pensa que sabe.

Norma assentiu com a cabeça, em silêncio.

— Então, às vezes, ajuda agir *como se*. Não tem nada errado em *como se*. — Eu agora via que tudo o que me ancorava na vida correta e no esquema geral das coisas tinha desaparecido com a morte de Maddy. Não havia mais longo prazo. Não havia uma última análise. *Como se* não era apenas uma questão de sobrevivência, de seguir em frente do jeito que fosse possível. O *como se* significava que minha relação com o próprio sentido das coisas tinha mudado profundamente.

Suavemente, pensativa, Norma sussurrou:

— A cobra...

— Estranho, não é? — Apertei um pouco mais aquele laço que agora nos unia. — Não tinha pensado naquilo por anos. O fato é que a cobra me dá um certo conforto — acrescentei.

— Como assim?

— É como se tudo já estivesse decidido. Como se nada pudesse ser feito para evitar o que aconteceu.

Um ano atrás, se eu tivesse pensado no assunto, uma coincidência como a da cobra teria me parecido cruel e irrelevante, só o universo fazendo mais um joguinho doentio à minha custa. Agora tudo o que eu tinha eram os padrões que conseguia elaborar, as ressonâncias metafóricas que podia encontrar. Talvez fosse só o que restasse.

Deixei Norma me fazer perguntas. Contei sobre a fadiga e a perda de peso de Maddy, os sintomas que tínhamos confundido com a teimosia adolescente e com a privação de sono, com as exigências de um novo corpo e de uma vida social agitada. Meu interesse por Robin na época e a sensação de que tanto eu quanto Maddy estávamos à beira de novas vidas. O diagnóstico errado, que resultou no fato de a doença já estar relativamente avançada quando foi descoberta.

— Sabe como é estranho ter que pensar sobre a parte de dentro do corpo de uma criança?

Ela balançou a cabeça negando.

— Uma criança deve ser uma criança. Não um arranjo de matéria em melhor ou pior forma.

Contei sobre a música, a campanha, a determinação de Maddy em fazer o maior número possível de coisas no tempo que restava. Contei sobre minhas amigas, que organizaram uma equipe de motoristas, cozinheiras, rede de apoio, conselheiros e um rodízio de pessoas para ficarem com Maddy quando eu e Robin saíamos. Contei de nossas esperanças com remédios novos, da recaída e do rápido declínio. A morte de Maddy em si, relatei em uma sentença.

— Eu imaginava que, se o pior acontecesse, todas as minhas amigas estariam lá para sempre. Mas elas pareceram se afastar. Mesmo as mais próximas. Talvez especialmente as mais próximas. Ella estava no meio de uma mudança, mas Beth...

Norma pareceu horrorizada.

— Elas abandonaram você?

— Não exatamente. Bem, não me lembro direito das primeiras semanas. Sei que havia gente lá, ajudando. Mas depois de um tempo, alguma coisa mudou. Era como se eu fosse radioativa. Ninguém queria chegar muito perto.

— Acho que ninguém sabe direito o que fazer — disse Norma. — O que dizer.

— Talvez o problema seja eu. Robin acha que sou eu, tenho certeza. Sempre que Beth ia nos visitar com os filhos, eu era rude, ou dava uma desculpa para eles irem embora. Não conseguia suportar.

Eu me curvei e acariciei o pescoço de Homer. Senti sua pele estremecer sob o pelo, senti o calor do sol em minhas costas. Norma estava observando a mancha branca de um barco a vela no lago, as mãos envolvendo o joelho dobrado. Eu me aprumei.

— Aconteceu uma coisa nessa semana.

Ela me olhou com o olhar perturbado de alguém que nunca tinha conhecido Maddy e era incapaz de sentir saudade dela.

— Você quer ouvir? Pode dizer não. Eu já despejei um monte de coisas em você...

Norma balançou a cabeça e depois assentiu, atordoada com a calamidade alheia.

— Lembra que falei do pai de Maddy? Que eu não o via nem tinha notícias dele desde que descobri a gravidez?

— Ele procurou você?

— Não.

— Você o contatou?

— Não.

— Bem, o que foi, então?

— Maddy o encontrou. Achei os e-mails essa semana.

Norma deslizou a mão pela mesa e cobriu a minha, tão tranquilamente quanto tinha examinado meu esmalte na semana anterior.

— Por que ela não me contou nada? — perguntei. — Por que ela teve que fazer isso escondida de mim?

— Essa é a pior parte? Ela não ter dito nada?

Não era óbvio? O passado e as ações de Maddy eram uma caixa lacrada. Ela não ia me seguir pela casa implorando que eu a abrisse e olhasse.

Norma tentou de novo.

— Bem, o que tinha nos e-mails?

— Não sei — respondi, taciturna. — Fiquei chocada demais para conseguir ler tudo. — Isso era verdade, mas eu tinha visto o bastante. As saudações e despedidas, a familiaridade, o tom ocasionalmente lisonjeiro, não havia dúvida de que era uma troca que se estendeu por meses: uma via de mão dupla, uma relação.

— Bem, você trouxe os e-mails? — perguntou Norma, prática.

— Sim — respondi com um olhar ofendido.

— Bem, quer dar uma olhada neles agora?

Norma tinha mesmo que começar todas as frases com *bem*? Não havia nada a fazer senão abrir a mochila. O zíper soou como se estivesse rasgando o tecido. Homer se agitou, Norma o afagou. Coloquei a pasta verde na mesa entre nós duas. Norma manteve as mãos paradas sobre o colo. Peguei a primeira página e passei para ela. Então a próxima, e a seguinte, e mais outra. Dei a ela as primeiras seis cartas. Não demorou muito para ler. Norma colocou a última carta sobre a mesa, virada para baixo, e levantou os olhos brilhantes. Eu estava completamente seca.

— Você viu o principal. A última carta dela é de setembro. Não sei se ele ainda escreveu depois disso.

— Ela disse a ele que estava doente?

— Acho que não.

— Ah! — gemeu Norma. — Que castigo horrível!

— Ele provavelmente imagina que ela vai entrar em contato novamente algum dia.

Ela pôs a mão sobre as páginas.

— Ele era legal? Parece um cara legal.

— Legal, sim. Na época, eu era louca por ele. — Pensei por um instante. — Bem, ele não pode ser *tão* legal assim, afinal abandonou uma namorada grávida.
— Sim.
— E nunca tentou entrar em contato.
— E você queria saber dele?
— Eu teria mandado ele sumir. Minha incapacidade é perdoar.
— E Maddy sabia dessa sua incapacidade de perdoar?
— O que você quer dizer?
— Será que foi por isso que ela não contou?
— Como eu vou saber!?

Norma fez um gesto de "está bem, calma" com as mãos e olhou para o lago.

— Você entende, esse é o problema — retomei, em um tom conciliatório. — Não posso perguntar para ela. Não posso nem...

Um dos homens que estava trabalhando na casa se aproximou, com os polegares enfiados no cinto de ferramentas. Ele olhou para Norma, daí para mim, e de volta para ela.

— Posso incomodar você um instante? É sobre aquele armário de canto. Talvez a gente tenha medido errado.

Norma se levantou, pedindo licença com o olhar.

— Já volto.

Na ausência dela, examinei minhas unhas. Não tinha pintado novamente. O esmalte tinha descascado e se transformado numa ilha roxa com manchas brancas no centro de cada unha. É difícil relaxar em bancos de madeira de mesas de piquenique. Mudei várias vezes de uma posição desconfortável para outra enquanto olhava para a frente, fingindo apreciar a vista. Nosso chalé parecia distante e fechado. Eu precisava ligar para Robin quando voltasse.

Só percebi a chegada de Norma quando ela se sentou novamente.

— Tem uma maneira de descobrir — disse ela. — Duas maneiras.
— Eles mediram errado?

Ela não pareceu entender a pergunta.

— O armário.
— Ah. Sim, de fato eles mediram errado. Mas dá para resolver. Nem preciso ligar para o Tanner.
— Descobrir o quê? — perguntei.

— A Maddy não escreveu que o avô sabia que ela estava se correspondendo com Antonio?

— É verdade. — Eu ainda não tinha me permitido compreender isso completamente.

— E seu pai não disse a você o que estava acontecendo?

— Não — respondi secamente.

— Uau! — exclamou Norma. — Uma família cheia de segredos.

— E a outra maneira?

— Procurar Antonio — disse ela.

Bufei, e meu pé tocou em Homer. Ele se levantou resolutamente e se espreguiçou.

— Não vou fazer isso! Eu criei a filha dele e daí ele faz isso pelas minhas costas? Não, eu passo.

— Foi a Maddy quem escreveu para ele primeiro. — arriscou Norma.

— Você está do lado dele?

Após me encarar por um momento, ela respondeu suavemente:

— Bem, já que você não pode falar com a Maddy, pelo menos dá para saber o ponto de vista dele.

Por trás do píer solto de Norma, a água lembrava pedra molhada. Estava gostando da ideia. Algo me atraía ali, com uma promessa bem mais primitiva e gratificante que o conhecimento ou a ilusão de isolamento.

— Sabe, talvez você tenha razão — respondi devagar. — Talvez eu faça exatamente isso. Envolver Antonio no problema.

18

DE VOLTA PARA CASA, RELI as primeiras cartas da forma mais imparcial possível. Só passei os olhos pelas outras, deixando-as para quando me sentisse mais forte. Não era fácil ouvir a voz de Maddy naquelas páginas, as exclamações de adolescente, a sagacidade melancólica tentando incitar a amizade, talvez até o amor de alguém que não sabia que ela estava morrendo. *Uau... não acreditei no que estava vendo! É tão estranho escrever para você. Eu me pergunto se inventei você!* Cada página continha um e-mail impresso, com a data e a hora no topo. Alguns tinham apenas uma ou duas linhas. Estavam na sequência exata. Maddy pode ter sido uma dona de casa descuidada, mas tinha herdado a paixão do avô pela documentação e pela ordem. Ou então as mensagens tinham tal importância que cada uma merecia estar em sua própria página, repleta de espaço vazio, meticulosamente arquivadas para serem lidas, relidas e depois guardadas no vão ao lado da cama para que estivessem perto dela e a salvo de mim enquanto Maddy estivesse aqui.

Também não era fácil ouvir a voz de Antonio ali. *Você descobrirá suas próprias ideias à medida que ficar mais velha... Talvez eu esteja descobrindo como meninas são diferentes... Muitas coisas na vida acontecem sem intenção...* O espaço regular e a ordem passiva das frases, seus *R*s enrolados e *B*s suaves eram como uma canção de ninar que termina mal, conjurando não o consolo, mas a perda. Lendo os e-mails de Antonio, eu me sentia aquela jovem apaixonada pelo seu discurso gentil, o humor, a autoridade e o charme que irradiam naturalmente de falantes de outras línguas. Era eu quem queria que Antonio, e apenas Antonio, fosse o pai dos meus filhos, e fui eu que me consumi numa fúria incandescente por ele ter nos abandonado. Ele tinha entrado na vida de Maddy justo quando aquela vida estava acabando. *De qualquer forma, gosto da minha própria companhia.* Sim, Antonio. Você sempre foi fascinado pela sua própria companhia.

Uma emboscada no endereço do trabalho. Segui-lo até sua casa. Aparecer durante o jantar da família. Contemplei esses cenários por vários dias, perfeitamente ciente de que nunca aconteceriam. Não era meu estilo. Outra ideia, entretanto, estava tomando forma. Passei uma semana redigindo um e-mail, reescrevi, deixei fermentar na caixa de rascunhos. Por fim, cliquei em "Enviar" e deixei que partisse daquela maneira fantasmagórica e silenciosa com que mensagens eletrônicas se põem a caminho, pensando que aquilo estava errado, uma carta dessas deveria gerar ruídos terríveis de esmagamento, arranhão, colisão.

Caro Antonio,

Lembra-se de mim? Recentemente descobri que você e Maddy estiveram em contato. Acho que ela não me contar foi como um grito de independência. Não preciso nem dizer, ela sempre teve as próprias ideias, e é claro que eu me orgulho disso.

No início, fiquei incomodada com o que me pareceu uma dissimulação de sua parte. É natural que uma menina de dezesseis anos queira manter segredos, mas é mais difícil entender por que um adulto concordaria com essa situação, dadas as circunstâncias. Não posso deixar de considerar que, se quisesse que eu soubesse que você estava se comunicando com minha filha, teria encontrado uma maneira de me dizer. Entretanto, já que você passou esses anos todos sem me contatar, talvez não seja tão surpreendente. Tenho certeza de que você tem suas próprias razões.

Não lamento que Maddy tenha descoberto você. Nunca desejaria privá-la de algo que é um direito dela. Ela precisava preencher os espaços vazios de sua origem, se é que essa é a palavra certa. Fico feliz de você ter se disposto a responder de forma tão amigável.

Estou escrevendo para perguntar se seria um bom momento para nos encontrarmos e conversarmos. Pois é óbvio que, independentemente de como tudo terminou entre nós, sempre estaremos ligados por Maddy.

Eu trabalho para a Coleção Bryce, na capital, Washington. Talvez vá a Londres em breve, a trabalho. Sei que você tem uma família. Não quero de forma alguma perturbá-los. Quero apenas conversar com você. Deixo por sua conta decidir qual a melhor forma.

Aguardo sua resposta,

Eve

No fim, a mensagem ficou mais longa e formal do que eu pretendia. Quando li, achei que parecia tensa, nervosa. Será que eu era muito tensa naquele tempo? Não acho que Antonio se lembrava assim de mim. Talvez, se me encontrasse agora, achasse que eu tinha amadurecido. Ou talvez — rejeitei essa ideia — a tensão tenha sido, aos olhos dele, um de meus crimes. De qualquer forma, esperava ter passado a mensagem correta: franca, mas sem revelar muita coisa, sincera o bastante para deixar entrever alguma mágoa, amigável o suficiente para não o afugentar. No último instante, substituí "sem sequer tentar me contatar" por "sem me contatar". O fato de Antonio ter se disposto a participar de uma troca tão calorosa com Maddy me dava esperança de ele concordar em me ver. Não sabia ainda o que faria se ele se recusasse a me ver ou nem sequer respondesse.

Tentei esquecer o assunto. Meu laptop simultaneamente me atraía e me repelia. Dez dias depois, fui olhar um e-mail de trabalho e lá estava o nome dele na minha caixa de entrada, sua mensagem tinha chegado tão silenciosamente quanto a minha tinha partido.

Cara Eve,

Nem sei dizer quantas vezes pensei em escrever para você depois que saí dos EUA. Bem, nem sei o número. Mas, acredite, foram muitas vezes.

Imagine meu espanto quando Maddy me escreveu. Trocamos e-mails por alguns meses. Ela parou de me escrever de repente em setembro. Acho que deve ter tido algumas dúvidas. Claro, respeitei o momento dela, não a pressionei para mudar de opinião ou para explicar o silêncio. Espero não ter ofendido Maddy de alguma forma. Talvez isso tudo fosse demais para ela, especialmente sozinha. Talvez, quando ela ficar mais velha, queira conversar comigo novamente e, quem sabe, possamos algum dia nos encontrar. Vou ser sincero, achei maravilhoso conhecer Maddy, mesmo que por aquele curto período. Não é todo dia que você descobre uma filha que não sabia que tinha. E Maddy é uma pessoa tão encantadora e interessante. Parabéns, Eve, por tê-la criado assim. De verdade.

    Não sei por que Maddy se opôs tanto a contar para você que estava me escrevendo. Acredite, eu tentei persuadi-la. Percebi que você ficou irritada. Peço desculpas. Por outro lado, queria que você tivesse de alguma forma me informado da existência de Maddy.

    Se você está vindo a Londres, claro que precisamos nos ver. Maddy contou algo a você sobre mim? Sou professor e pesquisador na Universidade de Londres. Tenho dois filhos, de seis e oito anos. Erica, minha mulher, não sabe nada sobre essa parte do meu passado e não tem a menor suspeita de que eu possa ter outra filha em algum lugar. Nem eu sabia disso. O que torna tudo um sonho estranho para mim também. Vou pensar na melhor maneira de nos encontrarmos. Se estiver bom para você, podemos continuar a nos falar por e-mail. Obrigado por me escrever.
    Antonio

    Meu coração disparou enquanto lia a mensagem de Antonio. Quando cheguei ao final, estava fraca e descrente. *Imagine meu espanto... um sonho estranho para mim....* Que desagradável, não é, Antonio? Quem imaginaria que uma gravidez levasse ao nascimento de uma criança!

    Alimentei minha fúria apesar do tempero de compaixão trazido pelo ritmo das palavras, que evocava o Antonio que um dia tinha amado. Combati esses relances com a lembrança de sua voz robótica, seu olhar vazio que não dizia nada, não permitia ver nada, até o surgimento da verdade amarga: "Você não quer ter filhos comigo". Eu sabia o quanto tinha me custado sair de seu apartamento naquele dia, e o quanto tinha me custado estar sozinha nos anos seguintes! Só uma santa teria atendido a um telefonema dele no dia seguinte, só uma mártir teria alimentado a necessidade de autojustificação e de perdão dele. Não teria suportado nem um minuto a mais daquilo, assim como não suportava o tom que ele estava dando a tudo agora. *Por outro lado, queria que você tivesse de alguma forma me informado da existência de Maddy.*

Antonio, o injustiçado! Antonio gostaria de ter recebido um relatório anual sobre a filha que ele abandonou! Mas se algo no tom do e-mail dele me incomodou, tirei da cabeça. A ideia de me encontrar com ele começou a crescer dentro de mim, distorcendo a percepção de todas as outras relações na minha vida.

19

MEU PAI SE AGACHOU NO hall de entrada, ajeitando a guia na coleira de Barney. O cabelo inteiramente branco sobre a pele rosada de sua cabeça ainda mantinha as marcas do pente. Andei em direção à porta. Não gostava de olhar para a cabeça do meu pai de cima para baixo. Era uma tarde de domingo, o dia da Bênção Anual dos Animais na Catedral Nacional. Quando eu e meu irmão éramos pequenos, sempre fazíamos a peregrinação a essa conferência de criaturas. Tinha levado Maddy também, mas não de modo consistente e a última vez tinha sido muitos anos antes. Eu tinha proposto a meu pai que fôssemos dar uma volta enquanto Rose estava na reunião mensal do seu clube do livro.

— Eles levaram uma iguana no ano passado — disse ele, levantando-se e ignorando minha mão estendida para lhe dar apoio. — O que vai aparecer da próxima vez, um bicho-pau? — Ele se agachou novamente para pegar algo no chão. — Ou abutres!

— Ah, acho que eles não permitem aves de rapina.

Os panfletos foram para o lixo. "Temos compradores para você! Queremos sua casa!". Eu era um bebê quando meus pais se mudaram para o que era, na época, um bairro decadente perto de Dupont Circle. Eles tinham permanecido lá durante a fuga da classe média para os subúrbios. Meu pai era professor de estudos sociais no ensino médio, minha mãe dava aula basicamente para o quarto ano do ensino fundamental. Meu limite é até dez anos, dizia ela. Quando a classe média voltou, era só questão de tempo até aparecerem cafeterias nas calçadas e um mercado de produtos orgânicos. Posta em chamas duas vezes em manifestações, a rua 14 era agora o centro nervoso de novos condomínios e restaurantes; do dia para a noite, uma lavanderia tinha sido transformada em um restaurante de comida belga, o teto instalado já com marca de fumaça de cigarro. A casa de Rose e Walter permanecera quase igual: os mesmos tijolos aparentes, a porta preta maciça e o pórtico arqueado, cujo revestimento — notei ao descer os degraus para a rua Corcoran — estava descascando.

Três portões abaixo, funcionários estavam regando as hostas na casa com o rosto enfiado nelas. O homem verde era obra de um artista que trabalhava com metal prensado, e estava lá desde que me lembrava, inserido no recuo de uma pequena janela. Com o sorriso meio oculto pela barba, quando passávamos, ele nos contemplava como se soubesse de alguma coisa. Para a pequena Maddy, o rosto tinha sido uma fonte de admiração. Ela nunca passava ali sem parar, com as mãozinhas atrás das costas, para olhar para ele. "Ele está bravo comigo, mamãe." "Ele está tão triste hoje. Acho que ele queria sair lá de cima." "Ele nunca vai para dentro?" "Será que ele sabe o que eu estou pensando?"

Colocamos Barney no carro e dirigimos até perto da escola em cujo playground Maddy, aos seis anos, tinha caído do brinquedo de escalar e quebrado um braço. Dali seguimos pela Connecticut até Tenleytown.

— É uma boa caminhada daqui — salientei. Podíamos ter estacionado mais perto, mas meu pai insistiu que, se íamos levar o cachorro para passear, não fazia sentido não passear a pé. Ele parou várias vezes para pegar fôlego enquanto subíamos a ladeira de Monte St. Alban. Não gostei de ouvir meu pai com dificuldade para respirar. Eu parava sempre que ele parava, fingindo admirar a vista, e segurei a guia, apesar de a impaciência de Barney ser, sem dúvida, uma ajuda colina acima.

Os degraus da igreja e o pátio estavam tomados de vida animal. Terriers pretos gêmeos, filhotes brancos e rosados, filhotes dourados, filhotes marrons, beagles, vira-latas, retrievers como Barney e gatos, comuns e exóticos, sentados em gaiolas, nervosos nas coleiras. Havia também borboletas-monarca, sapos e salamandras em caixas de vidro que os donos carregavam nos braços, além de caixas contendo mascotes que não conseguíamos identificar de onde estávamos. As pastoras vestiam túnicas brancas. Elas molhavam ramos em bacias de água benta e abençoavam os animais, sorrindo angelicais: vida longa e muita saúde para todos. Música de coral escapava pela porta da catedral, acordando em mim anseios espirituais que ficavam guardados.

— Pai?

Ele estava ajeitando a orelha de Barney.

— Quase quatorze anos e não quer nem saber de um andador, não é, meu velho?

— Pai.

Ele se ergueu e me deu atenção.

— Eu queria falar com você sobre algo que encontrei no quarto de Maddy.

— O quê?

Tirei um envelope pardo da bolsa e peguei a primeira carta de Maddy para Antonio. Só tinha trazido uma. O que importava era o contato entre eles, não o conteúdo das cartas. Entreguei o papel a meu pai sem dizer uma palavra. *Caro Antonio Jorge Romero, Você não me conhece...*

Esperei enquanto ele lia batendo o dedo no verso do papel enquanto percorria o texto com os olhos.

— E ele respondeu?

— Umas trinta vezes. — Ele olhou para mim tentando suprimir o sorriso. Eu tinha planejado ser direta, ocultar qualquer emoção, mas minha voz tremeu em tom acusatório. — Por que você não me contou?

O silêncio do meu pai era enlouquecedor. Ele nunca se apressava para nada.

— Estávamos no parque um dia — começou ele, afinal. — Ela tocou no assunto. Disse que a rejeição do pai tinha algo a ver com o fato de ela ter câncer.

— Como ela podia imaginar algo assim?

— Não era lógico. Maddy tinha essa sensação, sobre o universo não a querer. Fiquei contente de ela ser capaz de verbalizar aquilo.

— Bem, me deixou muito chateada. — Pisquei várias vezes. — Como você pode notar.

Ele não se mexeu nem tentou me consolar.

— Mas dá para entender, não? Maddy tinha que encontrá-lo antes que fosse tarde demais. Eu ajudei um pouco, só isso. — A insinuação era óbvia: *eu* não tinha ajudado Maddy a procurar o pai, não é?

— Mas por que você não me contou?

Eu já tinha visto o rosto do meu pai deformado pela alegria e pela tristeza, mas raramente pela culpa. Após um instante, usando seu tom de voz sensato, ele disse:

— Você não acha que já tinha muito com o que se preocupar? Estávamos preocupados com você, Eve. — Ele me deixou tirar a folha de sua mão. Sua voz saía rouca. — Ainda estamos.

Balancei a folha diante dele.

— Não passou pela sua cabeça que eu gostaria de saber sobre isso? Que seria horrível saber depois? Os olhos dele percorreram a fachada do que Maddy costumava chamar de "aquela grande igreja pontiaguda" até pararem na rosácea acomodada no alto entre as torres.

—Acho que era algo que ela precisava fazer sozinha — disse ele, por fim.

Fiquei quieta, desejando que aqueles animais todos desaparecessem. Não estava conseguindo lidar com tanta vida fofa e macia em um lugar só. Não havia água suficiente para lavar o que eu sentia.

Finalmente, meu pai acrescentou:

— Ela não contou para você?

— É *óbvio* que ela não me contou! A mamãe sabia?

— Claro que não. Se eu tivesse contado à sua mãe, ela teria dito para você também.

— Ficou tudo entre você e Maddy.

Ele assentiu.

— Ela nunca me mostrou as cartas. E conforme as coisas pioraram, o assunto meio que desapareceu das minhas preocupações.

Uma pastora se aproximou. Seu sorriso vacilou por um instante quando ela viu nossas expressões. Foi quando meu pai tentou me abraçar com um dos braços. A mulher entendeu como sua chance de aspergir a água benta em Barney e, quando ela fez isso, eu escapei do abraço do meu pai e me afastei alguns passos, ocupando minha própria faixa de pedra ensolarada. Não estava mais presa a meus pais. Não tinha mais que ser paciente ou medir as palavras só porque precisava da ajuda deles para cuidar de Maddy.

— Vamos?

Meu pai enfiou as mãos nos bolsos e chacoalhou suas moedas.

— Como ele reagiu? Foi amável com ela?

— Amável o bastante.

— Ah, bom. Significava muito para Maddy a ideia de um Antonio. Avisei que ele podia não querer saber dela. Mas Maddy estava muito decidida. E aborrecida por eu nunca ter contado que o tinha conhecido naquele tempo.

— Bem, Maddy era mesmo muito decidida. Todos nós sabemos disso.

Mas meu pai continuou parado.

— Então foi bom ela ter encontrado o pai? — indagou ele.

— Como eu vou saber?

Ele piscou, surpreso. Seus olhos estavam úmidos.

— Provavelmente, sim — acrescentei rapidamente. — Provavelmente, foi bom.

Quando eu era pequena, se faltasse à escola, passava o dia todo esperando meu pai entrar pela porta de casa. Até que ele falasse comigo e colocasse a mão na minha testa, minha doença não era inteiramente real ou autorizada.

Peguei papai pelo braço e resmunguei.

— Você devia ter me contado.

Ele não se rendeu ao meu toque ou ao meu tom mais suave.

— Você não acha — perguntou ele após alguns momentos — que a decisão de contar ou não a você era dela?

Quando chegamos à estação de metrô, dei a guia para meu pai. Eu ia pegar o trem da linha norte para Takoma Park.

— Você vai ficar bem, pai? Quer que eu vá com você?

Ele descartou a ideia com um gesto e se inclinou para tirar um copo de papel da boca de Barney. Lançou o copo na cesta de lixo, errou, pegou e arremeçou novamente. Então, parou, as costas eretas, olhando a rua à esquerda e à direita, no rosto, o sorriso sereno de alguém cuja vida já quase passou. Corredores passaram rápido por nós com as expressões tensas e distantes. Era possível que meus pais já estivessem de alguma forma se recuperando? Afinal, ela não era filha deles.

— Você sabia — perguntou ele — que começaram a tocar música clássica nas estações de metrô?

— É? Por quê?

— Para desencorajar as gangues de se reunirem. — Era o tipo de história que meu pai adorava.

— Funciona?

— Claro que não. Vamos só conseguir formar uma nova geração de jovens muito educados.

Ofereceu o rosto para eu beijar, me enchendo também de remorso. Ele tinha apoiado minha decisão de ser mãe solteira sem qualquer reserva. Tinha ajudado Maddy e guardado seus segredos. Posso não ter dado um pai a Maddy, mas dei um avô, e a relação dos dois tinha sido mais próxima e mais aberta do que a minha com ele jamais tinha sido ou seria. Ele nunca ia se recuperar. Nunca mais seria o mesmo.

Esperei que ele colocasse a mão na minha cabeça. Em vez disso, ele apertou meu braço, outro gesto característico de afeto, e saiu pela calçada atrás de Barney, levando grande parte do que ele sentia por Maddy e por mim. Na metade do quarteirão, colocou uma das mãos atrás das costas e acenou mexendo os dedos. Ele sabia que eu ainda estaria olhando.

MADDY

20

Era verdade, ainda que não muito bem explicado, dizer que Jack estava me ajudando com a animação. Depende do que você entende por *ajuda*. Ele tirou as fotos da Serenity, encontrou algumas imagens de cidades e florestas, forneceu a câmera, o suporte e o apoio moral. Mas os desenhos eram todos meus, as ideias eram minhas, a liderança era minha. Tomei as decisões sobre como as imagens se fundiriam umas nas outras. Então, diria que eu era a artista e Jack, meu assistente.

Depois que comecei, tudo o que eu queria era ficar sozinha no meu quarto. O suporte estava sobre a mesa com a câmera de Jack apontada para o papel colado na base. Os desenhos e fotografias a partir dos quais trabalhei foram fixados no meu quadro de avisos. Com Cloud na cama me fazendo companhia e minha mãe fora de vista, mas por perto, consegui trabalhar, algumas vezes, por uma hora, até precisar me deitar. Nos dias em que eu estava muito exausta para trabalhar, ficava deitada na cama tentando executar sequências em minha mente, imaginando as mudanças que faria. Isso não me levou a lugar algum. Com o desenho, o objetivo é *ver* o que você está pensando. Desde o menor movimento, precisei planejar o início, meio e fim, além de desenhar todas as etapas intermediárias, tirando fotos enquanto fazia tudo isso. O programa oferece uma imagem-fantasma do último quadro para ajudar a alinhar a próxima. "Casca de cebola" é o nome desse recurso. Passei a adorar essas expressões. Casca de cebola. Janelas do projeto. Linhas do tempo.

Fiquei boa em adivinhar quanto apagar de uma vez e onde desenhar a nova posição. Você precisa passar por muitos estágios, apenas para aprender a abrir e fechar os olhos.

Trinta e seis quadros para três segundos de movimento!

Depois de apagar e redesenhar uma mudança específica, não dava para inserir outro estágio. Se estivesse errado, precisaria começar de novo. Cometi alguns erros bem hilários, como fechar um olho antes do outro, o que fazia a personagem parecer estar piscando. Descobri da maneira mais difícil que você não pode fazer a menor alteração *aqui*, sem fazer também uma minúscula alteração *ali*.

É preciso trabalhar em tudo de uma vez.

A maior lição que aprendi, e com a qual mais demorei para me acostumar, foi que é preciso desistir do desenho real para fazer a animação. Você tem que fazer cada traço como se ele fosse a coisa mais importante no mundo e, então, tem que encobri-lo e nunca mais colocar os olhos nele em nome de algo que parece vivo, mas que não está de verdade, é apenas uma miragem. Mas uma linda miragem. O desenho que você pode segurar nas mãos fica arruinado.

Minha cabeça doía pensando nisso.

O melhor é que eu poderia fazer o que quisesse. Acelerar as imagens, diminuir a velocidade, abrir os olhos, fechar os olhos, povoar a cabeça, limpar a cabeça, acrescentar uma sequência totalmente nova, se eu tivesse vontade. Cantarolei e cantei enquanto trabalhava. "E quando você começou a se interessar por animação, srta. Wakefield? Pode me chamar de Madeleine. Ah, foi anos atrás, quando tive algum tempo livre. Você imaginou que se tornaria uma das artistas mais famosas da sua geração? Nunca! Nem em um milhão de anos..."

Os passos da minha mãe na escada. Silêncio. Era ela ouvindo por trás da porta.

— Pode entraaaar! — Eu a chamei com alegria extra para esconder minha frustração. Quando interrompida, posso cometer um erro e, sem querer, mostrar o dedão na foto. Arrumar esse tipo de engano nunca era fácil, porque era preciso mudar um monte de outras coisas.

— Trabalhando de novo? — Minha mãe lançou um olhar ávido para o meu suporte, mas não se aproximou. Apoiou a bandeja com sua última invenção para o lanche — ovo mexido na torrada de centeio. Fatia de abacate ao lado esculpida na forma de um gato adormecido.

— Obrigada, mamãe. — Com uma pontada de emoção, eu a observei ajeitar minha colcha e recolher os saquinhos das cestas de lixo. — O caderno de desenho foi uma ótima ideia. Adoro desenhar.

— Fico tão feliz.

Seus olhos percorreram os rascunhos fixados na parede. Felizmente, eu estava trabalhando naqueles para a campanha, não nos particulares. Mesmo assim, minha pele se arrepiou toda, como naqueles sonhos em que você vê a si mesma no refeitório da escola sem roupas. Talvez ela soubesse sobre a outra animação que eu estava fazendo. Ela sempre soube tudo sobre mim.

Mesmo coisas que eu não sabia.

— Eu poderia ajudá-la com o desenho — disse minha mãe. — Se você por acaso precisar de uma segunda opinião. Apenas me diga.

Uma pontada mais forte de emoção.

— Claro, mãe. — Ela me abraçou por trás e beijou o topo da minha cabeça.

— Você está bem? — perguntei.

— Estou bem. *Você* está bem?

— Estou bem.

Ela parecia de bom humor, considerando tudo. Voz firme, nada hesitante. Sem aquela expressão de quem é forçado a olhar para uma luz brilhante. Minha mãe estava feliz por eu ter algo para fazer. Afinal, arte é a praia dela. Ela não trabalha mais com isso, mas aprecia arte e ensina as pessoas sobre o assunto e parte desse talento deve ter passado para mim. Não acho que tenha vindo de Antonio.

Quase na hora de trocar o papel. Apagando e redesenhando toda hora, o papel acaba ficando rasgado e cheio de borrões, deixando a superfície bem interessante.

Por fim, fica tão interessante que não dá mais para usar. Então você precisa começar de novo com uma folha limpa e enfadonha.

Onde quer que minha mãe estivesse, na lavanderia, na cozinha ou digitando em seu computador no escritório, havia essas cordas invisíveis correndo dela para mim. Eu podia senti-las me puxando. Estou aqui. Se você precisar de alguma coisa. Por favor, precise de algo que eu possa lhe dar. Ela sabia que eu estava aqui em cima trabalhando em uma animação, mas nunca pediria para ver, por mais que quisesse. Se pedisse, eu mostraria. Posso até mostrar a outra algum dia desses. Se achasse que ela aguentaria.

Oi, Antonio,

Eu de novo. Como você está?

Já contei que tenho um namorado chamado Jack? Ele é quase tão alto quanto você e já tem carteira de motorista. Ciência é a sua matéria favorita. Ele tem esse tipo de cabeça. Desde que o conheci, tenho me interessado mais em saber como as coisas funcionam. Como o modo como o coração bombeia o sangue para que ele circule e quantas reações complicadas estão acontecendo em todo o mundo o tempo todo para manter as coisas sob controle.

Você sabia que o coração bate cem mil vezes por dia?! Nem gosto de pensar nisso.

Eu costumava desenhar muito e comecei a desenhar de novo. Jack e eu estamos fazendo uma animação para a campanha. Vai ser legal.

Maddy

Maddy,

Sim, quanto mais você aprende sobre o mundo natural, mais milagroso ele parece. Você sabia que a probabilidade de alguém nascer com o código genético idêntico ao de outra pessoa é astronomicamente pequena?

Namorado! Que ótimo. Espero que ele seja legal com você. Só tive namorada quando já era mais velho do que você. Dezoito anos, acho. Ficava muito nervoso quando estava perto das meninas. Eu me lembro de me sentir animado com o futuro, mas também incrivelmente assustado.

Oscar gosta de futebol e de escalada. O mais novo, Daniel, é o artista. Ele sempre gostou de desenhar também — quadrinhos, quase sempre.

Acampamos juntos nas férias de verão e geralmente passamos duas semanas na Espanha.

Adoraria ver seus desenhos um dia, se você quiser mostrá-los, e também sua animação. Eu nem sei direito como se faz uma animação.

Talvez você possa me explicar.

Antonio

21

O dr. Osterley está sempre me dizendo para levar uma vida o mais normal possível e, no final de junho, minha mãe deixou Jack e eu dirigirmos até a casa do lago, apenas nós dois, no Nissan do pai dele. Ele passou na prova de direção assim que completou dezesseis anos. Vou aprender quando tiver mais tempo.

Minha mãe insistiu em andar de carro com ele algumas vezes antes de dizer que poderíamos ir. Mesmo assim, passou um sermão sobre os riscos da velocidade, a estupidez dos outros motoristas e a tendência do cérebro adolescente de minimizar o perigo. Eu podia entender seu ponto de vista. Depois de tudo o que ela passou, me perder em um acidente de carro seria realmente terrível.

— Você é um ótimo garoto — disse ela a Jack na manhã em que partimos. — Mas seus lobos frontais não estão totalmente desenvolvidos.

— Meus o quê?

— Seus lobos frontais.

Jack riu.

— Não há nada de errado com meus lobos! Muito acima da média, esses lobos.

Quando éramos pequenos, ele gostava da minha mãe por causa das brincadeiras que ela fazia conosco e, agora, gostava dela pelo mesmo motivo.

— Não tenho dúvidas, os seus são mais desenvolvidos do que os da maioria. O mesmo vale para Maddy. Mas você *tem* dezesseis anos. Seu cérebro está ainda se desenvolvendo — disse minha mãe.

— O cérebro de todo mundo está se desenvolvendo.

— Tenho um livro, se você quiser ler sobre o assunto.

Jack sorriu para mim.

— Sua mãe tem livros sobre tudo.

A essa altura, estava claro que Jack e eu estávamos dormindo juntos. Ele até passou uma noite lá em casa, e minha mãe deixou que ele ficasse no meu quarto. Ela parecia surpreendentemente tranquila em relação a isso, embora eu tivesse certeza de que não tinha contado para a minha avó. As mães não deveriam ser contra esse tipo de coisa, a princípio?

A viagem parecia mais longa do que o normal, e os campos e celeiros pareciam com os de um sonho porque eu estava sozinha em um carro com Jack dirigindo para o lago. Estendi a mão e pressionei sua perna, e ele colocou a mão confortavelmente sobre a minha, até que, depois de um minuto, eu disse:

— Duas mãos no volante. — E ele voltou a segurá-lo como deveria.

Bati a porta do carro quando chegamos e inspirei o ar carregado de Tawasentha.

— Você já sentiu o cheiro de samambaias assim?

Jack saiu do carro e ficou ali, fungando educadamente. Eu estava orgulhosa de ter a chave da casa. A frágil fechadura da maçaneta não impediria a entrada de ninguém que decidisse entrar. Mas ninguém entrava.

O lago Tawasentha era um dos lugares mais seguros do universo. Não que eu estivesse segura em algum lugar. A porta emperrou como de costume e, em seguida, abriu de uma vez e deparamos com um novo conjunto de odores, incluindo excremento de rato, mofo e purificador de ar com cheiro de canela.

— Uau, que legal — disse Jack, embora ainda estivéssemos no hall de entrada, onde tudo o que ele podia ver eram interruptores de luz e um banco para tirar os sapatos.

Apesar dos meus novos direitos sobre seu corpo, a imagem de Jack jogando as chaves do carro para o alto e pegando-as em um golpe lateral com seus dedos fortes me deixou tímida. A casa estava vazia. Ninguém estaria conosco.

Nada se interpôs em nosso caminho.

— Lembre-se de ligar para sua mãe — disse Jack.

Meu estômago embrulhou quando ouvi sua voz ao telefone. Estava em um de seus momentos de bom humor.

— Quantas multas por excesso de velocidade ele recebeu?

— Jack é um bom motorista — respondi. — Você ficaria impressionada. O que Robin está fazendo?

— Acabou de receber uma grande encomenda.

— De quê?

— Um armário de canto. É enorme, aparentemente. Vocês já foram até o lago?

— Ainda não.

— Vão até lá. Divirtam-se.

— Mamãe?

— O quê?

— Ah, nada.

Quando desliguei, Jack estendeu a mão para mim e eu enterrei meu rosto em seu pescoço, tentando ao máximo relaxar. Desde que me lembrava, tinha passado todos os verões na casa do lago. Eu me sentia em casa lá, tão confortável quanto na minha casa de verdade. Minha versão mais nova estava na janela olhando para mim e Jack nos abraçando, e ela estava se sentindo um pouco excluída. Por isso, eu me afastei, deixando beijinhos apaziguadores no rosto dele.

Jack me seguiu até a despensa. Acendi a luz e mostrei a ele os quartos dos fundos, deixando a sala por último. As janelas da frente eram tão grandes que o lago parecia estar dentro da casa. Dessa vez, fui eu que o alcancei. Era mais fácil relaxar quando havia algo além de nós dois para prestar atenção.

— Quer ir até a doca?

— Podemos comer primeiro? — perguntou Jack. — Estou faminto.

Fizemos sanduíches de manteiga de amendoim e comemos no balcão da cozinha.

Com o sanduíche na mão, ele apontou para o teto do corredor.

— O que é isso?

— Ah, é uma escada suspensa. Vai até o sótão.

— O que tem lá?

— Apenas tranqueiras. Ia ser uma sala de brinquedos, mas minha mãe nunca teve tempo de convertê-lo. Robin disse que vai fazer isso um dia.

— Você não precisa mais de uma sala de brinquedos — observou Jack.

— Não, mas poderia ser algum outro tipo de quarto. Sempre quis um lugar secreto nas árvores.

— Parece legal.

— Duvido que seja feito.

Depois do lanche, descemos para o cais. O ar estava quente. Nós nos acomodamos nas cadeiras verdes. Eu estava feliz por termos chegado àquela hora do entardecer, quando ainda havia bastante luz do dia e o lago se tornava uma versão mais calma e privada de si mesmo.

Jack estava mais quieto do que de costume, olhando para a água como se estivesse sozinho.

— Você acha que eu seria a mesma pessoa se não tivesse crescido com este lago? — perguntei a ele.

— Você não poderia saber sem rebobinar sua vida e vivê-la novamente. *Eu* não cresci com um lago.

— E você sobreviveu.

— Bem, parece que sim — disse Jack.

— Meu palpite é que, depois de todos esses anos, o lago está dentro de mim. Bom, não exatamente "abra meu peito e encontre um lago".

— Não.

No meio do lago, uma barra escura flutuou na superfície prateada. Eu sabia como era a sensação. Você descansa o remo na canoa e deixa de guiá-la ou controlá-la. Também não se pergunta mais para onde quer ir. Deixa a água decidir.

— Sabe como é aqui no inverno?

— Incrível, aposto.

— É tão, tão lindo. Você tem que ouvir o som do lago. É o som mais inacreditável. Como se uma coisa enorme, como um avião, estivesse debaixo d'água tentando virar.

— É o gelo quebrando?
— Não está rachando. Eu não acho que está rachando. Mudando de posição, talvez? Ou tentando se separar das margens? — Eu sabia que seria impossível explicar para Jack o som feito pelo lago congelado. Era preciso ouvir por si mesmo. — No próximo inverno, você precisa vir para cá.
— Claro — disse Jack. — Viremos. — Um pássaro nos sobrevoou tão alto que não fez um som sequer.
— Você já fingiu que está se olhando do espaço sideral?
— Às vezes, sim.
— Ou então se olhando do ponto de vista de algo sob um microscópio?
— Um experimento mental, você quer dizer?
— Bem, do espaço sideral, somos apenas uma sujeira na superfície da Terra. E para, digamos, um átomo, somos esses gigantes inúteis.
Ficamos de mãos dadas entre as cadeiras observando o lago assumir diferentes tons de violeta e preto. Depois de um tempo, sem olhar para mim, Jack disse:
— Maddy?
— O quê?
— Eles alguma vez disseram exatamente o que está acontecendo?
— Sobre todas as sessões de químio, que faço, você quer dizer?
— Não precisa falar sobre isso se não quiser.
— Precisamos ser otimistas — disse, imitando minha mãe.
— Eu só estava pensando. — No alto, um pedaço de lua se mostrava, ainda menos brilhante que o céu. — Você sabia que toda a água do mundo é tudo o que existe? — disse ele, mudando de assunto.
— E isso significa que...?
— Isso significa que a água está constantemente passando de um estado para outro. Noventa e sete por cento estão nos oceanos. Apenas três por cento são água potável. Há água superficial, há água subterrânea, há água armazenada no gelo, na neve e no ar.
— No ar?
Ele fez um círculo com os lábios e soprou.
— A respiração é principalmente água. Somos feitos de água. Mas o fato é que há uma quantidade fixa. Não podemos acrescentar mais água ao planeta, ou retirar. Ela apenas se transforma de um estado para o outro.

— Certo...

— Bebemos a mesma água que os dinossauros bebiam.

— Certo. Então, quando a Terra esquenta quatro graus e as calotas polares derretem e as árvores e os animais morrem, a água neles acaba indo parar nos oceanos?

— E no ar.

Pensei por um minuto.

— Isso é reconfortante? Não sei se é muito reconfortante.

— É, de certa forma. Em longo prazo.

O lago ficou estranho de repente, como se as árvores tivessem se tornado líquidas e a água, rocha. Eu queria quebrar sua superfície brilhante. Ensaiei um chamado, como fazemos para testar o eco, e algo puxou o som de mim e o transformou em um grito. Cada coisa horrível que já tinha acontecido comigo, tudo com o que eu estava furiosa ou desesperada foi sugado pelo grito, e ficou cada vez mais alto, como uma sirene cada vez mais perto, até encher o céu, assustando até a mim.

— O que foi isso? — gritou Jack.

— Desculpa — disse eu, alegremente. Deixei-o pensar que gritar no lago era algo que fazíamos o tempo todo só por diversão.

Ele estava olhando para mim sem saber se deveria rir.

— Sabe de uma coisa, Jack? Posso acabar chovendo em você.

— Maddy...

— Ou saindo de suas torneiras. Posso acabar no seu café. Não que você soubesse que seria eu.

— Tudo é possível — disse ele, baixinho.

— Ou talvez *você saiba*.

Ficamos em silêncio por um longo tempo.

— Jack? — disse eu, finalmente.

— Sim?

— Ainda quero estar em *algum* lugar.

Sua resposta foi instantânea.

— Eles podem fazer coisas incríveis. Os médicos sabem muito hoje em dia! Não fale assim, Maddy. Por favor.

Percebi que quanto mais nervoso Jack ficava, mais calma eu me sentia.

Talvez houvesse apenas certa quantidade de medo ao nosso redor, então nos revezamos.

— Vamos supor que alguma coisa possa acontecer. Apenas supor. Não seria triste se você e eu nunca falássemos sobre isso?

Eu nunca o tinha visto tão assustado.

— Jack? Não me leve a mal.

— Tudo bem.

— Por que você quer ficar comigo?

Ele arregalou os olhos.

— Você não acha que somos bons juntos?

— Claro que eu acho! *Obviamente*.

— Tudo bem. — Ele fez beicinho.

— É porque estou doente?

— Não!

— Você tem uma queda por garotas doentes? — Ele parecia tão ofendido que o cutuquei no braço. — Basta confessar, Jack! Não importa. Não pense muito. Você sempre pensa demais!

Ele me olhou como se eu tivesse dito algo profundo e digno de nota.

— Esse é o ponto! Eu penso demais. Não consigo evitar. Gosto de pessoas que pensam. A maioria das pessoas da nossa idade é obcecada por esportes, aparência ou por ser popular. Tudo parece tão trivial.

— E eu não sou trivial.

— Não... — A voz ficou baixa e provocante. — Você definitivamente não é trivial.

— Não mesmo?

— Você é profunda... — Jack inclinou a cabeça para o lado entre as cadeiras e me beijou demoradamente para que eu soubesse que ele gostava de mim muito além de minha falta de trivialidade, que, aliás, não era apenas resultado de algo aleatório que deu errado no meu sistema imunológico. Mas eu não desistiria ainda. Obriguei-o a olhar para mim.

— Escute, Jack. E no futuro? Se eu não estiver aqui?

— Sim? — Ele estava pronto para lutar novamente.

— Quando alguma coisa boa acontecer com você...

— Sim?

— Sou eu.

Jack parecia prestes a desatar a rir ou a chorar e não conseguia decidir-se entre os dois. Subimos até a casa, abraçados.

Estranho, no início, fazer aquilo no quarto do lago com os coletes salva-vidas pendurados na parede e as prateleiras cheias de jogos de tabuleiro e bichinhos de pelúcia dos quais eu nunca me preocupei em me livrar. Deixamos as cortinas abertas.

Havia algo de emocionante, ainda que ninguém estivesse lá para nos ver. Talvez fosse o simples fato de estar na casa do lago. Talvez tenha sido a conversa que tivemos no cais. Mas aquele momento foi o mais próximo e o melhor que tivemos. Do jeito que deveria ser. Por isso, foi o momento mais triste também.

Os livros não falam sobre isso.

Virei de bruços e Jack passou a mão nas minhas costas. Sua umidade estava grudada em mim, suas pernas emitindo uma espécie de calor preguiçoso.

É verdade que os homens literalmente se esvaziam. Também me senti vazia. Com um dos olhos, pude ver a linha prateada por entre as árvores, emoldurada pelos meus cílios. A noite demorava muito para cair aqui. A água retida na luz. Meu olho fechou e abriu lentamente, me mostrando a linha prateada várias vezes. Para onde vai essa linha? Para onde iriam as árvores rendadas entre mim e a linha? Para onde iria o musgo coberto por tanta sombra agora que não era possível vê-lo, que dava apenas para saber que estava lá? E quanto a todas as ideias que já tive sobre o lago? Tudo o que já aconteceu comigo no lago? Para onde iria? Eu podia sentir a resposta como algo doloroso dando voltas, incapaz de se deitar e descansar, e a resposta era: lugar algum. O lago ainda estaria lá. Mas *meu* lago não estaria lá. Tudo o que eu sentia, pensava, via, ouvia estava selado e ligado a mim e apenas a mim e iria comigo para onde quer que eu fosse.

Puxei o lençol e tentei evitar que a tristeza assumisse o controle. Se deixasse isso me dominar, então a tristeza seria tudo o que eu teria. Eu me estiquei ao lado dele. Era um milagre, se parasse para pensar. Se a srta. Sedge não nos tivesse colocado juntos para trabalhar na campanha, eu não estaria aqui no quarto da casa do lago com Jack. Não saberia como seria deitar ao lado de um corpo perfeitamente quente que estava nu apenas para mim e sentir as ondas de sua mão se espalhando.

— Jack?

— O quê?

— Amo esse lugar.

Eu o fiz continuar acariciando minhas costas e ouvir cada detalhe de cada história que eu pudesse lembrar sobre o lago. O ano em que meus primos e eu resgatamos libélulas presas nas teias de aranha sob o cais. Tiramos a substância pegajosa com uma pinça. Se suas asas não estivessem muito danificadas, elas voariam para longe. A primeira vez que nadei, com mamãe e vovó, ao lado da canoa. A cantoria no cais antes de uma tempestade.

Colher mirtilos na base da Força Aérea. Era minha função remover os frutos verdes e duros e as folhas e os galhos que se misturavam. As casinhas de pássaros do meu avô, as caminhadas pelo vale, o silêncio perfeito na floresta quando nevava.

— Pronto — disse eu.

— Pronto o quê?

— Vamos sair da cama.

Deixei Jack se levantar primeiro. Gostava de vê-lo se vestir. Ele ainda ficava constrangido ao ser visto nu, mas desta vez não pareceu se importar em ficar zanzando bem na minha frente. Franzido e flácido. Cor de hematoma. Tão diferente do resto do seu corpo. Tão diferente daquele que estava na cama conosco, que tinha vontade própria. Não fechei as cortinas, embora nunca tivesse gostado que ficassem abertas depois de escurecer.

Jack pareceu lutar um pouco com sua roupa de baixo, jogou a cueca para o alto e pegou-a com o pé. Deitei de lado, rindo muito.

Era o seguinte: era uma vez um certo Jack que poderia ter pensado em mim como uma garota com quem ele construiu luminárias rotativas, ou uma garota com quem ele falou sobre a camada de gelo, ou uma garota com quem ele fez uma animação. Mas agora, acontecesse o que acontecesse, ele não seria capaz de me ignorar. Eu sempre seria a primeira garota com quem ele fez isso. Não é algo que alguém esquece.

Oi, Maddy!

Já era hora de esquentar. O clima de Londres não é dos melhores, especialmente quando comparado ao da Espanha ou dos Estados Unidos, com certeza. Nunca se pode confiar em um verão inglês. Você sempre tem que levar um casaco quando sai de casa. Tenho saudades do calor do meu país. Mas acho que já estou acostumado. Quero perguntar novamente sobre sua mãe. Como ela está? E a amiga dela que está doente?

Antonio

Caro Antonio,

Eu adoraria viajar para a Espanha ou Londres. Para qualquer lugar, na verdade. Já estive na Califórnia e em doze outros estados, além de Montreal. Acho que não é uma média tão ruim. Aposto que há garotas que nunca saíram de Washington. Jack e eu dirigimos até nossa casa no lago, apenas nós dois.

Minha mãe é ateia como você. Será que foi isso que os atraiu? Minha avó é cristã, mas não do tipo chata.

Ela é muito inteligente e tem uma mente aberta, tanto quanto você pode ter uma mente aberta e ainda acreditar em Deus, oração, céu e tudo isso. Meu avô vai à igreja, mas ele nunca fala a respeito disso. Não sei se ele realmente acredita. Você acha que é possível acreditar na vida depois da morte sem acreditar em Deus? Vicky é católica e vai à igreja, mas não acho que tenha muito a ver com Deus, é apenas o que os católicos fazem, como comer peixe às sextas-feiras e falar italiano na cozinha.

Gostaria de saber lidar com esse assunto de um jeito mais leve. Fiona não é do tipo religioso.

Mamãe está bem. A amiga dela está aguentando firme.

Maddy

Maddy,

Venho de uma família católica e a igreja fez parte da minha vida na infância. Eu realmente só questionei isso quando fiquei mais velho — treze anos, talvez?

Meus pais não gostaram quando parei de ir à igreja. Principalmente minha mãe. Eles são pessoas simples. Acho que eu queria demarcar meu território.

Depois que você olha para o conceito de religião com uma estrutura mental científica, parece cada vez menos plausível. Embora NUNCA descarte nada completamente porque parte de manter um estado de espírito científico é estar aberto ao que possa ser comprovado como errado. Muitas descobertas vieram de cientistas que nutriam ideias que pareciam ridículas na época. Você sabe o que é um paradigma? Um paradigma é uma visão do mundo que organiza nossa maneira de pensar e até mesmo nossa percepção, o que vemos e o que não vemos. As revoluções científicas não apenas adicionam novos fatos, elas mudam nossa visão de mundo.

Acho muito difícil conceber uma vida após a morte. Somos animais. Animais inteligentes, mas, mesmo assim, os animais não vão para o céu, vão? Suspeito que seja uma história que as pessoas contam a si mesmas porque é muito difícil aceitar a ideia de não existir. Você também deve observar o dano que a religião causou. Tantas guerras foram feitas em seu nome. Pessoas pensando que não precisam aproveitar ao máximo a vida porque têm uma vida reserva. Na minha maneira de pensar, devemos acreditar que recebemos apenas uma vida. Sei que você tem uma mente questionadora e isso é muito importante. Mas eu não me preocuparia muito com isso agora!

Antonio

Eve

22

Eu tinha começado a chegar ao trabalho antes de todo mundo, na hora em que Roland, o segurança, estava comendo rosquinhas em seu escritório no mezanino. Ele sabia que eu gostava de percorrer o museu antes de o dia começar. Eu ligava os interruptores um por um enquanto caminhava pelo prédio ainda às escuras. A luz pulava na minha frente e criava o espaço para mim: a galeria térrea com o piano coberto, a escadaria repleta de painéis de madeira, a ponte de vidro que ligava a casa original à metade moderna e arejada do museu.

Depois da morte de Maddy, eu preferia ir trabalhar a ficar em casa. Deixei os programas para jovens, mas mantive minhas responsabilidades gerenciais e ainda guiava as sessões de adultos. Ultimamente, estava passando muito tempo sozinha nas galerias. Aquilo me dava a sensação de voltar a um tempo no qual a arte parecia excitante e necessária, mas, quando parava na frente dos quadros que amava, eles pareciam velhos amigos com quem eu tinha perdido o contato, tentando me dizer algo que eu não conseguia entender.

Hoje fui até a sala de cera. Era uma alcova do tamanho de um elevador, localizada ao lado da galeria onde ficava *O almoço dos barqueiros*, de Renoir, o quadro mais famoso de nossa coleção. Procurei o interruptor. A pequena sala vazia ganhou vida, sua cobertura esburacada de cera brilhando como uma pele. Muitos visitantes entravam e imediatamente saíam, reclamando: "Não tem nada ali!".

No começo, eu achava a sala de cera opressiva, sob o aroma doce de aniversários e do Advento, algo selvagem e indiferente ao mundo humano se escondia ali. É estranho como me sentia atraída por ela agora. Minha vida sensorial tinha sido redefinida de inúmeras formas e, muitas vezes, me pegava buscando aquilo que antes me repelia. Abri minha cadeira dobrável em um canto. Mais que tudo, a sala vazia era um bom lugar para pensar.

"Você não acha que a decisão de contar ou não a você era dela?", meu pai tinha arriscado cautelosamente a pergunta, pois sabia que era o centro da questão. Maddy tinha escolhido encontrar Antonio independentemente de mim. Não havia como fugir disso. Comecei a perceber que é possível perder alguém não apenas uma, mas várias vezes. Todos aqueles homens que a persuadiram e a levaram para longe de mim! Jack, Antonio e, de uma maneira complicada, meu próprio pai. Claro que ela precisava do conselho e da aprovação de homens, claro que ela ansiava por seu amor. Eu sabia disso. Aceitava. Não tenho dúvidas de que, ambas adultas, reivindicaríamos novamente a solidariedade feminina e riríamos juntas das fragilidades masculinas. Não tenho dúvidas de que em algum momento eu contaria a ela toda a história de Antonio. Já tinha até planejado contar. Nós sempre planejamos encontrá-lo quando ela fizesse dezoito anos. Planos!

Quando emergi da sala de cera, as luzes da galeria principal estavam acesas e Alison Ward, uma das atendentes, estava sentada sobre as mãos praticando suas caretas para aquele dia. Logo antes de sair de licença pela morte de Maddy, havia feito uma advertência e colocado Alison em observação por causa de um incidente em que ela tinha argumentado agressivamente com um estagiário que estava fazendo uma apresentação pública. Desde a minha volta, Alison tinha assumido esse ar de criança exibindo comportamento exemplar enquanto aguarda uma oportunidade. Aí, na semana passada, um visitante reclamou de Alison para um dos guias.

Ela me viu carregando a cadeira dobrável e levantou as sobrancelhas. Meu relógio marcava quase dez horas da manhã. Tinha ficado ali mais tempo do que planejara.

— Bom dia — disse eu, bruscamente. — Os faxineiros me disseram que algo tinha sido derramado na sala de cera. Eles não têm permissão para tocar em nada ali.

Andei diretamente até ela, feliz de estar em pé e ela, sentada. Ela sabia que eu estava dando uma desculpa. Sabia o que todo mundo sabia sobre minha vida. Seu rosto era redondo e pálido, o corte de cabelo quadrado parecia feito em casa. Ela me observava com os olhos semicerrados, com uma expressão astuta, igual à de um gato maltratado. O contraste com os foliões no quadro ao lado era cômico. Sem falar do contraste com Maddy.

— E tinha? — perguntou Alison com sua voz áspera.

— Tinha o quê?

— Tinha alguma coisa derramada lá?

— Se tinha, eles limparam — respondi. — Alison, preciso falar com você, recebemos uma reclamação.

— Achei que você tinha dito que os faxineiros não podem entrar na sala de cera.

Eu a ignorei.

— Não foi oficial, mas ainda assim foi uma reclamação. De um visitante.

— Uma reclamação sobre o quê?

— Um visitante disse a um dos guias que você falou com ele "de uma forma extremamente rude". Algo sobre um Matisse.

— As pessoas não gostam de ser advertidas, por mais educada que você seja.

— E você foi educada?

Alison tinha um jeito de parecer estar olhando para mim sem nunca me olhar nos olhos.

— Se não foi uma reclamação oficial, por que você está me contando isso? Eles podem dizer o que quiserem.

Eu a encarei com o suposto olhar penetrante de uma gerente executiva. Mas já não tinha qualquer confiança na minha autoridade.

— Era um cara grande e barulhento. Ele pôs o dedo no Matisse. Eu disse: "Por favor, não toque nas obras". Ele disse: "Mas está atrás do vidro". Eu respondi: "Se você toca no vidro, o vidro toca na pintura". Ele me lançou um olhar irritado e quando achou que eu tinha virado de costas, pôs o dedo de novo. O que essas pessoas pensam, danificando obras de arte?

— Há quanto tempo você trabalha aqui, Alison?

— Um ano e meio.

— Você não tinha planos de começar um mestrado?

— Ainda tenho — respondeu, com uma careta. — Você quer saber por que ele estava me provocando?

— Você sabe que levamos muito a sério as reclamações dos visitantes. Vira um problema disciplinar.

— O cara estava carregando uma mochila. Deve ter entrado escondido pela escada de incêndio. Então eu disse a ele: "Você não pode trazer sua mochila aqui para dentro. Você pode voltar e deixá-la na chapelaria?". Ele me respondeu, ríspido: "Eu poderia, mas não vou largar minha mochila em nenhuma droga de chapelaria. Sabe o que tenho aqui dentro?". E ele fez esse gesto... — Alison fechou a mão imitando uma pistola. — E apontou o dedo direto para a minha cabeça, como se estivesse mirando, e deu uma gargalhada. Babaca.

— Você o chamou de babaca?

— Claro que não.

— Ah.

— Chamei de caipira idiota.

— Você não pode xingar os visitantes! — respondi, suspirando. — Você sabe disso.

— Deveria ter chamado a polícia? É ilegal aqui portar uma arma.

— Alison, nesse tipo de trabalho é preciso manter a calma. Você poderia ter chamado o Roland ou qualquer outro de nós para ajudar.

— Eu disse a ele que ia chamar a segurança, aí ele me xingou e saiu correndo escada abaixo. Acho que ficou com medo. Aposto que você vai me dar outra advertência. Ótimo. Ser punida por evitar que um imbecil danificasse um Matisse.

— Bem, eu teria perdido a calma também — continuei, tentando não sorrir. — As pessoas sabem ser muito irritantes. Quantos anos você tem, Alison?

— Vinte e quatro. — Pela primeira vez, ela olhou diretamente para mim, através do canto irregular da franja. — Quantos anos tinha sua filha?

— Dezesseis — respondi automaticamente.

— Sinto muito — disse ela.

— Obrigada. — Um silêncio embaraçoso caiu enquanto eu piscava para afastar as lágrimas. — Bem — concluí, me recompondo. — Não vou levar adiante. Mas da próxima vez, sugiro que você respire fundo e conte até dez, melhor, até cem, antes de sacar suas armas.

Sorrimos ao mesmo tempo. Saí da galeria em direção ao escritório. Apesar de nunca ter tido qualquer sentimento especial pela obra O *almoço dos barqueiros*, as pinceladas borradas e as cores festivas agora me incomodavam ativamente, aqueles homens fazendo poses com suas camisetas e a mulher de chapéu beijando ostensivamente seu cachorrinho francês. Nenhum perigo à vista.

O escritório era uma área grande o suficiente para ser dividida em salas separadas, mas seria contra o espírito do museu. Cada um de nós tinha uma mesa comprida, com estantes e quadros de avisos ajudando a criar zonas de privacidade parcial e ao mesmo tempo mantendo a sensação de espaço aberto. Os estagiários dividiam uma mesa perto da janela.

— Claire — disse eu, parando ao lado da mesa dela. Estávamos sozinhas no escritório. — Tive uma ideia. — Claire Tivington era diretora de educação. Eu era diretora assistente, como eu preferia, a segunda em comando. Seus olhos continuavam presos à tela, tínhamos uma auditoria financeira em breve. — Acho que posso dar conta de um novo projeto.

Ela me lançou um olhar profissional. Quinze anos mais velha que eu, era lésbica assumida. Vestia ternos um pouco justos demais e calças curtas. Para alívio da equipe, tinha finalmente deixado o cabelo, antes pintado de roxo, ficar grisalho. No instante em que Maddy foi diagnosticada, Claire me deu quantas licenças eu quis e persuadiu uma colega aposentada a ajudar a cobrir minhas ausências. Apesar de termos sempre mantido uma distância profissional, eu era imensamente grata por sua generosidade. Claire cruzou as mãos gordas sobre a mesa.

— Vai fazer um ano, não é?

— Pensei que seria um bom momento para reviver o *tour* pela Inglaterra.

— Está bem — respondeu ela. — Vamos olhar as datas e os custos.

— Pensei no início de dezembro.

— Tão cedo?

— O fim de novembro é, você sabe, o aniversário.

Ela assentiu com um ar sábio.

— As coisas estão interessantes lá. Estão pensando seriamente em fundir a área de educação com comissionamento, curadoria, exposição...
— Sim, eu sei — disse ela.
— Posso conduzir uma série de entrevistas, como conversamos. Descobrir o que está acontecendo na linha de frente. Escrever um relatório. Ou mesmo um livro. — Parei um instante. — Vou precisar levar alguém comigo.
— Não vamos colocar o carro na frente dos bois — disse ela, me encarando. — Mas estou gostando. Acho que podemos mandar uma das estagiárias com você. Melissa, talvez? De qualquer forma, precisamos antes pensar em várias outras coisas. — Ela descruzou as mãos e levou uma delas na direção do mouse. — Verba, para começar.

Melissa era uma estagiária confiante e séria, que vestia minissaias e botas na altura do joelho. Guiava visitantes de forma suave e estava começando a escrever conteúdo para o nosso site. A equipe e o público gostavam dela. Nunca dava um passo em falso. A ideia de passar duas semanas com Melissa em Londres não me soava nada interessante. Mas era um bom sinal de que já estávamos discutindo detalhes. Como Claire era uma pessoa bondosa, achei que havia uma chance de meu pedido ser aceito.

— Escreva a proposta — disse ela. — Vamos ver o que podemos fazer.

Depois desse dia, comecei a cruzar com Alison frequentemente, como se nosso encontro a tivesse tornado visível. Ela passava o horário de almoço nas galerias, ou na loja do térreo, folheando livros. Um dia a vi de braços cruzados na frente de *O silêncio que mora nas casas*. Ela me olhou desconfiada.

— Você gosta desse quadro? — Uma pergunta fútil. Eu tinha banido a palavra "gostar" de minhas aulas.

— Acho que entendo o que ele quis dizer — respondeu Alison.

— Quem?

— Matisse! — replicou ela, meio irritada. — Quem mais?

Esperei um bom tempo antes de falar. Ela não tinha ideia de como se dirigir a um gerente.

— O que ele quis dizer?

— Bem — começou ela —, do lado de fora da janela é tudo vivo e barulhento, mas o que se quer é estar do lado de dentro, onde é possível olhar o livro e o globo e *pensar* sobre o que tem lá fora. Veja, as árvores são sólidas, mas o interior só tem contornos. As pessoas são contornos. E estão de costas para a janela. Estão viradas para o vaso de flores. O livro que estão olhando está em branco... — Ela parou. Sua voz perdeu o entusiasmo. — Eu não sei — completou, taciturna novamente.

— Você gosta daqui, não?

Alison levantou os óculos com um dedo.

— Quando comecei a trabalhar aqui, pensei assim: "Ah, vai ser fantástico, vou estar perto de obras de arte". Que piada. O meu trabalho é só um serviço ao consumidor. Podia estar trabalhando em uma farmácia.

— Na minha época, dava para seguir uma carreira. Havia cargos federais disponíveis. Fiz mestrado em Foggy Bottom. Hoje, para conseguir qualquer coisa mais interessante, precisa ter pelo menos o mestrado. E mesmo assim...

— Talvez eu goste demais de arte — interrompeu ela. — Não quero ficar inventando bobagens.

— É o que você acha que fazemos aqui, bobagens?

Uma vez Maddy tinha comentado sobre um painel de parede que eu havia escrito: "Eu não entendo nenhuma palavra. Desculpe, mãe. Nem uma só palavra". Eu a levei para passar muitas tardes em museus. E foi um alívio quando ela voltou a desenhar.

— Não seria melhor deixar as pessoas pensarem por si mesmas? — perguntou Alison.

— Como o homem com a mochila?

— Nem sei o que ele estava fazendo aqui.

— Todo mundo tem o direito de ver arte.

Ela bufou.

— Alguém como ele não é sequer capaz de enxergar a arte.

— Eu não teria tanta certeza.

— Eles só leem as legendas. Talvez, se as palavras não estivessem ali, eles fossem obrigados a olhar para a arte por mais de dois segundos. — Ela cruzou novamente os braços. — As pessoas deveriam passar por um teste antes de poderem entrar aqui.

— Ah, é? — Sorri. — E o que você perguntaria nesse teste?

— Que tal: "Se você pudesse ter qualquer uma das obras da coleção, qual você escolheria e por quê?". Todos que mencionassem como ficaria bom acima de seus sofás seriam banidos para sempre. — Alison soltou uma sonora gargalhada. — Teríamos o museu só para nós. — E, astutamente, acrescentou: — Você ia gostar disso, não ia?

Deixei que se passassem duas semanas antes de mencionar Londres novamente. Para minha surpresa, Claire já tinha verificado as datas e a verba, e encontrado alguém para cobrir minha ausência. Também tinha entrado em contato com uma colega inglesa que poderia me hospedar, para reduzir os custos.

— É uma boa hora, como você observou. Qualquer coisa pode sair de uma viagem dessas. E vai ser bom para você se afastar um pouco.

— Que maravilha! — Eu a abracei. — Obrigada, obrigada, muito obrigada, Claire! — Afastando-me, disse casualmente: — Estava pensando se poderia levar Alison Ward comigo.

— Alison?

— Ela passou por uns momentos difíceis recentemente.

— Você olhou aquela reclamação?

— O sujeito a ameaçou com uma arma, acredite se quiser. E ela se desculpou. Descobri que ela sabe um bocado sobre arte. Sei que não é uma escolha óbvia.

— Você não acha que uma oportunidade dessas deveria ir para alguém mais...

— Apresentável?

— Experiente. Alison é uma recepcionista. E é muito jovem.

— Ela está planejando fazer um mestrado em museologia. Na Johns Hopkins. — Não sei quando comecei a gostar de improvisar assim.

— Ah, entendi.

— E pode ser uma boa forma — continuei — de mostrar que damos valor a nossa equipe independentemente do nível hierárquico.

Nesse ponto, Claire riu alto e me encarou com um olhar duro que dizia: "Entre nós, não precisamos desses floreios". Dava para ver que ela estava repassando mentalmente tudo o que sabia sobre luto.

Enfim, eu disse:

— Não sei por que, mas nos últimos tempos me sinto atraída por mulheres mais jovens. Quero a companhia delas, quero ajudá-las.

Claire inclinou a cabeça para o lado e abriu um de seus sorrisos profundos e pesarosos. Naquele momento eu soube que a viagem a Londres estava acertada e que Alison iria comigo.

23

Do trabalho, peguei um caminho tortuoso até a rua Corcoran, sentindo a necessidade de estar com minha mãe. Minha aula da tarde tinha sido boa. O grupo prestou mais atenção do que o normal, e *Música lenta*, de Ben Shahn, novamente me pareceu eloquente e cheio de possibilidades.

Agora que a viagem para Londres estava tomando forma, Antonio estava por toda parte. Ele era uma presença invisível na galeria, observando como eu extraía das pessoas um conhecimento que elas nem sabiam que tinham. Ele me acompanhava pelas ruas que tínhamos percorrido juntos, desde as mansões construídas por magnatas da marinha mercante na virada do século, agora transformadas em apartamentos de luxo e museus militares, passando por embaixadas que ocupavam um quarteirão inteiro na avenida Massachusetts, algumas das quais, dizia Robin, deviam valer mais que os países que representavam, até o hotel famoso pela operação secreta que derrubou o prefeito. Em longo prazo, o tempo de prisão não tinha causado nenhum dano; quando Antonio e eu nos conhecemos, o prefeito tinha sido eleito para mais um mandato.

Quando virei na rua R, entretanto, Antonio desvaneceu. Tive a sensação de ter a mãozinha de Maddy segurando a minha. Meus passos tinham me guiado até a pequena casa de tijolos de porta roxa. Uma antiga oficina aninhada entre duas casas de pedra tinha ganhado o apelido local de Casa do Hobbit. Quando Maddy era pequena, sempre insistia que viéssemos por aqui para que ela pudesse estudar os elementos de ferro imitando estruturas medievais, e as luminárias a gás, e me informar solenemente que iria morar ali para sempre.

Apertei o passo até a casa dos meus pais e toquei a campainha antes de entrar. A porta pesada abriu de uma vez, me levando ao capacho coberto de pelos. Será que nunca iriam consertar as fechaduras ou trocar os capachos?

— Sou eu!

Café, cachorro molhado, madeira velha: a essência do lar. Maddy adorava esse aroma. Ela adorava tudo na casa deles: os quadros cobrindo as paredes que ladeavam a escada, as pilhas de livros, a cerâmica artesanal entulhando as estantes e as caixas na varanda de trás, que estavam lá desde antes de a reciclagem entrar na moda. Minha infância e minhas lembranças de Maddy tendiam a se fundir. Esse lugar ainda meio que pertencia a ela.

— Mãe? Sou euuu! — chamei novamente. Mas, sendo uma especialista em casas vazias, não esperava mais obter uma resposta.

Estava na cozinha escrevendo uma anotação quando vi minha mãe descendo as escadas em silêncio, como era seu costume. Ela vestia um jeans e um suéter amarelo bordado no pescoço. Seu cabelo estava amassado, como se tivesse acabado de acordar. Eu me dei conta de que esse lugar, o palco da minha infância, tinha se tornado o lar de um casal de idosos. Em sua vagarosa progressão até mim, visualizei elevadores de escada, andadores e cuidadores, além de uma cama alta instalada na sala. Vi minha mãe e meu pai abandonando a casa que amavam e a vizinhança que já não os amava tanto assim.

— Oi, querida — disse ela.

— Alguma coisa errada, mãe?

Ela desviou os olhos dos meus.

— Ah, só um daqueles dias.

— Cadê o papai?

— Loja de ferragens. Algo para consertar a porta dos fundos. Pegou chuva e empenou a madeira.

— Não é meio tarde para ir fazer compras?

—Acho que ele queria sair de casa. Mas que boa surpresa. Voltando do trabalho? Quer beber alguma coisa?

— Sim, por favor. — Depois que nos sentamos com nossos chás de ervas, perguntei novamente o que havia de errado, esperando uma resposta leve, para poder contar minhas novidades. Em vez disso, os olhos da minha mãe ficaram cheios de lágrimas que ela não fez nenhum esforço para esconder.

— O que foi, mãe? — Fui até ela e a abracei pelas costas. — O que você tem? — repeti, com um mau pressentimento.

Dentro da minha mãe havia um poço de escuridão que ela fazia questão de ignorar. Ela andava em torno dele, olhando sempre para além do poço. Isso dava a ela um temperamento alegre, enxaquecas semestrais e uma baixa tolerância a más notícias. Quando eu e meu irmão éramos pequenos, meu pai recortava as notícias ruins antes de dar o jornal para ela. Ela lia ao redor dos buracos recortados nas páginas. Ao longo dos anos, essa história tinha sido passada adiante como um fato; recentemente eu tinha começado a suspeitar que era um mito familiar ou uma brincadeira que aconteceu uma vez e que passou a ser relatada como algo frequente. De qualquer forma, era uma ironia cruel que ninguém tinha coragem de mencionar, que aquela pessoa que tinha perdido a própria mãe aos dez anos, aquela pessoa que tinha medo de tragédias, teria que enfrentar a morte da única neta.

— O raio cai duas vezes no mesmo lugar.
— O que você disse?

Ela me deu um sorrisinho torto.

— O raio cai duas vezes no mesmo lugar.
— Eu estava pensando nisso também. — Passei um lenço de papel para ela. Nós duas sempre tínhamos lenços. Voltei para minha cadeira, para dar espaço a ela.

— Andei pensando sobre minha mãe — disse ela vagarosamente. — Não sei o motivo.

— Aconteceu alguma coisa?
— Todo mundo a amava. Meu pai nunca se recuperou, sabe?
— Claro que não. Nunca se recuperou.
— Minha mãe não conheceu você. Nunca sentiu o prazer de ser uma avó.
— Não.
— *Nunca* é uma palavra horrível, Eve. Odeio essa palavra.
— Eu também — eu disse.
— É um enorme prazer, sabe, ser avó.

— Sim — assenti. — Eu estava ansiosa por isso. — Minha avó tinha ficado de cama por um ano e morrido de uma doença pulmonar da qual hoje, com certeza, teria se curado. — Deve ter sido terrível para você. Mais que terrível.

—Ah, eu tinha a tia Jean. — Era o que ela sempre dizia quando o assunto surgia. — Tia Jean foi maravilhosa para mim.

— Sim. Você me contou. — Tive uma lembrança de Maddy, aos dez anos, em sua malha azul celeste, com o rabo de cavalo balançando enquanto ela pulava e girava sem qualquer inibição. Pelo menos eu estive com ela até o fim.

— Eu não perdi um filho — disse minha mãe. — Nunca perdi você. Ou Chris. Isso teria sido insuportável.

O ar estava rarefeito como no topo de uma montanha.

— Eu suportei.

— Você me surpreende — continuou minha mãe. — O modo como você enfrentou. O modo como você sobreviveu. — Ela fez uma pausa. — Só me entristece você não ter aquele consolo.

— Que consolo?

— O consolo da fé.

Ela já tinha dito isso de formas diferentes. Normalmente, eu tolerava. Não tinha me importado em levar Maddy à igreja deles quando ela era pequena. Deixei que ela se resolvesse sozinha com a linguagem e as imagens. Afinal, crença era algo da minha infância, e eu agradecia pela noção, tão profunda em mim, de que o que podemos ver não é tudo o que existe. Durante o pesadelo da morte de Maddy, eu tinha me apoiado em minha mãe e me permitido ser consolada por seus balbucios devocionais. O importante era o tom e a intenção. Se Deus era um consolo para minha mãe, ela podia me consolar. Eu não me importava. Não julgava.

— Não importa — acrescentou minha mãe rapidamente.

Meu coração retumbava em meus ouvidos.

— Talvez importe, mãe.

— O que quero dizer é que gostaria de ter algo que nós duas pudéssemos compartilhar.

— Eu sei — disse. — Desculpe.

Minha mãe sorriu um pouco, passando o polegar e o indicador pela asa da caneca.

— Você era uma criança tão curiosa, Eve. Sempre se virando para olhar o outro lado das coisas. "Abra as cortinas", você costumava dizer. "A noite quer entrar." E quando você encontrou o boné do seu pai no quintal, na chuva. "Olha! É aquele velho chapéu morto do papai!"

— Talvez — eu disse, devagar, pensando naquela pessoa de cor sépia em seu vestido sem graça, o cabelo em formato de protetores de ouvidos, sorrindo o sorriso enigmático da morte próxima —, o que escondemos aqui acabe emergindo em outro lugar.

— O que você quer dizer?

— Não consigo imaginar perder a mãe e ter que fingir que foi o melhor.

— Não estou fingindo.

— *Acreditar* que foi o melhor.

Mas, mesmo enquanto falava, percebia o emaranhado de minha lógica errática. À beira do lago com Norma era: Maddy estava predestinada a morrer! A cobra comeu os filhotes de passarinho! Não tem nada de errado com *e se*! Na presença da minha mãe era: Pare com esse pensamento mágico! Não há desígnios maiores! Não existem padrões misteriosos! E por outro lado: Nós causamos isso? Ela foi tirada de nós porque não a merecíamos? Depois que as coisas acontecem com você, você se torna a pessoa para quem as coisas acontecem.

— Não sei explicar, Eve. Não sei o que é isso ou como afeta a minha vida. Tudo o que sei é que a fé é algo essencial para mim. Está em uma caixinha — ela colocou a caixinha invisível sobre a mesa com as duas mãos —, e eu preciso dela. De forma egoísta, para mim mesma.

— Bem — respondi. — Não posso argumentar com isso.

Ela sorriu para mim.

— Maddy encontrou algum conforto ali.

As batidas voltaram como uma batucada em meus ouvidos.

— Como você sabe?

— Ela ia à igreja conosco. Significava alguma coisa para ela.

— Claro que significava *alguma coisa* para ela. Ela gostava de ficar com você e com o papai.

— Me deixava feliz.

Meu olhar pousou sobre os picos e vales das mãos de minha mãe segurando a xícara. Em algum momento, a idade força os ossos para a superfície.

— Era a música, mãe. Maddy adorava a música. Notou que ela só ia à igreja quando havia um concerto?

Ela balançou a cabeça, mantendo o corpo parado de forma pouco natural.

— Maddy pensava por si mesma — continuei. — Mas gostava de agradar. Não queria desapontar ninguém. Mas não me diga que você sabia o que ela estava pensando. Você lembra aquela vez que dormimos aqui e você estava conversando com Maddy sobre Deus?

Rose assentiu vagamente. Maddy tinha seis anos. Do térreo, ouvi a voz fraca de minha filha e a voz ressonante de minha mãe cantando *All Through the Night*, uma cantiga de ninar que eu também tinha ouvido muito enquanto crescia. Ouvi Rose explicando que amava Maddy e Deus também a amava, e que Ele a guardaria durante o sono.

"Mãe...", me perguntou Maddy depois, "o que acontece se alguém não *gostar* de Deus?"

As palavras ficaram flutuando entre nós. Em câmera lenta, sem emitir um som, o rosto de minha mãe se transformou em uma máscara de desespero. Ela se segurou o quanto pôde, lutando para se controlar, até que, com uma respiração espasmódica e um gesto brusco com as mãos, começou a chorar como nunca tinha chorado antes, não durante o ano em que Maddy esteve doente, não durante a missa antes do enterro, não nos longos meses frios desde então, quando ela estava sendo forte para mim. O lamento silencioso continuou por um longo tempo, como se ela tivesse encontrado uma fonte secreta de combustível enquanto, ao lado dela, acariciando sua mão macia e ossuda sobre a mesa, eu observava alarmada e com inveja esse ato da natureza que eu havia provocado e não tinha como interromper.

Minha mãe se acalmou. Puxou a mão e assoou o nariz.

— Meu Deus. — Seu olhar me atravessava. — Meu Deus! De onde veio isso?

— De onde você acha que veio?

Ela agora me encarava com olhos vorazes.

— Como — perguntou ela, a voz pouco mais que um murmúrio — uma pessoa pode simplesmente desaparecer? Não faz sentido.

— Culpe Deus — respondi, brusca —, não a si mesma.

— Não se zangue, Eve.

— Não estou zangada — respondi, apertando sua mão. — Não estou.

Mas estava. Por baixo de minha compaixão pelas perdas de minha mãe e por suas questões de fé, do fundo de minha tristeza compreensiva, havia uma raiva irracional, sem generosidade e sem cura. A minha perda tinha acabado de acontecer. Minha perda era maternal, o pior tipo. Eu afundaria se tivesse que lidar com as dela também.

— Graças a Deus você tem o Robin! — declarou minha mãe. — Querido, querido Robin.

— Mãe — disse. — Estou indo a Londres.

— Londres?

— A trabalho.

Ela pareceu confusa.

— Falei sobre isso com Claire hoje. Acho que ela vai aprovar a viagem.

— Bem, que bom, querida — disse ela, seca. — É uma notícia excitante.

— Tem outra razão.

— Qual?

— Quero me encontrar com Antonio.

Quase não houve surpresa na expressão de minha mãe.

— Walter me contou sobre as cartas.

— Contou?

— Não fique zangada com ele, Eve.

Então eles tinham discutido o assunto e fechado a questão: eu não deveria ficar zangada com meu pai. Minha família gastava todo o tempo assegurando que nenhum de nós ficasse zangado com nenhum outro de nós. A raiva com certeza estava no ar quando contei a eles que criaria minha filha sem um pai. A mandíbula paralisada de Walter, os olhos enevoados de Rose evitando os meus. Eles rapidamente se recuperaram e me apoiaram e amaram Maddy mais do que qualquer coisa, mas, ainda assim, naquele momento eu tinha desferido um golpe mortal nos planos de vida deles.

— Você não sabia que Maddy e Antonio estavam em contato?

— Não tinha ideia. Seu pai com certeza sabe guardar um segredo.

— Assim como Maddy.

— Walter disse que ele foi gentil com ela. Que foi bom ela ter escrito para ele. Você vê assim também? Ou ele está me dizendo isso só para se justificar?

— Eles se corresponderam por meses. Parecia muito amigável.

— Espero apenas que Maddy tenha ganhado algo com isso — disse minha mãe, com a voz rouca.

— Ah, ganhou, sim! — exclamei. — Acho que foi importante para ela.

— Antonio — continuou ela, carrancuda. — Depois de todo esse tempo! Você pensou direito no que vai fazer, Eve?

— Vou pelo menos saber o lado dele da história.

Ela me encarou por um momento, a angústia subjugada pelo eterno hábito de aconselhar.

— É mesmo por isso que você quer ir, querida? Para conhecer o lado dele da história?

A porta dos fundos se escancarou e o corredor foi tomado pelo cachorro ofegante.

— Bem, por que outra razão eu iria?

— Você é quem sabe, Eve — replicou minha mãe, e eu a deixei acariciar meu braço. Meu pai estava na porta, os óculos embaçados pelo frio. Ele limpou os sapatos no capacho e tirou as luvas, sem saber o que havia se passado.

Maddy

24

Então, o lugar acabou sendo incrível. Robin bolou um plano de irmos, nós três, numa sexta-feira, para evitar as multidões de fim de semana e para encaixar a data antes de minhas consultas, testes e exames de sangue na segunda-feira de manhã. Minha mãe adorava Fallingwater. Robin não conhecia e eu tinha ido uma vez, aos onze anos. Minha principal lembrança era de uma senhora de cabelos brancos na loja de presentes que me deixou ir atrás do balcão e digitar os números na caixa registradora.

O centro de visitantes ficava no meio da floresta e era feito de toras de madeira. Rampas subiam por três lados, como se fosse uma nave espacial à espera do nosso embarque e havia três câmaras: um museu em uma, um café na outra e, na terceira, a loja de presentes, onde minha mãe quase comprou algo para guardar cartas, com entalhes nas laterais que eram como vitrais. Ela disse que não recebia muitas cartas atualmente. Eu disse que não importava, Robin disse para comprar, mas então precisamos correr para chegar ao passeio e ela a devolveu. Minha mãe às vezes é sensata demais. Ela nega coisas a si mesma.

— Você vai adorar este lugar — falei para Robin na rampa onde nosso grupo estava se reunindo.

— Eu já adoro. Por quê?

— Toda essa madeira.

— A casa não é feita de madeira — disse minha mãe.

— Lembra? É de concreto. A única coisa de que não tenho certeza é a cor.
— Que cor? — perguntou Robin.
— Rosa.
— *Rosa?* — perguntou ele. — Você não me contou isso. Eu teria ficado em casa.

Frank Lloyd Wright pode ter sido o Senhor-Harmonia-com-a-Natureza, mas nossa guia estava usando máscara de cílios com dois centímetros de espessura e sandálias de tiras douradas. Acho que se for o seu trabalho, ser natural deve ser cansativo. O nome dela era Laura. Laura recitou a saudação de boas-vindas e descemos alguns degraus que tinham um corrimão de bétula até uma trilha de terra que conduzia à casa.

Para ser justa, Laura fixou o olhar uma vez no lenço em minha cabeça, amarrado na lateral como o de um pirata e, depois, ela me tratou como todo mundo, exceto que eu podia vê-la desacelerando deliberadamente e esperando que nós três nos juntássemos ao grupo antes de começar a próxima explicação. Éramos sempre os últimos.

Julho tinha sido o mês dos abraços, começando no momento em que o dr. Osterley disse que o novo tratamento poderia estar dando certo e minha mãe explodiu de tanto rir e chorar ao mesmo tempo. Quanto a mim, procurei nos olhos castanhos do dr. O, não sei, algum tipo de sinal que significasse que meu corpo era meu novamente, mas o olhar dele era o de um homem que tinha visto tudo e sabia se conter. Como era de se esperar, na metade de agosto, bem quando eu estava ousando pensar no segundo ano do ensino médio, as febres começaram. Os suores noturnos também. As contusões se tornaram comuns. Eu estava mais cansada do que nunca, cansada como sempre estaria dali em diante.

Robin tinha uma maneira muito autêntica de me ajudar. Punha a mão no meu ombro enquanto descíamos, ou nas minhas costas quando estávamos em terreno plano, e segurava meu braço quando mamãe estava do outro lado. Carregava o banquinho dobrável para quando eu precisasse descansar. Ele o armava fazendo palhaçadas como se eu fosse uma rainha e ele fosse um servo esperando a ocasião para realizar todas as minhas vontades. Eu não tinha ideia se Antonio era o tipo de pai que colocava a mão no ombro da filha, ou se iria querer visitar um lugar como Fallingwater, nem se me ajudaria a descer as escadas. Antonio era muito mais alto do que eu e, quando estivéssemos lado a lado, as pessoas que nos vissem juntos saberiam que éramos pai e filha. Mas o fato é que eu gostava de Robin e às vezes até o amava. Não adiantava desejar que as coisas fossem de outra maneira.

Paramos na ponte. Robin desdobrou o banquinho e dividi minha atenção entre a água e a casa que se inclinava perigosamente sobre ela. Tudo bem, imagine um monte de enormes caixas de sapato de concreto presas juntas em diferentes alturas. Janelas nas fendas entre elas. Chaminés de pedra cinzenta.

Tudo equilibrado como uma prateleira sobre um riacho que se movia bem rápido, e não apenas um riacho, mas uma cachoeira de dois níveis que realmente passa por baixo da casa, o que quer dizer que o barulho nunca para.

A casa e as quedas eram muito claras e reais para mim, agora que eu estava cinco anos mais velha. Daqui a cinco anos, tenho certeza de que poderia me lembrar de cada detalhe, não apenas da loja de presentes.

Foi por isso que fiquei indo e voltando na tentativa de reter aquele lugar na memória para, no fim, pensar: para quê? Apenas deixe a água correr.

— É bonito de se ver, não é? — Minha mãe disse quando Laura terminou o discurso sobre lajes suspensas, arenito local, modernismo europeu, ousadia estrutural e anexo para convidados e empregados.

— Não é rosa — disse eu. — É meio laranja.

— É mais cor-de-rosa nos fundos — disse minha mãe. — Lá embaixo, onde todas as fotos foram tiradas, é totalmente cinzenta. Vamos até o mirante após o passeio se não estivermos muito cansados.

Enquanto estávamos sentados num muro baixo atrás do terraço, perguntei a Laura sobre a cor. Ela disse que a escolha tinha sido feita para que a edificação se misturasse ao ambiente quando as folhas mudassem de cor no outono. Assenti, mas para mim parecia estranho ter uma casa cuja cor você não suporta durante a maior parte do ano apenas para que ela pareça boa no outono. E, de qualquer maneira, desde quando folhas são cor-de-rosa?

Mas o fato é que, uma vez dentro da casa, não importava a cor e o concreto. Não estávamos ali por causa disso.

A sala de estar era um enorme espaço retangular totalmente banhado pela luz, que entrava por todos os lugares, e com portas de vidro que se abriam para uma varanda acima da cachoeira.

Da varanda, degraus nos levavam para baixo. Era assustador como os degraus terminavam na pequena plataforma que não levava a lugar algum e que nem sequer tinha um guarda-corpo. Você pode tomar café lá de manhã com os pés na água em movimento. Foi o que a guia disse. De volta para dentro, nos mostraram os quartos, que ficavam em diferentes mezaninos.

Onde quer que estivesse, dava para ver outra parte da edificação e uma parte dos jardins.

Eu mal podia esperar para voltar para a sala principal e vi no rosto da minha mãe que ela sentia o mesmo. Ela vagava por ali em transe enquanto eu descansava no meu banquinho, porque não é permitido sentar em qualquer um dos móveis. Minha mãe se aproximou, apertou o nó do meu lenço e passou a mão distraidamente sobre minha cabeça, sem tocá-la. Eu sabia que ela estava pensando a respeito da segunda-feira. Eu sabia que ela gostaria de poder esquecer a segunda-feira e se sentar em um dos sofás, pegar um livro da estante e ler apoiada em uma almofada vermelha perto da lareira embutida na rocha, e sempre que quisesse, poderia ir até as portas de vidro e pronto: ver a própria cachoeira em movimento.

— Você moraria aqui? — perguntou minha mãe para ninguém em particular.

Robin veio por trás dela e beijou seu cabelo.

— *Você* moraria.

— Mas você moraria?

— Não sei — disse ele. — Nunca vi nada assim.

— Sempre adorei este lugar — disse minha mãe. — Desde que meus pais nos trouxeram quando éramos crianças. Há algo incrivelmente pacífico aqui.

— Exceto pelo barulho — apontei. — Gostaria de desligá-lo às vezes. Você não?

— Acho que sim — concordou minha mãe. — O barulho pode irritar, em longo prazo. Se não tem como pará-lo.

Retornamos lentamente ao estacionamento depois de nos despedirmos de Laura e do grupo. Decidimos pular a visita ao mirante. Tínhamos conferido aquela vista em cada ímã de geladeira e marcador de página na loja de presentes. Além disso, eu estava exausta e tínhamos uma longa viagem para casa.

Não falei a respeito porque minha mãe não sabe que faço isso, mas, no caminho de volta, eu estava pensando que tinha uma vantagem em viver sobre uma cachoeira barulhenta. Não seria preciso tomar banho toda vez que quisesse chorar por um longo tempo, sem ser vista por ninguém.

Maddy,

As perguntas que você me faz! Meus meninos querem saber como as coisas funcionam. Talvez eu esteja descobrindo como meninas são diferentes. Parte disso se deve ao fato de você ser quase uma adulta e pensar sobre as coisas importantes, como quem somos, do que somos feitos e como somos. Se eu sou um solitário? Meu trabalho exige que eu passe muito tempo sozinho. Mas também faço parte de uma equipe. Uma família é outro tipo de equipe. Embora às vezes eu precisasse de mais tempo para mim! Para ser honesto, acho que posso ser um cara estranho. Erica é muito sociável, adora conversar e se encontrar com pessoas e os meninos têm muitos amigos.

De qualquer forma, gosto da minha própria companhia.

Quanto às outras perguntas, acho que é algo para sua mãe contar a você. Foi há muito tempo. Quero que saiba que fico feliz por você ter entrado em contato comigo e por poder conhecê-la um pouco por meio desses e-mails. Claro que há muito mais a dizer!

Quem sabe, talvez seja possível nos encontrarmos um dia. É muito mais fácil falar sobre coisas complicadas pessoalmente.

Antonio

Querida Maddy,

Estou impressionado com o número de coisas que você está fazendo. Música, arte, uma campanha, sem falar nos trabalhos escolares. Como você dá conta de tudo isso? Você deve ter muita energia.

Meus filhos estão se preparando para voltar à escola. Eles reclamam do fim do verão, mas acho que secretamente estão felizes por voltar e ver os amigos. Você está ansiosa para começar a escola?

Que aulas você vai fazer este ano? Como está o Jack? Eu adoraria saber das suas novidades.
Antonio

25

Quando minha gata se aventura em um lugar desconhecido, ela dá alguns passos, vira-se e fareja a porta para ter certeza de que tem uma rota de fuga. Então, encontra a superfície mais baixa para se acomodar e fica imóvel. Nada pode atingi-la enquanto ela souber onde está e o que é.

Depois da visita a Fallingwater, no dia em que o dr. O nos disse que estávamos sem opções e minha mãe enlouqueceu completamente, eles desmontaram a mesa de Robin e transportaram minha cama para a sala de jantar. Fixei residência lá sobre milhões de travesseiros. Eu estava bem no centro da casa e do que quer que estivesse acontecendo. Mas me senti como se estivesse sob uma superfície baixa, esperando.

No início, só a voz de Jack era capaz de me animar. O mesmo acontecia com a visão dele na porta, mais alto do que antes e com olhos ainda mais gentis. Ele estava sendo mais educado do que nunca com os adultos. Era como se tivesse se tornado uma versão concentrada de si mesmo. Ele se sentou ao lado da minha cama, entretendo Cloud, segurando meus dedos levemente em sua mão semicerrada e me mostrando nossos vídeos favoritos do YouTube, do leão se encontrando todo feliz com as pessoas que o criaram desde filhote, e dos cães correndo na direção errada nas escadas rolantes. Antes, quando ríamos dos vídeos, queria o leão e os cachorros como animais de estimação. Agora, queria ser eles.

Durante o verão, Jack saiu de férias e mal tivemos a chance de falar sobre o primeiro ano e como seria na volta à escola agora que estávamos juntos. Coisa boa, de verdade. Sem falar muito, poderíamos simplesmente escorregar do estado intermediário em que estivemos o tempo todo para a minha nova existência na sala de jantar, um lugar tão errado para uma cama que tornava quase impossível que nos lembrássemos dos outros usos que uma cama tem.

Uma tarde, depois de termos visto on-line tudo o que podíamos e dito o que havia a dizer sobre a marcha na frente da Casa Branca, minha animação, que, graças a Deus, estava mais ou menos terminada, as aulas de Jack e os amigos que tínhamos, ele se sentou muito quieto na poltrona, as mãos nos joelhos.

— Maddy... — começou. — *Querida*.

— Sim, Jack? *Amado*. — Depois de nossa visita ao lago, começamos a nos chamar de coisas assim. — O que se passa nesse pedaço do seu corpo que chamamos de cérebro?

Ele quase cuspiu as palavras:

— O primeiro ano é horrível!

— A preparação para o vestibular? — perguntei.

— Mal posso esperar o ensino médio acabar.

— Você tem a faculdade pela frente.

Vi os olhos dele se encherem de lágrimas.

— Eu vou odiar, você sabe.

Às vezes, quando Jack estava comigo, ele parecia normal e, às vezes, era como se tivesse levado uma pancada na cabeça e estivesse acordando. Mas nunca chorava.

— Eu sei. Eu sei que você vai. — Falei com minha voz mais madura, como uma mãe dando tapinhas nas costas de uma criança.

Puxei uma de suas mãos para perto, estudei a pele bronzeada de seus dedos e pressionei a ponta de cada um deles. As mãos dele eram pequenas para uma pessoa da sua altura, mas eram pesadas perto das minhas. Cada sombra e prega de sua pele estava muito nítida sob o que não parecia ser realmente a luz do dia, mas que também não era qualquer outro tipo de luz.

— Não teria sido ótimo? — perguntei, ajustando sua mão ao lado do meu rosto e mantendo-a lá. Não o soltei.

Jack puxou a mão e se levantou. Desamarrou os tênis de corrida e, chegando mais perto, esticou o corpo comprido ao meu lado na cama murmurando alguma coisa. A vibração da voz dele fez cócegas em meu pescoço, então eu ri e ele riu, e ficamos assim por um longo tempo até suas mãos começarem a se mover sobre mim, sonolentas, da maneira antiga. Fechei os olhos e tirei toda a força que pude do toque das mãos de Jack, do cheiro de sua camiseta e de sua voz. Como se tudo o que tivéssemos a fazer fosse passar por isso e tudo ficaria bem. Como se ele ainda fosse meu.

— Minha mãe está em casa — sussurrei.

Ela apareceu na soleira da porta da cozinha, convocada pelos meus pensamentos, e recuou abruptamente. Eu me afastei e disse a Jack que meu estômago doía. Ele se levantou com dificuldade e ficou ao lado da cama parecendo perdido. Meu estômago estava doendo de verdade agora. Aquela terrível dor de medo. Desde que nos conhecemos, fiz o que pude para me tornar totalmente especial para Jack. A primeira, a melhor, a única. Peguei sua mão e a beijei. De que adiantava isso para qualquer um de nós agora?

À noite, Robin costumava deixar a porta da sala de música aberta. Se eu gritasse, ou resmungasse "O que é *isso*?", ele tocava a peça novamente para mim adicionando um comentário: "Ouça essa transição. Furtiva ou o quê? Vai se aproximando de você...". Ou: "Tudo bem docinho até aquele mi menor natural. É aí que entra a dúvida. E essa nota vai partir seu coração...".

Eu tinha evitado o trio em dó maior de Brahms porque Robin estava sempre falando dessa peça, mas, em um dos meus dias bons, ele me fez ouvi-la do começo ao fim e fiquei um pouco obcecada pelo *scherzo*. Pus esse trecho para tocar várias vezes no meu celular. Os violinos empilhando notas loucamente, o piano derrubando-as... e, no fim da peça, o violoncelo fazendo questão de me dizer que não importava o que acontecesse ou o quanto as coisas ficassem tristes, o mundo era lindo e eu estava segura. Era como ser perseguida morro acima e correr morro abaixo para os braços de sua mãe. Não era tão orgulhosa a ponto de não dizer isso a Robin. Talvez ele fosse o único a quem eu pudesse contar.

Fiona e Vicky vinham com menos frequência e falavam mais. Vicky havia se separado de Wade e estava saindo com Kevin Stockhaus, que tinha dezenove anos e fazia teatro no conservatório.

— Ele é tão inteligente. Sem mencionar que é lindo de morrer. Temos muito em comum. — Ela encontrou uma foto no celular e passou para Fiona, que a passou para mim. Ergui a cabeça para olhar e tive que admitir que *lindo* não era exagero. Cabelo cacheado, sorriso enorme, pescoço forte. Ao contrário dos meninos pelos quais Vicky geralmente se interessava, ele parecia um cara legal de verdade. Dava para dizer pelos olhos. Talvez Vicky tivesse *seu* coração partido desta vez.

Devolvi o telefone, avistando meu braço ossudo. Eu era o motivo da visita, mas sentia que todos pertenciam a este lugar, exceto eu mesma. Tombei a cabeça de volta no travesseiro.

— Vamos conhecê-lo? — perguntei.

— Claro. Quando vocês quiserem.

— Então, qual é o AVU dele? — perguntou Fiona.

— O Argumento de Venda Único — segredou Vicky, baixando a voz no caso de a minha mãe estar por perto — é o seu grande ca...

Fiona estava quase tendo um ataque.

— ... carro. Tamanho-família — sussurrou Vicky, e as duas desabaram na cadeira, gritando sem emitir som.

Quando conseguiu falar, Fiona deu um gemido.

— Estou morrendo aqui.

— Estou acabada. — Vicky enxugou as pálpebras uma de cada vez com as costas do dedo. — Eu estou tão, tão acabada.

— Você está bem, Maddy? — A voz de Fiona pairou sobre mim. — Você ouviu?

Seu rosto de duende estava sobre mim, pronto para fazer o que eu pedisse. Eu ansiava que fossem embora.

— Minha audição está perfeita.

— Quer um pouco de café? — perguntou Vicky atrás dela. — Posso pegar um pouco de café para nós.

— Não, obrigada. Mas vá até a cozinha e faça para vocês. Mamãe não vai se importar.

— Adoro sua mãe. Ela é tão serena.

— A minha estaria completamente louca — disse Fiona. — Eu acabaria tendo que cuidar dela.

— O que aconteceu com Billy e Carina? — perguntei, tentando mudar de assunto.

— Ela se cansou de esperar que ele tomasse uma atitude.

— Agora ele está de olho em Lucy Wall. Eu disse que ele poderia mirar um pouco mais alto na cadeia alimentar, mas ele não quis ouvir.

— Toda a nossa experiência e bons conselhos — murmurei. — Que desperdício.

Qual era o sentido de ter experiência se eu não era capaz de usá-la agora? Fiona ainda estava parada perto de mim.

— Como vai o Jack?

— Está bem.

— Está bem? — Dava para sentir a intensidade de seu olhar.

— Às vezes não quero vê-lo.

— Você sempre quer nos ver — disse Vicky.

— Você não precisa fazer nada — disse Fiona. — Ele pode apenas sentar e olhar para você.

— Não quero que ele se sente aqui e olhe para mim! — Fechei os olhos. Havia muita coisa acontecendo na escuridão. Linhas pulsantes e túneis dentro de outros túneis e estrelas cadentes vermelhas. — Não aguento a cara que ele faz.

— As meninas são mais fortes do que os meninos — disse Vicky finalmente.

— São? — *Fraca* não era a palavra certa. Eu era um balão do qual todo o ar havia sumido. No meio de setembro, pensamos que eu aguentaria participar da primeira parte da marcha na frente da Casa Branca, mas depois voltei para o hospital e agora nem sequer podia chegar ao banheiro sozinha. Às vezes, não conseguia erguer o braço para segurar um copo. Imaginei Vicky jogando o cabelo preto sobre o ombro e trocando olhares com Fiona, que havia saído do meu lado e estava sentada na cadeira da escrivaninha, abraçando os joelhos.

— Adivinhem — disse eu.

— Você vai se casar — disse Fiona.

Abri os olhos. Ela estava inspecionando um punhado do cabelo claro para achar pontas duplas.

— Você está se divorciando — disse Vicky, mexendo no celular.

— O que, então? — perguntou Fiona.

— A minha animação vai ser exibida na marcha. Dois minutos inteiros.
Elas olharam uma para a outra e me encararam.
— Uau, Maddy!
— Ah, meu Deus. Você não falou nada. Por que você não falou?
— A srta. Sedge fez tudo. Minha mãe assinou a autorização esta manhã. Vamos assistir na TV.
— Sobre o que é a animação? Você não nos contou.
— Vocês vão ver. Prometem que vão assistir? Serei uma celebridade. Por dois minutos.
— Por mais do que isso — disse Vicky com confiança.
— Vai viralizar! — disse Fiona. — Fama eterna.

Maddy,
Não tenho notícias suas há um bom tempo. Está tudo bem em Washington?
Antonio

Olá, Maddy,
Queria saber se você contou para a sua mãe que estávamos nos correspondendo, ou talvez ela tenha descoberto e foi por isso que você parou de escrever. Só um palpite! Sei que disse que responderia a qualquer pergunta que você tivesse e falei sério, mas talvez eu não tenha levado em consideração o tipo de pergunta que você tem. Lamento não poder dar uma resposta mais completa para a história entre mim e sua mãe. Vou tentar.
Antonio

Um dia ou uma semana, ou talvez um ano depois, estava ficando difícil contar o tempo, mamãe disse gentilmente, próximo ao meu ouvido, que Fiona e Vicky estavam lá para me ver. Balancei a cabeça em negativa. Você tem certeza? Eu tinha certeza. Tentei explicar que não tinha mais nada a dizer e nenhum espaço dentro de mim para ouvir. Vi lágrimas nos olhos da minha mãe. Acho que ela entendeu. Eu tinha que colocar Fiona e Vicky em um lugar onde hipoteticamente ainda pudesse rir e discutir com elas e onde seríamos melhores amigas para sempre, mas havia chegado a hora de voltar minha atenção para outro lugar.

Num outro dia, Jack disse:
— Está tudo pronto.

Seu rosto largo perto do meu, o topete meio caído que ele tirou dos olhos torcendo dois dedos. O corte, bem batido nas laterais, fazia com que o cabelo que nascia ali parecesse musgo. Jack costumava me deixar tocar no seu cabelo. Talvez no fundo soubéssemos o que aconteceria fazia muito tempo.
— O que está pronto?
— Os arranjos para a marcha. Na próxima semana, lembra? Temos os banheiros portáteis alinhados. Temos as forças de repressão bem treinadas. Cercas, tudo. — O sorriso de Jack fez seus olhos se estreitarem, dando-lhe a aparência bem-humorada de um cara sabichão. Eu amava essa expressão no rosto dele.
— Sua animação será exibida antes dos discursos. A srta. Sedge é muito legal. Mal posso esperar. — Há muito tempo eu não o via assim tão feliz. — Eu só quero que — Jack começou, se abaixando para acariciar Cloud. Em vez de terminar a frase, ele tirou os sapatos, aproximou-se e subiu na cama. Abri meus braços para ele, embora meu instinto fosse o de me encolher. Ele estava aninhado em mim, pressionando sua perna protetoramente sobre a minha, quando, sem um segundo de aviso, nem mesmo para virar minha cabeça, vomitei.

Jack levantou-se de um salto e estava rindo e tirando lenços de papel da caixa aos punhados quando minha mãe entrou. Comecei a chorar mais forte do que chorei quando o dr. O nos deu a notícia. Não me importei com quem pudesse ver. Bastava para mim. Jack iria se acostumar e superar. Enquanto mamãe trocava os lençóis, Jack saiu para tirar a blusa fedorenta e nunca mais permiti que voltasse.

As enfermeiras contratadas eram como fantasmas indo e vindo, me puxando suavemente, colocando canudos em meus lábios e travesseiros entre meus joelhos e mexendo no acesso em meu peito. Uma disse "upa-lá-lá" quando me virou, outra tinha as mãos rachadas, a outra falava como Lisa Simpson, mas não era possível conhecê-las de verdade. Eu só precisava deixar as coisas acontecerem. Respirar seria mais fácil se eu não pensasse nisso. Vovó, vovô e Robin estavam por perto, mas acho que, em um momento como este, você precisa de uma pessoa, e essa pessoa era minha mãe, minha incrível, inacreditável e insubstituível mãe.

Eu não poderia ter passado um dia sequer sem ela, embora nunca soubesse como estaria seu rosto quando entrasse no quarto, ou o que eu poderia ou não dizer. Não poderia dizer: "Ser criança foi a melhor parte. Valeu a pena por isso". Não poderia dizer: "Você vai ter que contar ao Antonio". Não poderia dizer: "Uau! Dá para acreditar que isso é tudo o que minha vida vai ser?". Acho que minha mãe ainda esperava por boas notícias. Minha mãe não sabia como parar de lutar. Talvez as mães nunca saibam.

Vovô. Mamãe e vovó. Robin e mamãe. Eles apareciam sobre mim, um a um, ou dois juntos, contra campos de caules oscilantes ou com bordas derretidas, e desapareciam tão repentinamente quanto a dor voltava.

Todas as vezes me pegava de surpresa. Quem iria querer fazer isso comigo?

Como meu corpo não estava mais dividido em partes em que a dor poderia ser confinada, ela não respeitava mais limites e abria caminho e queimava até onde eu realmente vivia.

— Ela já tomou o remédio do meio-dia?
— Acabou de tomar.
— Ligue a TV.

A tela preta se iluminou enchendo a sala de imagens e ruídos.

— Onde está o Jack? — perguntei com minha nova voz rouca.
— Em algum lugar na multidão.
— Quero vê-lo. Vou conseguir vê-lo?
— Continue assistindo. Pode ser que você veja.

Eu podia ouvir minha mãe me contando uma mentirinha. Tudo era feito de pequenas mentiras agora.

As pessoas eram partículas coloridas, milhares delas, movendo-se como um líquido enorme e lento no espaço entre os prédios. Fiquei hipnotizada pelos desenhos que o líquido fazia fluindo para a frente. Agora a tela mostrava um palco, com rostos embaixo, esperando. A tela no fundo do palco ganhou vida.

— Olha — disse minha avó. — É isso?

Minha mãe estava atrás de mim na cama, me segurando.

— É — concordou meu avô.

— "Uma animação de Madeleine Wakefield" — minha mãe leu na tela, os braços apertados em volta de mim, a voz vibrando nas minhas costas.

Meu rosto apareceu, elevando-se sobre as pessoas no palco e, em seguida, preenchendo a tela da televisão.

— Quem é *aquela*? — perguntei. — Quem fez isso? — A gigantesca eu desenhada a lápis era tão familiar, cada linha e mancha, mas parecia que alguém mais velho e mais inteligente do que eu a tinha feito.

Minha mãe trocou um olhar com Robin.

— É você, Maddy.

— Essa é a sua animação — disse ele suavemente.

— Eu sei que é.

Eu estava meio adormecida, flutuando e balançando junto com a multidão, mas agora estava bem acordada. Lá estava minha cabeça. Lá estavam meus lábios, sorrindo misteriosamente porque eu sabia de algo que ninguém mais sabia. Lá estava a Terra no topo do meu crânio, com cidades em miniatura, montanhas e árvores, e meus olhos fechando em câmera lenta como se eu estivesse entrando em um sonho.

Crateras se abriram na superfície do planeta. Apenas alguns espaços para começar, nada muito alarmante. Mas era como a nota mi natural de Robin, aquela primeira nota de dúvida. Aos poucos as clareiras foram ficando maiores, se encontrando, engolindo tudo em seu caminho e, ao mesmo tempo, meu rosto logo abaixo começou a desmoronar. Era a estátua sendo erguida. Golpeie a tinta molhada, deixe-a secar, desenhe sobre as saliências. Quando toda a Terra ficou nua e as belas florestas, lagos, ruas e escolas se foram, o mar se ergueu sobre o planeta e apagou tudo.

As palmas continuaram na sala de jantar e na televisão e borbulharam em todos os cantos do meu coração, inchando-o até o dobro de seu tamanho normal. Eles sabiam. Eles viram. Tudo por causa do que eu tinha feito. Todo mundo me via e me apoiava, mas, ao mesmo tempo, eu estava desaparecendo em meu eu inalcançável, o lugar onde ninguém poderia me encontrar. Entendi, então, que se não fizesse sentido ter esperança em relação ao que eu realmente queria, eu poderia ter esperança em relação a outra coisa.

Oi, Maddy,
    Eu disse algo que a aborreceu ou a deixou nervosa? Espero que não, de verdade. Mas, se eu fiz isso, minhas sinceras desculpas. Estou tão feliz por você ter me contatado. Basta dizer se não quiser que eu escreva mais. Está tudo bem. Eu compreendo.
    Tudo de bom,
    Antonio

Querida Maddy,
    Como não tenho notícias suas há sete semanas — quase oito —, só posso pensar que você decidiu não me escrever por enquanto. Eu a perturbei quando sugeri que poderíamos nos encontrar um dia? Qualquer encontro nosso dependeria inteiramente de sua vontade em me ver. Não vou escrever de novo até que você me escreva.
    Por favor, saiba que ficarei muito feliz sempre que você quiser entrar em contato.
    Com amor,
    Antonio

Eve

Eve

26

Quando contei a ideia para Alison, ela se deitou no sofá do escritório e tentou me dissuadir.

— As pessoas não têm essas ideias do nada. *Por que* você quer que eu vá com você?

— A maioria das pessoas dariam qualquer coisa por uma viagem como essa.

— Eu não sou a maioria das pessoas.

— Eu sei.

— Leve a Melissa. Seria uma ótima oportunidade para ela.

— Não vou levar a Melissa. Ela nem *gosta* de arte.

— Como você sabe?

— Alguma vez ela já defendeu a arte contra um lunático armado?

No fim, Alison aceitou. Combinamos de nos hospedar na casa de Philippa, uma educadora que eu tinha conhecido há alguns anos em uma conferência. Depois que os contatos para as entrevistas foram realizados e os voos reservados, passei a me sentir como se algum freio tivesse sido liberado e meu trem tivesse começado a se arrastar vagarosamente para a frente. Eu e Robin voltamos a fazer amor de manhã cedo, quando ainda estávamos só meio acordados. Doía ver o lampejo de surpresa em seus olhos quando eu o procurava, ouvir a sua voz suave quando estávamos deitados juntos. Será que me entreguei? Será que ele percebia que, na parte de mim que não estava ocupada por Maddy, eu estava abrindo um espaço para outra pessoa?

Conforme novembro se aproximava, passei a tratar cada encontro como um sinal.

Dirigindo próximo da escola, vi Fiona e Vicky na calçada com uma menina que eu não conhecia. Fiona estava se equilibrando em uma perna só, demonstrando uma posição de balé, o cabelo claro emoldurando seu rosto de um jeito novo. Ela oscilou e caiu de forma teatral nos braços da outra garota, e Vicky desviou os olhos do celular a tempo de soltar uma gargalhada.

Das amigas de Maddy, Fiona sempre tinha sido minha favorita, uma moleca quando pequena, azeda e peculiar quando ficou maior. O jeito autossuficiente de Vicky vinha, eu achava, de sua imensa família italiana: ela não precisava de mais adultos em sua vida. E, ainda assim, foi Vicky quem me tratou com mais naturalidade após a morte de Maddy, próxima, calorosa, solícita e católica, com um instinto para o ritual e o cerimonial, chorando abertamente e falando de Maddy como se ela estivesse na sala ao lado. As meninas vieram me ver algumas vezes depois do funeral, depois as visitas pararam, da mesma forma como pararam mesmo antes de Maddy mandá-las embora.

Sua recusa em vê-las as tinha entristecido e espantado. Tentei suavizar o impacto explicando que Maddy estava se afastando de tudo e de todos. Dois dias antes de Maddy morrer, Fiona e Vicky apareceram com uma faixa caseira — "Amamos você, Maddy!!" — montada em estacas que elas insistiram em fixar no gramado sob a janela da sala de jantar. "Será que ela consegue enxergar aqui?" Elas discutiram, arrancaram e reposicionaram a faixa. Não tive coragem de dizer a elas. Naqueles dias, Maddy mal estava consciente.

Nos segundos durante os quais reduzi a velocidade e decidi não parar, pude vê-las claramente: duas jovens mulheres que sempre levariam consigo partes de Maddy, mas que tinham acumulado outro ano de vida e seguido adiante.

Uma semana após ver Fiona e Vicky, Jack e Glenda Sedge vieram me visitar. Um par estranho, Jack de camiseta, Glenda com um casaco escuro, me seguiu até a sala e se sentou no sofá. Eu me sentei à sua frente. Tinha visto Jack pela última vez em maio, quando ele veio devolver alguns dos desenhos de Maddy. Seis meses é muito tempo para um corpo de quase dezoito anos. Seu peito estava mais musculoso, o cabelo cortado, as espinhas tinham desaparecido e ele tinha começado a se barbear. Maddy nunca conheceria esse jovem elegante.

— Você cresceu, Jack.

— Estou mais alto que meu pai.

— Não estava falando da altura.

Ele deu um sorriso tímido.

— Como você está? — Ele olhou para as mãos: uma pergunta normal com respostas impossíveis.

— Estou bem.

Ele me olhou, aliviado.

— Nós todos sentimos falta de Maddy — disse Glenda Sedge com sua voz grave que com certeza era objeto de escárnio dos alunos mais cruéis. — Muita falta. Pensei muito em você nesses meses. — Seus olhos castanhos procuraram os meus. Pisquei e desviei o olhar, minha reação usual à intimidade não solicitada. Maddy também ficava enlevada com essa voz e esse olhar.

— Como você sabe, a animação que Maddy fez teve uma receptividade imensa, mesmo de gente que não sabia a história toda.

— O vídeo viralizou on-line — disse Jack. — Durante uma semana, ficou entre os top dez no YouTube. Aí tiramos do ar — acrescentou ele.

— Pelo menos ela pôde ver a projeção no dia — respondi. — Ouvir os aplausos.

Maddy estava dormindo muito naquela época. Nós a acordamos de seus sonhos para assistir à manifestação ao vivo na televisão, ressaltando o tamanho da multidão e nos revezando para ler os cartazes em voz alta: "Deixe o petróleo no solo"; "Que os fatos estejam com você"; "Não há planeta B". Ela ouviu tudo com um sorriso pensativo. À uma da tarde, os discursos foram transmitidos de um palco da rua 3. O último orador anunciou a animação com as palavras que tínhamos combinado e a tela atrás do palco se iluminou. Maddy estava medicada, seu corpo quase sem peso descansando sobre o meu, seus ombros parecendo feitos de algo mais frágil que ossos, seus olhos fundos pregados na tela da televisão. Quando o aplauso se prolongou, a alegria em seu rosto foi linda de ver.

— Ela definhou tão rápido depois — eu disse a Glenda. — Acho que até nos esquecemos de tudo.

— A ideia de alguém com tão pouco tempo de vida restante não apenas se lançando em uma campanha, mas criando um filme tão poderoso. Não tenho palavras. A razão de estarmos aqui — continuou ela suavemente, como se tivesse ensaiado essa parte — é para saber se podemos usar a animação de Maddy novamente. Seria muito impactante, agora que...

— Agora que ela morreu?

— Talvez mais impactante ainda — disse Glenda Sedge. — Temos o novo ciclo de campanhas. O blog. Eventos já marcados.

Os dois estavam desconfortáveis em me olhar nos olhos, talvez por respeito ao meu silêncio, talvez por eu deixá-los nervosos. Jack se inclinou para a frente, os antebraços apoiados sobre os joelhos afastados, as mãos juntas entre eles. Havia uma nova segurança na forma como ele se sentava e no relógio masculino em seu pulso.

Depois do incidente do vômito, tive que dizer a Jack que Maddy não podia mais vê-lo. *Não podia*, frisei, e não queria. Não tinha motivo para ser tão brusca quanto tinha sido. Era horrível para os dois, dissera ela. Que garoto em seu juízo perfeito iria querer estar no meio daquilo? Ela disse que ia mandar Jack embora antes que ele decidisse parar de vir. Um dia, ele agradeceria.

Mas Jack não desistiu tão fácil. A campainha tocou e ele me encarou da varanda, mãos enfiadas nos bolsos, a cabeça inclinada em um ângulo estranho, lábios congelados em um sorriso para evitar as lágrimas.

— Maddy tem dormido muito — disse a ele, gentilmente. — Ela está dormindo agora.

— Posso voltar quando ela acordar?

— Da próxima vez — respondi.

— Amanhã?

— Outra hora.

Ele voltou no dia seguinte, e eu novamente disse que Maddy estava dormindo. Na terceira vez, com seu queixo protuberante e teimoso, perguntou se podia entrar. Eu o levei ao estúdio. Sentamos juntos, compartilhando nosso desespero solitário mútuo. Alguns metros adiante, do outro lado da escada, Maddy estava cochilando. Eu não tinha o direito de contrariar seus desejos. O olhar de Jack percorreu minhas estantes e arquivos, as pilhas alarmantes de papel sobre a mesa e no chão, que eu tinha sido incapaz de colocar em ordem ou ao menos me importar. Acho que Jack nunca tinha estado antes em meu estúdio. Eles passavam a maior parte do tempo no quarto de Maddy ou no recanto.

Ele estava engolindo e piscando rapidamente. Esse garoto tinha amado seu corpo, louvado sua arte, feito companhia a ela na doença e no que tinha de saúde. Ela ia assombrar seus sonhos por anos a fio. O medo em seus olhos era o meu medo. E queria agarrar e abraçar Jack e ser abraçada, e, ao mesmo tempo, me fortalecer apoiada nele. Eu me levantei, tremendo.

— Você quer vê-la?

Anestesiado, ele me seguiu até a sala de jantar. Maddy estava deitada de lado com o rosto virado de costas para nós. Seu corpo mal marcava as cobertas. Agora que o tratamento tinha sido suspenso, sua cabeça no travesseiro exibia uma pelagem marrom macia, marcando ainda mais o formato do crânio.

— Estarei na cozinha.

Eu nunca soube se Jack acordou Maddy ou se apenas ficou sentado ali olhando-a dormir. Algum tempo depois, ele apareceu na cozinha completamente atordoado, me agradeceu, me deu um abraço silencioso e foi embora.

Jack e Glenda Sedge estavam esperando que eu dissesse algo.

— Não sei — disse.

— É o legado dela — disse Glenda.

As mãos sobre o colo estavam tão imóveis quanto seu rosto: os olhos bem espaçados, o grande lábio superior ameaçador quando ela não estava sorrindo. Eu tinha ouvido Jack dizer que os alunos eram a família dela. Pelo menos Maddy ainda existia para ela. Mas será que o filme era o legado de Maddy? Quem poderia dizer qual o legado de Maddy? Jack podia ser perdoado, ele era jovem. Glenda Sedge não era jovem e, além disso, tinha uma personalidade forte. Ativistas podiam ser obstinados, até mesmo obsessivos. Eu sabia que Maddy tinha gostado dela e a respeitado muito, mas também era possível que, por razões próprias, essa mulher tenha persuadido Maddy a fazer o que era necessário para a campanha. Não tinha pensado nisso na época, aliviada que minha filha tinha companheiros e atividades com as quais se ocupar. Deveria ter prestado mais atenção.

Jack disse, tentando mais uma vez:

— Ela trabalhou tanto naquilo. Sei que ela queria que as pessoas vissem o filme. Queria que fosse parte da campanha... Maddy era uma artista maravilhosa. Todo mundo dizia. Ela fez tudo sozinha, sabe? Só ajudei na parte técnica.

Nos longos e irreais meses após a morte de Maddy, Jack veio me visitar muitas vezes. Em meu delírio, conseguia ver que, para ele, estar em nossa casa era uma compulsão e uma agonia. Seu rosto ficava horrivelmente distorcido quando falava dela. Agora, quase um ano depois, seu olhar estava límpido, suas expressões eram suaves e sem marcas. Será que ele tinha uma nova namorada? Será que ele já tinha relegado Maddy a um mito adolescente de destino, sexo e morte? Eu nunca saberia nem devia me importar. Era o que pessoas jovens e saudáveis faziam. Um dia essa história inspiraria a ternura de sua futura esposa e ele pareceria mais profundo e desejável.

— Ela era muito talentosa — concordei. — Mas vocês fizeram o filme juntos. Ela precisava de você, Jack.

Vi, então, seus olhos brilharem de gratidão e angústia reprimida, um relance rápido do luto represado. Essa informação foi trocada em silêncio entre nós, me deixando alegre e culpada por me sentir assim, até que ele moveu as pernas e o momento passou. Mas eu sabia, sem nenhuma dúvida, que Jack fazia parte de Maddy, um de seus protetores, como também era, de certa forma, Glenda Sedge.

— Só depende de você — disse Glenda. — De você e do que Maddy teria querido.

Teria querido: expressão detestável. — Não sei. Vou pensar no assunto.

Depois que eles foram embora, fui direto para o quarto de Maddy. O laptop estava no chão do closet. Coloquei o computador na tomada, liguei e digitei a única senha de Maddy que conhecia. Pelo menos com as senhas, minha filha era previsível. O aparelho acordou para a vida, a tela coberta de pastas, alinhadas como uma onda prestes a quebrar. Como eu, Maddy preferia ter tudo à vista. Examinei os títulos e abri a pasta chamada "Animação". Lá dentro havia inúmeros arquivos. Escolhi um chamado "final final" e nem pensei antes de clicar na seta de "Reproduzir".

Os olhos de Maddy estavam sérios e calmos, os lábios emoldurando um meio sorriso. Não tinha visto essa imagem desde o dia da manifestação. Sentia o peso quase imperceptível dela sobre meu corpo. Era impossível me mexer, tirar os olhos da tela ou apertar "Parar". "Os aplausos deram ao filme um fim triunfal. Agora ele se desenrolava em um silêncio estranho, até que a terra ficou sem vida e os olhos do rosto de pedra na parte de baixo se transformaram em crateras. Na época, tinha sido quase insuportável assistir, e, agora, sentada sozinha em seu quarto, era quase insuportável também. Seu conhecimento, sinceridade e talento me atingiam exatamente na parte que nunca se recuperaria.

Antes que eu reunisse energia suficiente para parar o filme, a imagem começou a se mover. Ainda tinha mais? Tinha mais. O rosto de pedra arruinado lentamente se uniformizou e se transformou em carne e pele. As pálpebras se abriram. Um tranco no coração. Maddy estava olhando diretamente para mim. Mama! Os lábios tremiam. Me ajude! Os olhos se inflamaram. Não brinque comigo! As sobrancelhas se uniram. Está tudo perdido! Não demorou nada para a súplica se transformar em desafio e o desafio em desespero. Nos olhos e na boca, onde a maioria das mudanças aconteciam, o lápis gradualmente furou o papel, até que as expressões desapareceram e havia apenas uma forma vazia no lugar de Maddy.

Chega! Eu não devia estar assistindo a isso. Devia desligar, me recusar a olhar. Mas eu estava faminta, queria mais. A imagem na minha frente estava mudando novamente, e tudo o que eu queria era ver o que viria a seguir.

Manchas apareceram e começaram a circular o vazio em busca de uma forma que valesse a pena. Lentamente, de forma sonolenta, depois mais rápido e deliberadamente, as manchas assumiram suas posições, unindo-se a linhas e sombras, enquanto as bordas se dobravam para dar lugar a um novo tipo de cabeça. Prendi a respiração. Eu conhecia de cor aqueles olhos rasgados e aquela risada desdentada específica. "Era eu mesma?" Maddy dizia, segurando uma foto velha na mão como se fosse uma relíquia. "Sei que sou eu, mas lá no fundo não consigo acreditar."

Obviamente, Maddy tinha baseado os desenhos em suas fotos de bebê. Mas quanto mais eu olhava, menos se parecia com Maddy em qualquer idade. Nunca tinha visto um rosto como aquele. Era uma criança se entregando a um tipo de risada que nenhuma criança deveria conhecer, triunfante, desesperançada e indiferente a qualquer coisa senão sua execução. Enquanto eu estava lá embaixo colocando pratos na máquina de lavar, tirando o lixo, montando bandejas de biscoitos e sopa pelas quais ela me agradeceria, mas deixaria intocadas, ela estava aqui fazendo isso.

Quando Robin chegou, contei sobre a visita e passei novamente o segmento apresentado durante a manifestação. Quando a cabeça-terra ficou deserta e sem vida, apertei "Parar" e fechei o arquivo.

— Uau! — disse Robin com uma voz rouca. — Eu meio que tinha esquecido como era.

— Não é fácil de assistir.

— Foi muito bom ela ter feito esse filme. Que ela fosse capaz de fazer algo assim.

— Você acha que eu deveria dar permissão para eles usarem?

— Por que não?

— Bem, por que *sim*?

Não mostrei o novo final para Robin. Copiei o arquivo para um cartão de memória e passei a levá-lo comigo, em minha carteira. Sempre que tinha um momento de privacidade, em casa ou no trabalho, eu assistia ao filme pausando os quadros, acelerando ou diminuindo a velocidade e, algumas vezes, com uma imagem congelada na tela, olhava para o outro lado e voltava o olhar rapidamente, para pegá-la de surpresa.

A expressão desafiadora e desesperada era dolorosa, o rosto se desfazendo me enchia de horror, mas pelo menos conseguia entender. Não entendia a cabeça de bebê rindo. E o que me manteve acordada foi o seguinte: se Maddy tivesse deixado esse fim para que eu encontrasse, estávamos agora em alguma espécie de contato bizarro e excitante. Se minha filha tinha feito isso para si mesma, eu estava invadindo sua vida privada como tinha jurado nunca fazer.

27

O Dia de Ação de Graças chegou e passou sem ser notado, como no ano anterior. Adiamos o jantar em família até o aniversário da morte de Maddy. O que foi um erro. Eu não tinha entendido o estranho poder das efemérides. Vinte e cinco de novembro acelerou na minha direção como a beira de um abismo e, naquela manhã, os eventos me sufocavam, tão vívidos como se tivessem acabado de acontecer.

Como naquelas terríveis semanas, a cama era um santuário e uma armadilha. Se olhava para as paredes, imagens de tristeza me aguardavam. Se olhava para a porta, via pessoas indo e vindo sob a luz esquisita que precede a tempestade, pessoas que não eram nem nunca seriam Maddy.

— Você não se sentiria melhor se levantasse? — indagou Robin, acariciando minha nuca com uma das mãos e meu pulso com a outra. — Não precisa fazer nada, só venha para a sala. Quer ver TV ou algo assim?

Vá para lá. Perto daquela nuvem. Vou nadar até você.

— Não, obrigada.

— Certeza? Vamos sentir sua falta.

Feche as cortinas. Já anoiteceu?

— Obrigada, Robin. Vou ficar bem.

Meu pai pegou minha mão sem falar nada.

Ele não sabe, mamãe. Eu queria que ele me amasse.

O peso da minha mãe afundou a beirada da cama.

— Você não vai se sentir assim para sempre, Eve. Pode acreditar em mim.
Sorri para ela.
Água, por favor.
Minha mãe acariciou meus cabelos.
— Beth e as crianças deram uma passada. Todo mundo está ligando. Todo mundo está pensando em você.
— Agradeça a todos. Diga que hoje não posso atender.
Ela se esgueirou para fora do quarto. Eu me virei para a parede.
— Me poupe.

Me poupe de qualquer tipo de crença. Na vontade insondável, na sorte espantosa, no erro aleatório, na vida eterna. Me poupe da crença de que a complexidade do universo não pode ser apreendida por nossas ideias simples, que coisas ruins acontecem a pessoas boas, que a jornada é o destino, que o corpo verdadeiro aguarda, que o véu é levantado, que a pessoa entra no quarto ao lado. Me poupe da crença na futilidade da crença.

Me poupe dos filhos e filhas casualmente vivos de minhas amigas. De conhecidos que viram a cabeça em bancos e corredores de supermercado com um alívio nos olhos que só eu consigo ver, o alívio de que aconteceu comigo, e não com eles. Me poupe da solidificação do tempo. Da casa descuidada, quando eu quero que ela resista a mim de uma forma que nunca pedi nem poderia antever. Me poupe dos sons tediosos que emito, e do silêncio.

Me poupe do brilho fluorescente e da obscuridade da água parada. Tubulações de plástico, pacotes fáceis de abrir, sacos de fluidos, máquinas que estalam, murmuram, sugam ou pingam, qualquer coisa pontuda, articulada, cônica ou interconectada; qualquer coisa com sola de borracha, roda de borracha, acolchoada, ou paliativa ou estéril ou dobrável ou descartável com extrema precaução. Acima de tudo, me poupe daquela manhã em novembro, quando me aproximei da cama carregando a bandeja de descartáveis e Maddy virou a cabeça frágil e o branco de seus olhos disse "Me poupe".

Parte III

Eve

28

Durante a longa espera em Dulles, fiz as perguntas de sempre a Alison, que respondeu em tom relutante. Ela havia crescido em Baltimore, a mais nova de três irmãos, sua mãe, como a minha, era professora do ensino fundamental. O pai era dono de uma loja de bebidas que foi à falência quando ela tinha onze anos.

— A maioria das pessoas na capital vem de fora — observei. — Você e eu somos locais.

— Nasci em Baltimore.

— Perto o suficiente.

Alison tinha sido uma espécie de prodígio no ensino médio e tinha ganhado uma bolsa em Mount Holyoke. Seu interesse por arte tinha se desenvolvido "só de olhar para as coisas". Quando Alison estava no segundo ano da faculdade, o pai saiu definitivamente de casa, a mãe se mudou para Detroit com outro homem e Alison não se saiu tão bem quanto esperava nos exames. Além disso, não havia empregos disponíveis para gente formada em história da arte.

— Metade dos garçons do país tem um diploma de história da arte — me informou ela.

— Eu achava que os garçons eram todos atores.

— Pode ser. — Ela desviou o olhar e começou a roer as unhas. Talvez ela se sentisse exposta por ter cortado o cabelo e comprado roupas novas para a viagem; a jaqueta preta e o top branco pareciam novos.

Talvez estivesse percebendo que estaria comigo em outro fuso horário por uma semana.

Assim que decolamos, eu disse casualmente:

— Alison, tenho outra razão para ir a Londres.

— Qual?

— Encontrar o pai de Maddy.

— Hã?

— Eles nunca se conheceram. Ele foi embora quando eu estava grávida. — Contei a ela sobre as correspondências que tinha encontrado. Eu andava lendo as mensagens novamente.

— Bem, ela teve um padrasto, não?

Senti que não era exatamente o que ela queria dizer.

A próxima pergunta foi: — Por que você quer vê-lo?

— Curiosidade? — Era uma palavra ridícula.

— Quero dizer, se ele não ficou com você, é só um idiota que não tirou a tempo.

— Alison...!

— Só estou comentando. Eu tenho um pai. Ele não liga a mínima para mim. — Ela soltou o cinto de segurança e desembrulhou um chiclete, me oferecendo um apesar de saber que eu recusaria. — Achava que Robin era legal.

— Você tem namorado, Alison?

— Centenas.

— Robin *é* legal — respondi, de alguma forma satisfeita por meu parceiro ter passado no teste.

Alison pegou a revista de bordo do porta-revistas no encosto da cadeira da frente e abaixou a cabeça.

— O que ele acha de você ir a Londres?

— Ah, ele não tem problema com isso. Robin é muito compreensivo.

Ela ergueu a cabeça.

— Ele não se importa de você estar indo ver seu ex?

— Não, Alison — respondi pacientemente. — Você está com a impressão errada. Não estou indo a Londres para ficar com Antonio.

— Bem, então você está indo para quê?

Pensei por um momento.

— Para puni-lo. — Dizer isso me fez sentir ousada e glamorosa.

— Uau — disse ela, folheando rapidamente a revista. — Você arranjou um cara bem tolerante.

Chamei a aeromoça. Virando o líquido da minigarrafa de vinho no copo frágil, fui obrigada a admitir que o senso de propósito de que estava desfrutando após conseguir a viagem de estudos e levar Alison comigo estava começando a desaparecer. Recostei a cabeça e me concentrei na vibração profunda do avião e na sensação de que todas as responsabilidades estavam, por algum tempo, suspensas. Eu não queria aterrissar. Quanto mais me distanciava, mais o mundo se tornava suportável. No ar, as coisas ganham um contorno que não existe no chão. Mal pensei em Antonio. Ele estava congelado em algum lugar, de onde seria retirado e descongelado no último minuto.

Quando começamos a descer em Heathrow, o fogo brilhava logo além da curvatura da Terra. O que havia sob nós estava encoberto aqui e ali por redes de nuvens. Até que as linhas pontilhadas de Londres atravessaram de vez a bruma. Meu coração acelerou com a perspectiva da chegada. A vida, afinal, não pode ser vivida a quarenta mil pés de altitude. Já que não podia deixar o planeta, pelo menos estava me movendo em direção a Maddy, e não me afastando dela. Alison estava quieta, com a testa encostada na janela, absorvida pela vista. A cidade abaixo de nós girou, como se estivesse sobre um prato giratório, e vi que as linhas de luz eram mais tortas do que as que eu havia deixado para trás, e que havia manchas disformes de escuridão entre elas.

29

ADORO TER UM NAMORADO, mas é meio estranho. Meninos são diferentes de meninas, com certeza! Algumas vezes, não tenho certeza do que ele quer ou mesmo do que eu quero. É assim com todo mundo da primeira vez? Jack é sempre muito legal comigo! É uma pessoa incrivelmente gentil e muito leal. Não consigo nem imaginar ele sendo grosseiro. Nunca. Talvez isso até seja uma falha de caráter. Estou brincando. Ele pensa muito sobre as coisas e só depois decide o que vai fazer. Algumas pessoas fazem só o que querem o tempo todo. Minha amiga Vicky é assim, então eu sei como é. Mas ela é muito popular, todo mundo quer estar perto dela. Jack é mais um solitário. Bem, talvez nós dois sejamos, de um jeito engraçado. Talvez seja por isso que estamos juntos. E você? Você é um solitário também?

Como local para o nosso encontro, propus a PizzaExpress em uma esquina sossegada atrás do Museu Britânico. Encontrei o lugar no primeiro dia de entrevistas. Não queria estar no território de Antonio quando nos encontrássemos. Mas também não queria um lugar muito caro. As janelas em arco e os azulejos brancos e verdes davam ao restaurante um ar refinado, onde haveria bom vinho, mas ainda era uma pizzaria.

Cheguei mais cedo e peguei uma mesa no canto, com vista para a porta. Paredes eram tranquilizadoras, cantos eram melhores. Eu dividi meu cantinho com uma placa de metal e um vitral sem nenhuma luz por trás. Acima de mim, um amontoado de garrafas de leite transformadas em luminária. Um garçom de camisa listrada e chapéu de papel me trouxe uma taça de vinho. Examinei a placa. Um dia, o prédio tinha sido a Dairy Supply Company, fornecendo leite de alta qualidade do campo para Londres.

Às cinco e trinta de uma quinta-feira, apenas três mesas estavam ocupadas. Estava grata por aquele não ser o tipo de lugar frequentado por garotas adolescentes. Havia uma família com um bebê e dois homens de terno discutindo. Na janela estava um par de compatriotas meus, já aposentados a julgar pelos óculos de armação grossa, os sapatos confortáveis e o modo envergonhado como olhavam em volta. Tinha observado dois tipos de americanos em Londres. Um tipo achava que tinha o direito de estar ali porque podia pagar pelas coisas, o outro sabia que não pertencia ao lugar, o que lhes proporcionava uma timidez cativante. Esse casal e eu estávamos na segunda categoria, apesar de eu não ser uma mera turista. Estava em Londres a trabalho, não estava hospedada em um hotel, mas na casa de uma colega. O pai da minha filha morava aqui. Essa frase tinha um ar antiquado: o pai da minha filha.

Desde a morte de Maddy, eu tinha ficado mais tímida para certas situações e mais intrépida para outras. Havia vezes em que eu não conseguia entrar em uma sala se lá dentro houvesse mais de duas pessoas. Havia momentos em que a ideia de atender o telefone me aterrorizava. Por outro lado, em minha outra existência, jamais teria ousado fazer uma viagem como aquela, levando comigo uma estranha excêntrica, e aguardar sozinha em um restaurante pelo amante que não via há dezoito anos.

Será porque nada no mundo importava mais, muito menos o que as pessoas poderiam pensar de mim? Não era bem verdade. Tinha passado muito tempo em frente ao espelho me arrumando para Antonio. Tinha marcado o encontro em um dia em que Alison estava visitando a tia em Norwich.

As espirais art nouveau pintadas nas janelas tornavam difícil perceber a entrada de alguém em particular sem parecer estar olhando. As pessoas mudam muito em dezoito anos. Nunca fui o tipo de mulher que pinta o cabelo. Já tinha adquirido alguns fios prateados. Só esperava que Antonio não tivesse se casado com alguém que se esforçasse para esconder a idade.

A porta se abriu. Duas mulheres absortas em alguma conversa se dirigiram a uma mesa perto da janela. Lentamente minha pulsação voltou ao normal.

Vinha pensando sobre esse encontro havia semanas. Sonhei, planejei, me recusei a planejar, formulei frases, treinei expressões faciais e mentalmente apaguei tudo, comecei de novo.

Para começar: um cumprimento digno entre adultos para quem o passado era passado. Seguido de uma apreciação silenciosa. "Estou curiosa, Antonio... O que foi aquilo para você? O que você estava pensando?" Minha discrição usual e minha habilidade para me conter e ouvir dariam a ele a chance de se justificar por ter trocado mensagens com Maddy pelas minhas costas antes de eu ter que dizer qualquer coisa. Eu ouviria graciosamente ele falar sobre a mulher e os filhos. E, então, eu contaria a ele. Os ensaios nunca passaram desse ponto. Obviamente, era melhor informá-lo cara a cara do que de qualquer outro jeito. Foi o que eu tinha decidido, não havia como voltar atrás.

— *Nunca? Você nunca, em nenhum momento, vai querer um filho? O que você quer dizer é que não quer ter um filho comigo.*

Meu triunfo tinha sido criá-la sozinha. Depois de nos dispensar em favor dos próprios planos e interesses, ou o que ele imaginava serem seus planos e interesses, Antonio tinha escavado um túnel de volta para nossas vidas exatamente quando estávamos mais vulneráveis. Ele tinha sorte de eu querer vê-lo.

Para manter meus olhos longe da porta, li a placa novamente, me concentrando nos detalhes que tinha perdido da primeira vez. As péssimas condições em que o gado urbano era mantido. A aparência pouco saudável do leite londrino. A vaca com rabo de ferro...

Ele estava ao meu lado. Tinha se esgueirado até aqui. Ali estava ele, bloqueando a luz e me tirando todo o ar, seu rosto uma variante convincente do que eu havia conhecido tão bem. Seu cabelo estava mais curto e mais bem aparado, o castanho avermelhado agora pontilhado de cinza. Seus olhos pareciam mais fundos e eram circundados por rugas finas. Eu não conseguia falar. A presença de Antonio vivo e contemporâneo era assombrosa e irreal, era como ver fotografias de meus pais jovens, mas ao contrário. A mesa estava entre nós. Eu me forcei a levantar. Quando fiquei em pé, o medo apareceu, e me senti como se estivesse em um daqueles sonhos em que tinha cometido algum ato terrível que não podia ser desfeito.

Não se pode dar esse tipo de notícia a alguém em uma pizzaria!

Antonio veio em minha direção estendendo as mãos para pegar as minhas, um gesto delicado do qual eu me lembrava bem. Ele abaixou o olhar e o ergueu de repente, um hábito de Maddy, e sorriu para mim com o sorriso tímido e generoso dela. A vergonha me inundou: porque Maddy não tinha conseguido sobreviver, porque eu a havia trazido ao mundo e não tinha conseguido salvá-la, porque o pai dela estava ali e eu não podia mostrá-la para ele.

Quando viu que eu estava chorando de verdade, Antonio gesticulou mandando embora o garçom que se aproximava, e quase tocou meu braço. Já não sorria, espantado com o rumo dos acontecimentos e na dúvida se tinha o direito de me consolar quando não tínhamos sequer nos cumprimentado.

— Ela se foi. — Fingi mexer na bolsa para não ter que olhar para ele. — Maddy morreu.

Eu nunca tinha visto Antonio chorar antes, nem mesmo do modo abafado como estava fazendo agora, limpando a garganta e piscando para evitar as lágrimas, envergonhado por eu estar presenciando seu choro. As contorções tornaram seu rosto mais velho e mais abatido e, ao mesmo tempo, inocente como o de uma criança.

— Quando, Eve? — perguntou ele, afinal, me olhando nos olhos. — O que aconteceu?

Ele ouviu em silêncio enquanto eu narrava o ano da doença de Maddy. Eu odiava me ouvir descrevendo os fatos tão friamente, um evento levando a outro, tudo irreversivelmente fixado. Quando seus olhos ficavam marejados, ele desviava o olhar.

— Ela nunca me contou. Disse que você tinha uma amiga com câncer. Por que ela não me contou?

Eu dei de ombros.

— Por que ela não me contou que tinha encontrado você?

— Ela parou de me escrever de repente.

— Foi em setembro? Durante o verão, parecia que havia alguma esperança; em setembro, a doença tinha voltado. Fizeram um exame final e a mandaram para casa. Ela estava muito fraca. Colocamos a cama na sala de jantar para ela ficar no centro dos acontecimentos.

— Sinto muito, Eve. Não acredito. Não consigo acreditar.

Na porta, o americano segurava o casaco da esposa em um gesto de cavalheirismo. Temi nunca mais ver Antonio, que aquilo fosse tudo o que teríamos. — Que estranho! — exclamei. — Não é estranho?

Antonio chamou o garçom, que não reagiu aos nossos rostos inchados. Ficamos sentados em silêncio até que a garrafa surgisse, acompanhada de uma tigela de azeitonas recheadas. Antonio serviu as taças, estendeu as longas pernas e sentou-se de lado, uma das mãos no encosto da cadeira, a outra tamborilando na mesa.

— Você está mais magra, Eve.

— Você está igual, Antonio. Quase igual.

— Estou?

— Raspei a cabeça quando Maddy começou a quimioterapia.

— Seu cabelo longo... — começou ele, e parou.

— Ela me obrigou a deixá-lo crescer novamente.

— Ah, E-vie.... — disse ele, separando as sílabas do meu nome como costumava fazer. Foi quando percebi que a intimidade não pode ser desfeita.

— Quis contar a você pessoalmente.

— Sim.

— Só soube há pouco tempo que você estava escrevendo para ela.

— Sinto muito — disse Antonio. — Sinto muito que você não soube antes.

— Você pode imaginar como foi descobrir depois que ela se foi? Nunca ter tido a oportunidade de conversar com ela sobre isso?

— Eu queria que ela contasse — disse ele. — Parei de escrever por algum tempo, para dar a ela a chance de contar para você.

— Mas ela não contou.

— Não.

— E você começou a escrever novamente. Talvez estivesse feliz em me deixar de fora.

— Você leu as mensagens — disse ele. — Ela era muito teimosa.

— Ela achou que seria justo se você contasse à sua família sobre ela.

— Queria que ela contasse a você — repetiu ele.

— Ah, que bom! E você contou sobre Maddy à sua mulher?
— Ainda não.
— Ainda não. Vai contar?
— Queria ver você antes.
— E agora vai contar?
— Estou pensando a respeito.
— Está pensando a respeito.
— Sim.
— E no que exatamente você está pensando?

Ele fez uma careta que antes me faria rir. Sempre usava o humor para escapar de situações difíceis.

— Você queria uma relação secreta com Maddy? Só vocês dois?
— Não, Eve...
— É fácil impressionar uma jovem. Com suas fantasias sobre como um pai seria. Quando ela nunca teve um.

Eu me lembrava bem do recuo cético do queixo, da franzida indulgente da testa.

— Você está tão zangada — disse Antonio, em voz baixa. — Mas quem não estaria? O fato é que — continuou ele, espaçando as palavras — foi Maddy quem escreveu para mim. Quem sabia e quem não sabia era decisão dela.

Deixei minha voz ficar mais suave.

— Fiquei feliz por Maddy, por ela ter conhecido você antes de morrer. Fiquei mesmo. De outro modo, nem estaria aqui.

— Ficou? — disse Antonio. — Ah, queria que ela tivesse me dito que estava doente!

— Que diferença ia fazer?

Seus olhos lacrimejaram novamente.

— Não sei. As perguntas que ela me fez! Se eu achava que havia vida após a morte. Achei que eram só perguntas normais de adolescente. Teria respondido de outra forma. Parece algo tão... corajoso. Escrever para mim, mas esconder o mais importante.

— O mais importante?
— Uma coisa assim — corrigiu ele rapidamente.

— Ela era muito orgulhosa. A última coisa que desejava era a piedade das pessoas. Ficava possessa se achava que alguém estava sendo gentil só porque ela tinha câncer. Queria muito um pai. Foi uma sombra sempre presente na infância dela.

— Eve — disse Antonio —, você tem que lembrar que...

— Talvez ela quisesse se assegurar de que você não teria pena dela. Ou talvez — continuei — fosse uma forma de se vingar.

Ele se inclinou para a frente até eu poder ver a luz âmbar refletindo em seus olhos cinzentos como os de Maddy.

— Achei que teríamos muito tempo. Achei que tinha pensado melhor e decidido parar de escrever para mim. Ou que, de alguma forma, eu a tivesse ofendido. Ou que tinha contado para você, e você não tinha gostado. Não tinha a menor ideia. Estava só especulando. — Ele esfregou a nuca. — Me abalou, sabe. Ela me abalou.

— Você tem seus filhos.

— Não tenho uma filha.

— E achou que podia pegar a minha emprestada?

Ele sustentou meu olhar por um longo tempo, os lábios cerrados em uma expressão indecifrável para mim. Olhou para o teto.

— Aquilo são garrafas de leite?

— Aqui era uma leiteria — disse, apontando para a placa de metal. — Memorizei esse texto enquanto esperava. Pode me perguntar qualquer coisa.

Com os olhos fixos na luminária, ele disse:

— Pensei muito em você nesses anos todos, sabe? Se quer saber a verdade, Eve, pensei que um dia nos encontraríamos. Quando Maddy fosse mais velha. Não esqueça, foi um choque para mim a primeira vez que recebi um e-mail dela.

— Ah, foi?

— Erica não sabia de nada.

O modo casual como ele inseriu o nome dela em nossa conversa doeu.

— Sabe — eu disse, devagar —, tem uma coisa que não estou entendendo. As pessoas encontram umas às outras hoje em dia. Maddy planejava entrar em contato com você quando fizesse dezoito anos. Quando eu teria certeza de que era mesmo o que ela queria.

Ele estava me encarando.

— Que foi? — ataquei. — Você sabia que tinha uma filha por aí. Podia ter nos encontrado antes.

Naquele momento, percebi que, durante toda a vida de Maddy, eu tinha alimentado a esperança de que Antonio nos encontrasse.

Com a voz rouca de surpresa, ele disse:

— Mas eu achei que você fosse se livrar daquilo!

— *Daquilo*??

— Dela — corrigiu ele, humildemente.

— Nunca! Nunca quis fazer um aborto! — As mulheres na mesa mais próxima olharam para nós. Abaixei a voz e disse, sibilando: — Eu disse para você.

Seu semblante se fechou lentamente.

— Sim, eu sei, mas você mudou de ideia. Foi o que você me disse — retrucou ele. — Quando foi embora.

O que mais eu podia fazer além de negar com a cabeça?

— Você disse, Eve! — O rosto dele estava distorcido, estranho. — Eu liguei para você muitas vezes.

— Uma vez.

— Muitas vezes! Não acredito nisso. Não acredito que esteja dizendo isso. Deixei mensagens na secretária eletrônica. Fui ao seu apartamento procurar você. Deixei bilhetes.

— Eu tinha ido para a casa dos meus pais. Estava cansada de falar sobre o assunto. Não tinha mais o que falar. Você tinha deixado sua posição bem clara.

Ele me observou por um momento antes de abaixar os olhos. Em um tom de voz baixo e relutante, disse:

— Acho que meio que congelei. Sabe? Tinha tanta certeza de que não queria ser pai. Não fazia parte do meu — ele sorriu, sem graça — plano de vida. Naquela época eu estava obcecado pela ideia de seguir meu plano. Mas naquele dia, depois que você foi embora, fiquei com medo.

— Medo do quê? — Uma ideia estava se formando em minha mente, uma ideia tão horrível que a suprimi imediatamente.

— Medo de ter convencido você a abortar. Ou que você fizesse isso só para me ferir. — Seu rosto ameaçou se distorcer novamente. — Eu realmente não sabia o que queria. Mas não queria simplesmente me livrar da gravidez.

Eu sabia que não tinha o direito de forçar você a fazer qualquer coisa. Qualquer uma das duas coisas.

Apesar de ser teimoso, Antonio era também muito respeitador. Por isso, recuou quando Maddy parou de escrever.

— Eu estava pensando em muita coisa — continuou ele. — Se talvez eu tinha sido muito fechado e muito confiante. Mas no fim tive que desistir. Você não queria me ver. Era muito doloroso. — E com uma voz grave e monocórdica, acrescentou: — Eu estava apaixonado por você. — Eu não disse nada, e ele continuou. — Mas acho que a parte de mim que queria só olhar para a frente e seguir com a carreira... aquela parte estava feliz em desistir.

Fiquei em um silêncio atordoado. O que eu *tinha dito* a Antonio?

O que você quer dizer é que não quer ter um filho comigo. Esperei que ele me tocasse ou negasse.

Talvez ele tenha feito um gesto. Talvez ele tenha tentado me tocar. Talvez ele tenha dito outras coisas que agora não lembro mais. Não havia nenhuma cópia do passado e do que aconteceu. É possível que eu tenha dito alguma outra coisa, algo frio, desesperado e calculado para ferir. Algo que não queria realmente dizer.

Então por que eu iria querer ter um filho com você?

Ou: *Por que você acha que vou ter esse bebê?*

Ou, ainda: *Eu quero ter filhos, Antonio, mas não com você.*

Ele estava brincando com o saleiro, girando-o entre seus dedos longos e finos. Ele costumava cobrir meu rosto com as mãos e depois ia abrindo para poder me beijar. A intimidade vermelho-escura seguida pelo prazer da exposição. Sendo muito mais alto que eu, ele precisava se inclinar para fazer isso. Nunca senti nossa diferença de altura como desigualdade, era outra coisa, um vão que precisava ser transposto, intensificando o que havia entre nós. O barulho do saleiro estava me enlouquecendo. Precisava de silêncio. Precisava pensar. Precisava pensar e não suportava fazer isso, porque junto a nós no restaurante, muito viva e circulando como uma toxina, estava uma ideia monstruosa: eu tinha privado Maddy de ter um pai.

Aquela construção potente e inútil: *poderia ter*. Eu poderia ter atendido os telefonemas de Antonio. Poderia ter tolerado suas dúvidas. Chocado e temporariamente insensível, ele poderia ter tido algum tempo, ele poderia ter sido persuadido. Se Antonio poderia ter sido persuadido, então eu e Antonio poderíamos ter ficado juntos. Se eu e Antonio tivéssemos ficado juntos, então Antonio teria sido o pai de Maddy. Eu não conseguia olhar para ele, ou falar. Eu o odiava pela aposta que tinha feito com nossas vidas e, quando finalmente olhei em seus olhos, odiei reconhecer que estava se transformando em piedade.

— Eve — disse Antonio em um tom de urgência, tocando meu pulso largado sobre a mesa, tão inerte e anestesiado quanto eu. — Esqueça. O que aconteceu, aconteceu. Temos que deixar o passado. Deixar para trás. A culpa é toda minha. — Seu sorriso tinha vestígios do sorriso maroto de Maddy. — Você pode pôr a culpa em mim.

30

Uma cosmovisão é o mesmo que um paradigma? A srta. Sedge diz que precisamos começar a olhar os seres humanos como apenas uma pequena parte de tudo o que vive na superfície da Terra. Você acha que uma nova revolução científica poderia descobrir que existe vida após a morte, talvez mesmo Deus (apesar de, como eu disse, achar que pode haver vida após a morte sem Deus)? Você disse que mesmo ideias ridículas podem levar a novas descobertas. De acordo com a srta. Sedge, se você usa a estrada mais percorrida, você encontra uma resposta que já conhece, mas, se pega a trilha tortuosa, encontra algo novo. Ela tentou isso comigo e com Jack, e nós tivemos a ideia para a animação. Acho que isso é arte, não ciência. Mas talvez funcione igual.

Tenho estado muito ocupada. Estou fazendo uma animação. Jack está ajudando na parte prática. No início, era para a manifestação, mas agora estou fazendo o filme para mim mesma. Você faz um desenho, daí o modifica centenas de vezes, tirando fotos ao longo das mudanças com um software que depois junta tudo. Também estou fazendo uma animação secreta, sem ninguém saber. É difícil, mas eu adoro. Se eu puder passar os dias fazendo isso, quero ser artista.

Não tinha ninguém no corredor ou na cozinha. Fui para o meu quarto perto das escadas acarpetadas e me aconcheguei por cima da colcha, com saudades de Maddy. Tinha estado em contato com ela, mas apenas quando ela sorria nos lábios dele e me olhava com os olhos dele. Pequenos quadros estavam pendurados em níveis diferentes sobre os móveis pintados em marfim de Philippa; um círculo mais claro no papel de parede indicava a antiga posição do relógio. Na primeira noite, eu o tinha retirado da parede e colocado dentro de uma gaveta. Nunca conseguiria dormir com o tique-taque de um relógio.

 Rolei na cama, dei gargalhadas, me senti incuravelmente solitária, não me permiti chorar. Será que a palavra *mal-entendido* dava conta do que tinha acontecido entre nós? *A culpa é toda minha. Você pode pôr a culpa em mim.* Obrigada, Antonio. A rosa entalhada em que a luminária estava pendurada tinha sido repintada tantas vezes que não tinha mais extremidades aparentes. Vagarosamente, ela gerava novos mundos alternativos. A pequena Maddy e seus irmãos giravam à nossa volta, segurando a mão do pai... A Maddy adolescente e suas irmãs amontoadas, rindo de nós, seus pais, os felizes exilados...

 Peguei meu celular e conjurei a voz de Robin em meu ouvido.

— Ah, oi, Pata.

— Parece que você está ali na esquina. De onde saiu isso mesmo? — perguntei.

— Isso o quê?

— Esse apelido que você me deu.

— A Regata do Pato de Borracha. A coisa mais famosa de Cincinnati. Depois de mim, claro.

— Ah, lembrei. E aí, o que você anda fazendo?

— Umas coisas — respondeu Robin, enigmático. — Umas coisas.

— Tipo o quê? — Ouvi um piano tocando. — O que é isso, uma festa?

— Algo assim. Ouça. É o Shostakovich. O segundo movimento.

 Antes mesmo de Maddy se apaixonar por música, Robin tinha aberto esse mundo para mim, me persuadindo da beleza escondida no que parecia desajeitado ou incompleto. Ele segurou o celular perto da caixa de som. A melodia marchou, sonâmbula, para um ritmo: dois por três, quatro por três...

— Minha parte favorita — disse.

— Estou aprendendo a tocar. Quer ouvir? — Arranhões, farfalhar... a passagem voltou a tocar, mais distante, dessa vez vindo do piano de verdade. Nas mãos de Robin, ainda não era fluente, mas continuava fantasmagórica. Era estranho pensar nele lá, em nossa casinha bonita e funcional, onde o teto era baixo, as maçanetas redondas e a cozinha aberta tinha sido planejada pensando na necessidade de espaço para aparelhos grandes. Daqui, sentia a casa como uma estrutura temporária que poderia ser facilmente desmontada.

— Uau, Robin. Você está aprendendo para mim?
— Pode-se dizer que sim.
— Você não está trabalhando hoje?
— Não — respondeu ele, parecendo leve. — Vou para o lago hoje à noite.
— De novo?
— Estou empolgado com aquele quarto novo.
— Deve estar gelado lá em cima.
— Não está tão ruim. E de qualquer forma, tenho o aquecedor.

Contei detalhes das entrevistas, falei dos ônibus e do clima londrinos, da acompanhante peculiar e da amável anfitriã. Em uma das pausas na conversa, disse: — Encontrei com Antonio hoje.

Sabia, pelo silêncio, que ele tinha sido pego de surpresa.

— Por que você não me contou? — A pergunta tinha saído acusadora, e ele esperou uns instantes antes de completar. — Você contou a ele sobre Maddy?
— Ele ficou chocado.
— Quer falar sobre isso?
— Ele chorou.

A menção a emoções fortes silenciou Robin novamente. E aí:

— Ele conheceu Maddy o suficiente para tanto? Ou foi só a ideia dela?
— Os dois, acho. Não é o tipo de coisa que você sai perguntando para alguém logo de cara. Foi meio bizarro vê-lo, Robin. Não foi nem um pouco como eu imaginava.

Nossas palavras se tornaram pontos cercados de pensamentos não expressados.

— *Como* você imaginava?
— Não esperava que ele se parecesse tanto com Maddy.

Eu era esguia como uma mulher de porte pequeno Maddy tinha sido esguia como Antonio. Sentados, eles dobravam as longas pernas para um lado. Em pé, tinham uma autoridade natural. Meu cabelo fino se ajustava à minha cabeça como um boné. O cabelo de Antonio, como o dela, tinha ondulações e espirais. Seus olhos cinzentos eram também os dela, e o modo como ele os movia — para cima quando pensativo, para baixo quando queria fugir, para o lado quando estava fazendo graça ou embaraçado, enquanto seus dedos manipulavam de forma infantil o que estivesse à mão. Ele falava longamente em um tom neutro e, então, de uma vez só, punha o olhar em mim como quem diz: "Estou falando com você, aqui, agora, e você precisa me escutar". Maddy era totalmente assim. Se Maddy tivesse herdado seus lábios, eles se moveriam com a ironia e as torções dos lábios de Antonio. Famílias que vivem sempre juntas estão acostumadas com esse tipo de espelhamento, imagino que mal notem. Acabei tendo dificuldade para tirar os olhos de Antonio. Quando o conheci antes, suas expressões e jeitos pertenciam a ele. Agora ele era uma variação de Maddy.

— Mas como foi vê-lo de novo? — questionou Robin. — Para você, quero dizer.

— Foi como se ela estivesse e não estivesse lá ao mesmo tempo.

— Evie... — murmurou ele, desistindo de qualquer comentário concreto. Pensei em quão comum meu nome soava quando era ele que o dizia. — Você tem coragem, se colocando nessa situação. Espero que ajude... a resolver as coisas. Espero mesmo.

— Eu também. Me desculpe — disse, rapidamente. — Tenho que desligar. Alguém está batendo à porta. Ligo de novo outra hora.

— Faça o que precisa fazer, Pata, mas não se deixe afundar nisso.

— Nisso o quê? Não, não vou. Divirta-se no lago. Robin? — chamei-o pelo nome, ansiosa agora que íamos desligar. — Seja um bom vizinho. Não conheci nem o marido nem os filhos, mas Norma é bem legal.

— Eu sei — disse ele. — Cruzei com ela semana passada. Uma festinha boba. Mando mensagem do carro.

Na porta estava Philippa, a equivalente inglesa de Claire. Corpulenta e sem adornos, um poço de determinação sensata sob a cordialidade.

— Desculpe — disse. — Entrei sem nem falar com ninguém.

Ela se aproximou.

— Está tudo bem? Parece que você viu um fantasma.

—Ah, mas eu vi — respondi sorrindo. — Foi um dia longo. Estou exausta.

— Claro que está — disse ela, reconfortante. — Não entendo como é possível ir de um lado a outro do planeta e ainda ter que *funcionar* imediatamente. Se eu fosse você, iria cedo para a cama.

Um outro tipo de pessoa teria retrucado: "Não, não é isso. Não é o problema do fuso. Deixa eu contar para você". Depois colocaria Philippa na poltrona florida e aproveitaria a simpatia e a inteligência daquela mulher. Eu não tinha forças para prestar contas a ninguém. Deixei que ela me trouxesse um chá em uma bandeja, e ela saiu fechando a porta bem devagar, como se eu já estivesse dormindo. Abri a janela. O calor do aquecedor se chocou com a corrente de ar frio. Uma neblina adornava as luzes na rua. As casas da frente já estavam fechadas. Das janelas frontais, escapavam fios de luz pelos vãos das persianas. Fechei a janela e peguei o celular.

Encontrei A, muito por causa do seu encorajamento. Bizarro! Interessante. Difícil. Talvez o veja de novo. Depois mando detalhes.

Tirei a roupa, sentei na cama e envolvi a xícara morna com as mãos. Eu só podia confiar nos meus sentidos. Quem era Norma? Alguém que gostava da cor amarela, tinha um caiaque e dois filhos, um dos quais era autista. Um pouco da presença delicada e sardenta de Norma tinha me acompanhado até o restaurante para encontrar Antonio e estava agora no quarto comigo. Não fosse por ela, eu não estaria nessa jornada do outro lado do oceano tendo que viver com o que descobri. Não sabia se devia agradecer ou não. Quanto eu podia contar a Norma? Quando eu ia contar a Robin, aliás?

Meu celular apitou. *Uau. Muito bom. Quer o panorama geral? Sem eletricidade semana passada. Os trabalhadores cortaram um cabo. Os vizinhos ficaram possessos comigo... Humpf.*

Eu responderia amanhã. Estranho nunca ter conhecido Tanner. Parecia que ele a deixava livre para supervisionar a reforma. Será que tudo estava bem entre eles? Onde estava Tanner quando Norma discutia com os trabalhadores e gerenciava a vida dos filhos? O afeto divertido com o qual ela se referia a ele podia ser um disfarce. Se há algo que a mulheres sabem fazer é disfarçar.

O fato era que eu estava feliz de Norma não estar aqui, de Robin estar no lago, de Alison estar com a tia em Norwich, de Philippa ter descido e ficado lá embaixo. O encontro com Antonio clamava por ser compartilhado. Mas compartilhar o colocaria em seu devido lugar. Não queria colocar Antonio em seu devido lugar. Ou melhor: qual era o seu devido lugar?

Quando nos despedimos, ele se inclinou e me beijou nas duas faces. Apesar de estar fascinada pelo rosto dele, virei diligentemente a cabeça e recebi essas provas de decoro. Concordamos em nos encontrar novamente na semana seguinte. Nossos antigos eus ainda estavam intactos, presos juntos em uma teia de espaço e tempo. Pelo menos era no que eu acreditava. Mas o que quer que guarde o passado também o torna inacessível.

Apaguei a luz. Depois de um minuto, me levantei. Dava para ouvir o tique-taque do relógio. Eu o envolvi em outra blusa e devolvi o aparelho para a gaveta. Eu me virei para lá e para cá, sentei para beber água, deitei de novo. Mas quando fechava os olhos, não era Antonio que via, mas seus filhos, vivendo suas vidas promissoras e dolorosas. Maddy nunca os conheceria. Eles não faziam mais qualquer diferença para ela. Através dela, eles eram parte de mim.

31

FOMOS A UM CONCERTO FANTÁSTICO. Você gosta de Chopin? É tão triste! De um jeito bom. Eu costumava tocar Chopin no piano. Talvez por isso eu ainda adore sua música. Sabe o que estávamos conversando, sobre ser solitária? Um dos momentos em que gosto de estar sozinha é quando ouço música clássica. Mas será mesmo? É complicado. Eu quero companhia, mas ao mesmo tempo quero estar só. Mais e mais. Algumas vezes não quero nem ver Jack. Ou Fiona e Vicky. Não se preocupe, eu estou bem! Só comentando.

Alison comprou amendoins caramelados no carrinho na Ponte Millennium e paramos entre a chaminé única do Tate Modern e o domo da St. Paul. A catedral parecia plana e irreal durante a caminhada desde a estação, de onde dava para vê-la espremida pelos escritórios e restaurantes. Dali ela se inflara magistralmente para preencher o espaço atrás de nós.

— É mais ou menos como o Mall — eu disse —, no meio do caminho entre o Monumento de Washington e o Capitólio.

— Não, não parece nada — disse Alison.

— Não mesmo.

— O que eu adoro é o jeito como tudo é amontoado. Olha ali, o Starbucks... e lá, Yo! Sushi... e, no meio, uma catedral de quatrocentos anos de idade. É como tropeçar na Casa Branca quando você está indo lavar o carro.

— Temos mais espaço do que eles — disse. Nas duas margens do rio, o velho e o novo se acotovelavam, sem qualquer projeto. — Além disso,

Washington é uma cidade planejada, Londres só aconteceu. — Sob a grade protetora, suportes cromados brilhavam como as asas de um avião. Como aquilo nos segurava? Ninguém sabia. Confiávamos nossas vidas a uma engenharia desconhecida. Quando Maddy nasceu, o maquinário de seu corpo minúsculo me preocupou. Não tinha que entender como tinha sido montada, como funcionava? Não tinha que ser responsável por inalar seu ar e bombear seu sangue, mantendo tudo em movimento? — Você sabe da história dessa ponte? — perguntei a Alison. — Tinha uma falha. Vibrava quando as pessoas andavam sobre ela. Tiveram que fechar no dia seguinte à inauguração.

— Ressonância — disse ela. — Oscilação. Eu me lembro da física do ensino médio. Tinha uma ponte no estuário de Puget que balançava com o vento e acabou caindo.

— Teve? Não estou muito atualizada sobre os desastres com pontes.

— Ninguém morreu. Só um cachorro chamado Tubby. — Ela fez uma pausa. — Costumavam me chamar assim — disse isso sorrindo, com o cabelo caindo no olho por causa do vento. O aroma enjoativo de açúcar queimado exalava do copo de amendoim. — Está passando tão rápido. Só mais quatro dias.

— Feliz de ter vindo?

Ela não olhou para mim, assentindo para o convés vazio de um barco de passeio que passava sob a ponte. Alison nunca tinha estado fora do país antes, nem mesmo no Canadá. Tinha aceitado o desafio da viagem, como achei que faria. Tinha me ajudado nas entrevistas na Galeria Whitechapel e na Serpentine. Sua pesquisa era exaustiva, e Alison tinha um talento para compor perguntas fora do comum, que iam direto ao ponto. Hoje, no Tate Modern, ela conduziria as entrevistas.

— Maddy teria adorado isso tudo — disse eu. E após um instante — Odeio essa palavra! *Teria*. — A gramática sussurrava que Maddy não existia mais, que eu nunca mais teria nada de Maddy. Tudo o que restava era o que eu escolhia fazer com a ideia de Maddy.

— Tem algum jeito melhor de falar?

— Como eu sei que ela teria adorado? Ela poderia ter detestado Londres. *Teria* não tem nada a ver com ela. Só tem a ver comigo.

Na nossa frente, a chaminé da antiga central de energia recortava o céu. Agora a arte e o turismo a preenchiam, mas o prédio ainda transmitia a sensação de coisas mais desagradáveis. Antonio estava lá em algum lugar, ao sul do rio. Depois de nosso encontro, pensar nele machucava, humilhava e, ao mesmo tempo, era uma corrente quente me fazendo flutuar, me incitando a dizer em voz alta coisas sobre Maddy. Será que Antonio ia a museus de arte? Quando o conheci, ele estava muito concentrado em sua pesquisa, seus colegas eram outros doutorandos, jovens cientistas muito sérios com a intenção de decifrar os códigos da vida. Ele parecia pensar que arte era algo frívolo, ou pelo menos foi a impressão que tive. Talvez, no grande esquema das coisas, seja mesmo.

Atrás de nós, um homem resmungou ao celular: "... é ridículo o quanto entra e o quanto sai..."

Ergui o dedo.

— Você ouviu isso? — Claro que ela não tinha ouvido. Apenas uma pessoa de cada vez ouve esses fragmentos dispersos de fala. Desde a morte de Maddy, eles tinham aumentado tanto na frequência quanto na estranheza, chegando ao ponto em que pareciam mensagens.

Eu me virei novamente para a grade e disse:

— Encontrei Antonio ontem, quando você estava em Norwich.

Alison aceitou a mudança de assunto sem nenhum comentário. Eu sabia que ela não podia me ajudar. Ela deixaria que eu me debatesse e me afogasse em minhas próprias palavras.

— Foi estranho.

— Ele ficou chocado quando soube de Maddy?

— Ficou triste. Nós falamos sobre isso, sabe, lá atrás.

Alison mastigou os amendoins.

— Nossas lembranças são completamente diferentes — eu disse. — Sobre o que aconteceu.

— O que aconteceu?

— Ele achou que eu ia abortar! Diz que falei isso para ele — respondi, em um jorro de autopiedade.

Ela pensou por um momento.

— E você falou?

— Pode ser. — Meus olhos ficaram marejados com o vento. — Se falei, foi sem intenção.

— Bem, foi ele quem engravidou você. As mulheres sempre ficam com a culpa.

— Ele disse que ficou ligando e indo à minha casa, mas eu me recusei a vê-lo.

— Por que ele ficaria ligando e aparecendo?

— Talvez tivesse mudado de ideia.

— Sobre...?

— Sim! No fim das contas, poderíamos ter ficado juntos.

Ela dirigiu o olhar para um ponto distante na costa, onde a maré baixa revirava manchas de plástico brilhante entre as pedras.

— Você tem certeza?

— Foi culpa minha, Alison. Acho mesmo que foi culpa minha o fato de Maddy ter crescido sem o pai. Como vou conseguir viver com isso?

— Supondo que vocês ficassem juntos. Poderia ter dado errado em qualquer momento depois.

Eu não tinha pensado nessa possibilidade.

— Ele tem filhos agora — comentei. — Dois meninos.

— Claro que tem! E uma mulher dedicada, aposto.

— Será que deveria tentar conhecê-los?

— Como vou saber? — respondeu ela.

Eu me dei conta do que estava falando e a peguei pelo braço.

— Desculpe, Alison. Sinto muito. Me desculpe. Não sei no que estava pensando. Venha. Vamos nos atrasar. — Começamos a andar no contrafluxo dos pedestres cruzando a ponte. — Lembre-se, você conduz essa entrevista. Eu vou só observar. Suas perguntas estão prontas?

— Estão na minha cabeça.

— Na sua *cabeça*? Se eu fosse você, teria trazido anotações. Só para garantir.

— Quem você disse que ia conduzir a entrevista?

— Você. Você. — E parei de andar. — Você ouviu isso?

— O quê?

— Aquela mulher de casaco azul. Ela disse: "Vou acabar tendo todos os meus órgãos roubados, não posso me dar ao luxo de..."

Alison riu.

— Você sempre fica escutando o que os outros dizem?

— O que você acha que ela não pode se dar ao luxo de fazer?
— Pergunte a ela. Deixa, *eu* pergunto!

A mulher balançou a cabeça para a americana estranha e seu copo de amendoins. Vi que Alison não dava a mínima de fazer papel de boba. Ela voltou animada.

— Que petulância! Ela não quis me contar.

O curador de exposições públicas levantou e tocou a mesa com a ponta dos dedos.

— Infelizmente, tenho que ir embora. Sinto muito. Vou deixar vocês na boa companhia de Ian. Espero que a entrevista tenha sido útil.

Alison desligou o gravador e nos levantamos todos juntos. Eu não queria parar. Queria avaliar os méritos de exposições temáticas e ensino informal enquanto Gillian discutia com seu colega escocês. Mantive a palavra e deixei Alison conduzir a entrevista. E ela foi primorosa, sem anotações, fazendo perguntas diretas que não indicavam falta de educação, mas uma curiosidade genuína, provocando os dois entrevistados a pensarem em voz alta.

— Vamos escrever um relatório — eu disse. — E talvez um artigo científico.

— Sim, claro — disse Gillian. — É uma pena vocês não estarem aqui para a abertura da exposição.

— O passado e o presente — disse Ian, com seu sotaque impassível. — O erro aparece de inúmeras formas. Omissão. Idealização. Nostalgia... — Ele estava muito relutante em encerrar a entrevista. Tinha um rosto magro e ossudo, lábios carnudos e toda a cor drenada para o topo da cabeça, para o cabelo brilhante. Não existia ninguém assim em nosso país, com essa sagacidade espontânea, os dentes malcuidados, a recusa por qualquer estilo que era, em si, um estilo. — Queremos mostrar que o passado é algo a ser adulterado. Descongelado, por assim dizer.

— Uma pena vocês não poderem estar conosco — disse Gillian.

— A exposição foi curada por educadores — continuou ele. — É aquela velha disputa.

— Tensão — disse ela. — Tenho mesmo que ir.

— A tensão entre curar e educar. Curadores criaram o arcabouço conceitual. E então os educadores explicaram para a sra. Bloggs.

— Senhora quem? — perguntou Alison.

— O público leigo. Sem embasamento.

— Por que não sr. Bloggs?

— Ah, o sr. Bloggs também — assegurou Gillian. — E todos os pequenos Bloggs. — Ela ofereceu os dedos frios. — Vocês já terão ido no dia quinze?

Dei uma olhada para Alison. Seus olhos estavam em alerta.

— Talvez possamos ficar. Adoraríamos.

— Vocês seriam bem-vindas — disse Ian, caloroso. — Muito bem-vindas mesmo.

No elevador, murmurei:

— Quando teve tempo para se preparar? Você leva muito jeito.

— Bem, não estou de férias, sabe?

Teríamos preferido ir devagar, parando pelo caminho, mas as passadas largas de Ian nos conduziram pelas mostras — Estrutura e Claridade, Poesia e Sonho, Visões Transformadas — até chegarmos ao piso inclinado do Salão da Turbina, parte armazém, parte loja. Passamos sob um arco até uma área sem janelas, onde suportes diagonais gigantes seguravam o teto. As paredes eram como o solo lunar, de concreto pontilhado, manchado e rebitado.

Os Tanques ficam além daquelas portas. Era onde guardavam o óleo da central elétrica. O único espaço em galerias europeias dedicado à performance e às instalações.

— Podemos entrar? — quis saber Alison.

— Bem... não. Eles abrem quando há uma exibição. E durante apresentações privadas. Em 2013, serão fechados enquanto convertemos a Casa das Máquinas.

— Eu queria tanto ver — disse Alison.

Ian brincou com o cartão de identificação pendurado no pescoço. Ele nos observou por um momento, daí foi conversar com um segurança, que nos levou até uma das portas negras e girou a chave no painel central.

— Muito obrigado — disse Ian. — Não vamos demorar. Você não vai me dedurar, não é?

Na pressa de nos colocar para dentro, a mão de Ian tocou minhas costas, a porta se fechou e estávamos na mais completa escuridão. Não havia o que respirar, exceto o odor metálico e sufocante. Um rasgo de luz: o celular de Ian. Ele passou a luz pelo perímetro do tanque. O formato era cilíndrico. Três ou quatro vezes a altura de uma pessoa. A superfície coberta por uma grelha de metal enferrujada. O tanque havia sido esvaziado e usado para outras finalidades, mas ainda era um ambiente hostil à invasão humana.

Deixei que Alison fizesse as perguntas. Mas que *tipo* de participação...? Para quem está voltado...? Por que não tem luzes no teto...? E o óleo...? Aquela voz curiosa e confiante que ela usava nas entrevistas não parecia ser dela. E o tom monótono de Ian: "Não exatamente um cubo branco, mas também não uma caixa preta... Você tinha que passar no teste do detector de mentiras... Tania Bruguera. Valor Agregado. William Kentridge. Trezentos e sessenta, canal oito. As artes marciais encontram o avant-garde russo... Possivelmente no Mar do Norte. Na África, possivelmente...".

Todo aquele óleo, sobrevivendo ano após ano na escuridão sem ar.

— Ainda vazando pelas paredes... — disse Ian. — Arte em Ação. Um espaço para coisas de curta duração...

Era impossível respirar fundo.

— Espetáculo no lugar de combustíveis fósseis...

À minha volta piscavam luzes que eu mesma criava. Abaixei a cabeça. Correntes brilharam e se fundiram nas paredes, correndo para me cercar. Uma mão segurou meu braço, outras mãos me tocaram, uma porta foi escancarada, a luz entrou, e logo eu estava lá fora, sentada em um banco sob os suportes cromados da ponte, e Alison estava pesquisando os contatos em meu celular para encontrar o número de Robin.

— Eu precisava de ar — disse. — Não tinha ar.

Ela examinou meu rosto.

— Você sofre de diabetes ou algo assim? Devo chamar uma ambulância?

— Pressão baixa. Minha mãe tem. Maddy tinha. Nós todas temos tendência a desmaiar.

Ela colocou o celular contra a minha orelha.

— Preste atenção! Está chamando.

— Caiu na caixa postal — eu disse, curiosa por ver Alison tão agitada.

— Ele deve estar no lago. O sinal é horrível lá em cima.

Tentei me levantar. Ela me puxou de volta e deixou a mão lá, um peso reconfortante sobre meu braço. Em algum lugar fora da vista, uma flauta tocava.

— Ian sumiu de repente. Que vergonha. Não sei o que me deu naquele lugar.

— Foi maravilhoso — murmurou ela. — Eu não queria sair.

— Sinto tanto — disse. — Estou bem agora. Você se assustou?

— Não faça isso de novo.

A melodia circulava os galhos das árvores cercadas e flutuava sobre o rio, prateada, medieval e fantasmagórica.

— Você acha que devíamos ficar para a abertura da exposição?

— Mais uma semana inteira? Não seria abusar da sorte? A Claire nem queria que eu viesse com você, para começar.

— *Eu* queria que você viesse.

— Não sei por quê.

— Talvez agora você queira fazer o mestrado.

Sua expressão se fechou novamente.

— Quem sabe? Talvez.

— Não seria divertido ir à abertura?

Ela me olhou séria.

— Você quer ficar para encontrar seu ex de novo, não é?

— Antonio? — disse, em tom jocoso. — Eu não ficaria aqui por ele.

— Não — disse Alison após um tempo. — Acho que tenho que voltar para casa.

Troquei a passagem para a semana seguinte, dizendo a Claire: "Te devo uma...".

Mandei um e-mail para Antonio avisando sobre a mudança de planos e recebi uma resposta igualmente curta. Talvez pudéssemos nos encontrar novamente antes de eu partir.

— Sua voz está diferente — disse Robin ao celular.

— Claire me pediu para ficar. Da próxima vez, você vem comigo.
— Você não está com saudade de casa?
— É só mais uma semana.
— Sinto falta de você... — disse ele esperançoso. — Você vai encontrar Antonio novamente?
— Por quê?
— Só perguntando.
— Ele é muito ocupado. O que está acontecendo por aí? Não consegui ligar. Ainda vamos fazer o Natal no lago?
— Por que não faríamos?
— Vai ser tão ruim quanto o aniversário.
— Eu sei.
— Você encontrou Norma e Tanner? — perguntei. — Da casa amarela?
— Espera um segundo... achei que tinha uma chamada entrando. Não. Sim — disse ele. — Norma apareceu algumas vezes.
— Apareceu? Ela não me disse nada.
— Por que diria?
— Temos trocado mensagens.
— O que aconteceu foi que os homens da reforma dela cortaram um cabo. Dali até a península, todo mundo ficou sem luz por um dia inteiro. Ela veio pedir conselhos.
— Ah, ela falou sobre isso. Ela é legal, não é?
— Muito. Não encontrei o marido ainda. Parece que ele deixa tudo nas mãos dela.
— Diferente? — perguntei de repente. — Como minha voz está diferente?
— Mais excitada. Você por acaso não anda cheirando cocaína, não é?
— Rá. Não, só de estar aqui me sinto melhor. Ninguém me conhece.
— Bem, faça o que você precisa fazer, Eve.
— Você não se importa?
— Claro que não!
— Posso voltar, se você quiser — disse.
— Não seja boba. — Ele estava novamente bem-humorado. — Você está se virando com o inglês britânico?

— Até o momento, estão me entendendo.
— Dois países divididos pelo mesmo idioma.
— Quem disse isso? Churchill?
— Wilde, talvez. Parece coisa dele. Minha citação favorita de leito de morte: "Ou eu ou esse papel de parede".
— Robin...
— Desculpe! — disse ele, carinhoso. — Sou um idiota. Me desculpe.

Alison aceitou, com alguma relutância, minha oferta de levá-la ao aeroporto. Durante o trajeto na linha Piccadilly para Heathrow, quase não falamos. Ela estava vestindo um velho agasalho com o qual gostava de dormir e tinha estragado a suavidade de seu penteado prendendo os lados com grampos. Eu lia meu jornal. Ela manteve os olhos nos outros passageiros e pegou minha pasta quando escorregou para o chão do trem.

No restaurante da área de embarque, eu disse:
— Vou sentir saudade.
— Vai? — disse ela, com um toque de sarcasmo. Ela tirou os olhos do menu que estudava enfadada, seus óculos brilhando. — O caminho agora está livre.

Ignorei aquilo.
— Qual a primeira coisa que você vai fazer quando chegar em casa? — Uma pergunta inútil, digna de não ser respondida. Tentei de novo. — Do que você mais gostou em Londres?

O rosto de Alison, com o cabelo puxado para trás, era redondo e estranho como a lua.

— Não sei dizer assim de surpresa. Posso fazer uma lista se você precisar justificar seus gastos.

Deixei que a ânsia me possuísse, a ânsia pelo rosto amoroso os olhos curiosos a sagacidade e a boa vontade de Maddy. Ela estaria rindo do bebê na mesa ao lado, que passava ovo no cabelo. Perguntaria como ela era naquela idade. Eu repetiria as histórias que ela conhecia de cor. Sairíamos de braços dados. Meu desejo por ela era monstruoso, corpóreo e destinado a fracassar. Estava em duas realidades paralelas: com Maddy e com essa estranha sem graça.

— Você tem tanta raiva, Alison.

Ela demorou um instante para responder, desacostumada com a sinceridade dos outros.

— Mais raiva que todo mundo? Mais raiva que você?

— Talvez não — respondi. — Mas sugiro que você controle isso.

— Ah, é mesmo?

— Ser direta nem sempre é bom. Pode atrapalhar.

Sua voz tremeu. — Pode?

— Algumas vezes — aconselhei — é melhor manter suas opiniões para você mesma.

Manchas avermelhadas pintaram suas bochechas pálidas. — Não sou sua filha, sabe? — Ela estava me olhando fixamente, olhando à minha volta, olhando através de mim. — Maddy tinha que manter suas opiniões para ela mesma?

— Isso — disse, minha voz saindo lenta e fria — é uma coisa muito desagradável de se dizer.

Alison parecia aturdida.

— Minha mãe nunca expressou suas opiniões. Veja aonde isso a levou.

— Aonde?

— Presa ao meu pai todos aqueles anos. Infeliz. Para sempre.

— E isso quer dizer que você também precisa ser infeliz?

O garçom apareceu com seu bloco, mas não antes de eu notar as lágrimas nos olhos dela. Sem saber o que fazer, fizemos nossos pedidos.

— Além disso — disse Alison após o homem se afastar —, achei que era disso que você gostava em mim.

— O quê?

— Que eu digo o que estou pensando.

Estava tentando controlar minha expressão.

— Algumas vezes, queria não fazer isso — murmurou ela. — Não dá para retirar certas coisas depois de dizer.

— Não — respondi, rouca. — Mas esse jeito acaba fazendo as coisas acontecerem. — De repente, estava mais exausta do que nunca. — Sabe de uma coisa? — perguntei, e esperei que ela me olhasse nos olhos. — Não sei de *nada*. Pensei que soubesse.

No controle de passaporte, seguimos com a fila, mais próximas do que estávamos uma semana antes. Ela me agradeceu duas vezes por levá-la comigo; para Alison, isso significava que estava transbordando de emoção. Eu disse que eu era quem deveria estar agradecendo a ela. Não me perguntou por quê. Queria seguir com ela até a área de embarque e de espera do avião. Chegamos à frente da fila. Com uma voz estranha e hesitante, ela perguntou:

— Como era Maddy?

O funcionário nos apressou com um gesto de mão.

— Gentil — eu disse. — Engraçada. Talentosa. Todos a amavam.

— Eu nunca poderia ser assim — disse Alison.

— Nem eu.

Nos abraçamos de forma desajeitada, ela pegou a bagagem de mão e atravessou o portão. No último momento, se virou e acenou com o cartão de embarque.

Eu me aproximei o máximo que pude.

— Você quer ir conosco ao lago? Antes do Natal?

Ela deu um sorrisinho.

— Vou pensar no caso.

32

Minha filosofia é fazer tudo ao mesmo tempo. E descobrir tudo ao mesmo tempo. Sou impaciente? Talvez. A amiga da mamãe não está bem. Mas de volta à pergunta que fiz antes, você acha que minha mãe vai ficar zangada com você? Você acha que já teve tempo para pensar no assunto? Eu realmente gostaria de saber. Assim como outras coisas. Como onde você passa as férias e do que você brinca com seus filhos e se eles são bons em arte. A Cloud tem uns dentes afiados. Ela não quer me ferir. Diga olá! Ela está acenando com a pata.

No dia em que Alison partiu, chegou um e-mail de Antonio perguntando se eu teria tempo para uma bebida no fim da tarde. Nós nos encontramos em um pub na avenida Sicilian. Perguntei se ele, por acaso, estaria livre no dia seguinte, após uma entrevista na Galeria Hayward. E ele estava livre, e também no dia seguinte ao seguinte e no seguinte também.

Nós nos encontramos às cinco e meia e nos despedimos às sete. Escolhemos um lugar diferente a cada vez, no Centro. Jogamos conversa fora até nos sentarmos e Antonio chamar o garçom. Nunca ficava conversando com quem nos servia, não tinha a afeição de Robin por trabalhadores braçais e, além disso, o atendimento tinha que ser rápido. Não tínhamos muito tempo.

Depois de pedir as bebidas, eu começava a falar sobre Maddy, me concentrando em histórias que mostrassem seu humor e determinação. Intrépida aos três, equilibrada aos dez, aprendendo a multiplicar e a mergulhar, cuidando de suas muitas amigas. Maddy tinha sido uma das amigas favoritas das meninas mais velhas, uma irmã mais velha para as pequenas, e ficava naturalmente confortável entre os adultos. Eu tinha cadernos cheios de frases espirituosas ou comoventes que ela disse, que só interessavam a mim. Queria que Maddy existisse inteira na cabeça de Antonio, e queria dar a ele um vislumbre do que nunca teria. Ele me deixava contar do meu jeito, ouvindo em um silêncio atento, os olhos mal se desviando do meu rosto. Minhas amigas achavam que estavam me fazendo um favor ao não mencionar seu nome. Achavam que falar dela ia me fazer lembrar do que tinha acontecido. Me fazer lembrar! Antonio me deixava falar e, conforme falava, sentia que algo que tinha sido perdido estava sendo recolocado em seu devido lugar.

Uma hora, começamos a falar de outros assuntos: nossos pais envelhecendo, gentrificação, estádios olímpicos, a química da consciência. Fazíamos o papel de velhos amigos se encontrando para um drink após o expediente. Aprendi novamente a entender seus humores, expressões faciais, pausas. Começávamos por Maddy e terminávamos com Maddy. Quando a hora de ir embora se aproximava, íamos ficando cada vez mais confessionais. Eu levava o laptop na bolsa e o cartão de memória com a animação na carteira, mas o momento nunca parecia adequado.

No bar do Royal Festival Hall, falei sobre Jack.

— Não é qualquer garoto que teria suportado aquilo.

— Não — disse Antonio.

— Você se apaixonaria por uma garota que estivesse morrendo?

Ele abriu um pequeno sorriso.

— Entendo de onde Maddy tirava aquelas coisas.

— Que coisas?

— As perguntas.

— Como o quê?

— Como: "Você é solitário? Como a música afeta o cérebro? Você é ateu? O que acontece...". — Ele parou para dar um trocado a um homem que cambaleava entre as mesas.

— O que acontece... — repeti, para que ele continuasse.

— Eu disse coisas que não diria se soubesse.

— O que você teria dito a ela se soubesse? — As referências veladas de Maddy à doença e ao futuro tinham me machucado profundamente. Por que ela não tinha conseguido fazer aquelas perguntas *para mim*?

— Não sei — completou ele após uma pausa.

— Quando tinha cinco anos, Maddy ficou com muito medo da morte. Da minha morte, especificamente. Estava pondo ela na cama um dia. "Mãe", ela disse, "você vai morrer antes de mim! Quando *eu* morrer, como vou encontrar você?".

— E o que você respondeu?

— Eu disse: "Não se preocupe. Eu encontro você".

Antonio me encarava intensamente.

— E não ouvi mais nada sobre o assunto por um longo tempo.

— Meus meninos não falam sobre essas coisas.

— Ah, tenho certeza de que falam, Antonio. Só não falam com você.

Ele me olhou de lado.

— Quando Maddy voltou para casa após transar pela primeira vez...

— Como você sabia?

— Sou a mãe dela. Eu sabia.

— Mas como? — Ele estava genuinamente confuso.

— Ela estava muito apegada a mim e particularmente preocupada. Eu tive essa sensação de que algo tinha sido tirado de mim. — Fiz uma pausa. — E ela queria saber por que você foi embora. Nunca tinha me perguntado isso de forma tão direta.

— E como você respondeu?

— Que não sabia. Que você não queria ter um filho comigo.

Antonio franziu a testa.

— Não é exatamente...

— Disse que a perda tinha sido sua.

— Ela nunca soube a história inteira — disse ele, ressentido.

— Talvez por isso ela tenha escrito para você. De qualquer forma, Maddy teve sorte. Jack é realmente um garoto legal. Ela deu a ele várias oportunidades de ir embora, mas ele ficou com ela até o fim.

— Fico feliz.

— Não como a minha primeira vez. Meu primeiro amor me abandonou para ficar com minha melhor amiga.

— A minha foi um completo desastre! — disse Antonio. — Eu não podia fazer nada! Ela ria de mim.

Tínhamos contado essas histórias quando estávamos começando a namorar, quando tudo o que tinha vindo antes foi reconfigurado como um aquecimento para o nosso amor superior. Dei uma olhada no relógio. Dez para as sete.

— Robin — começou Antonio. — Ele é seu... noivo? Namorado?
— Companheiro.
— Companheiro — repetiu ele, como se não gostasse muito da palavra.

Robin parecia distante e incongruente, mas, de qualquer forma, eu queria me banhar na ideia de ele existir.

— Robin é um grande carpinteiro e músico. Maddy era louca por ele.
— Era?
— Robin a levava a concertos.
— Fico feliz.

O que mais ele poderia dizer? Robin em um concerto na Renwick, sorrindo meigo para mim sobre a cabeça de Maddy. Tirei a imagem da cabeça.

— A doença de Maddy não fez de *mim* uma pessoa melhor — disse. — Isso me transformou em uma pessoa monstruosa e entediante.

Antonio se inclinou sobre a mesa e posicionou o rosto muito próximo do meu. Grãos dourados nadavam nos seus olhos cinzentos de Maddy. Ele tomou um tempo estudando todas as partes de meu rosto, parecendo que ia sorrir a qualquer momento.

— Que foi? — perguntei, recuando. — O que você está olhando?

Para meu alívio, ele se recostou e apoiou a mão no encosto da cadeira.

— Eu adorava as conversas que costumávamos ter! Noite adentro. Você lembra, Eve? Sinto saudade. Ver você é como se alguém tivesse devolvido um pedaço perdido da minha vida.

— Eu lembro — respondi com afetação. Minha cabeça estava leve, cheia de luz. Mantive os olhos nele.

— O tempo é uma coisa estranha. Os anos passam e você nem sente. A vida familiar nos engole. Ninguém avisa que...

— Avisa o quê?

Ele me encarou de volta.

— Algumas vezes sinto como se tivesse ido dormir e acordado velho.

— Bem, algumas vezes sinto como se tivesse cem anos.

— Por uma boa razão. Tudo o que você passou! — Após uma pausa razoável, ele sorriu. — Você não parece ter cem.

Em um café com vista para a grande cúpula do Museu Britânico, confessei que houve ocasiões, após a morte de Maddy, em que tentei diminuir sua presença.

— Diminuir?

— Diminuir sua importância. Dizia a mim mesma: dezesseis anos atrás, eu não conhecia Maddy. Daqui a dezesseis anos, isso tudo não vai ter muita importância. Não é horrível?

— O que mais você poderia fazer? — perguntou ele, gentil.

Lágrimas me vinham aos olhos tantas vezes durante essas conversas que nem me preocupava mais em escondê-las.

— Aí eu penso mais adiante ainda, quando não houver mais ninguém vivo que a tenha conhecido. Que importância vai ter sua morte?

Antonio franziu a testa e elevou o queixo. Por fim, disse:

— Acho que é por isso que as pessoas inventaram Deus. Uma consciência que se lembra de nós para sempre.

Será que ele não imaginava que eu já tinha olhado por todos os ângulos possíveis, do mais absurdo ao vagamente científico até o refúgio da imaginação? Cada um guardava um grão de conforto. Mas, no fim, todos eram inúteis. Do outro lado da mesa, meu confessor e meu sedutor, o pai da minha filha, aguardava que eu falasse, e eu estava olhando através dele para um território tão horrendamente inundado e impossível que não valia a pena sequer pisar ali.

— Não sei se consigo. — Eu me dei conta de que, até aquele momento, tinha acreditado que o futuro era provisório, aberto a modificações.

— Inventar Deus? Quem consegue? Quando você sabe o que sabemos sobre o cérebro humano...

— Não!

Ele franziu o cenho.

— O que, então?

— Viver o resto da minha vida sem ela.

Ele estendeu os braços sobre a mesa e pegou minhas duas mãos entre as dele. Tentei me soltar, mas ele não deixou. Sustentou meu olhar, ou olhou ao redor pelo salão enquanto falava. Disse que Maddy tinha aproveitado o tempo que teve, o que é tudo que qualquer um pode fazer. Disse que tinha partido, mas que de certa forma estaria sempre aqui. Disse que ela havia herdado a personalidade e a força de mim. Disse que essas tinham sido as qualidades que o tinham atraído em mim em primeiro lugar, e que elas me sustentariam. Deixei que segurasse minhas mãos e falasse. Deixei que a paixão por trás das suas palavras, sua sintaxe carinhosa, sua certeza de saber do que eu era capaz, me inundassem como se fossem algum líquido primordial essencial à sobrevivência, para que o que não me encharcasse agora pudesse ser guardado para mais tarde.

A última destas tardes aconteceu no PizzaExpress em Holborn, onde tínhamos nos encontrado da primeira vez. Mais cedo do que o normal, seis e meia sob o candelabro de garrafas de leite, comecei:

— Por que você acha que Maddy não contou a você que estava doente?

— Orgulho? — respondeu ele após pensar por um momento.

— É uma palavra dura.

— Muitas vezes não acho a melhor palavra. — Antonio consultou o cardápio, apesar de nunca comermos nessas ocasiões, e tamborilou na mesa com ele. — Não sei. Talvez, como você disse, não quisesse que eu sentisse pena dela.

Eu tinha começado a gostar da recusa de Maddy em seguir os desejos de Antonio, sua coragem em não deixar que ele soubesse que ela estava doente. *Bem, você vai contar à sua família sobre mim??* Era a barganha dela. Decidi que o segredo era uma força de caráter, que refletia bem o modo como eu a tinha criado.

— No início, ela era bastante franca sobre o que estava acontecendo. Mas foi tão longo e tão... implacável. Acho que chegou um momento em que falar não ajudava mais. Ela costumava chorar no banheiro.

Ele assimilou essa informação, piscando.

— No fim, ela não queria ver as amigas. Nem mesmo Jack. Ela os mandava embora. Mas, mesmo antes, tudo o que queria fazer era ouvir música e trabalhar na animação.

— Isso a reconfortava?

Foi minha vez de estudar Antonio até que ele se mexesse na cadeira e olhasse para o outro lado. Sem dizer uma palavra, abri a bolsa e peguei o laptop. Pus o equipamento sobre a mesa, inseri o cartão de memória, abri o arquivo "final final", virei a tela para podermos assistir e pressionei "Reproduzir".

Maddy olhava para fora, finalmente na presença de nós dois ao mesmo tempo. Nossos olhos se cruzaram rapidamente e se voltaram novamente para nossa filha. Os olhos de Antonio estavam fixos na tela, como os de Maddy tinham estado durante a manifestação. Lentamente, seus olhos se fecharam e os buracos apareceram na cabeça, se unindo e se espalhando para consumir todas as riquezas da Terra, até serem consumidos pelos oceanos, enquanto o rosto dela passava por distorções horríveis. Parei o filme. Antonio olhou para mim.

— Termina assim?

Assenti com a cabeça, fechando o arquivo. Tinha deixado para a sorte ou para o instinto ou para a sabedoria instantânea decidirem se mostraria a ele o outro final.

— Foi exibido depois dos discursos na manifestação. Maddy já estava fraca na época, mas conseguiu ver na TV. A resposta foi fantástica. Os aplausos. Você precisava ter visto a cara dela. Você devia ver a *sua* cara.

Sua voz estava abafada.

— Estou nocauteado. Impressionado. Queria...

— Não queira.

— Ela era corajosa — continuou ele.

— Querem usar de novo, sabe, para a campanha. Eles me pediram para autorizar a exibição. Estou em dúvida. Talvez queira manter a animação privada.

— O que Maddy desejaria que você fizesse?

— Como vou saber? — Após um minuto, completei. — É complicado. Talvez o fato seja que, se ela não pode estar aqui, então quero que isso tudo aconteça.

— O quê?

— Catástrofe. Cidades submersas. Tudo destruído. — Ele ficou em silêncio. — Não quero realmente.

— Não?

— Só um pouco. Às vezes.

Antonio me encarou por um longo tempo, considerando alguma coisa.

— Sabe como me senti quando você me contou que Maddy estava morta?

Já nos sentíamos livres para tocar um ao outro dentro de certos limites, braço ou ombros, por um segundo ou dois. Toquei seu pulso apoiado na mesa e deixei minha mão lá. Minhas unhas estavam nuas. Não as pintava há meses.

— Como?

— Como se ela tivesse sido trazida à vida de novo para ser morta na minha frente.

Recolhi a mão. Antonio se recostou.

— Primeiro, tive o choque de Maddy escrevendo para mim. Então, comecei a gostar dela. Aí ela parou. Certo. Maddy tinha mudado de ideia. Ou, talvez, eu tivesse dito alguma coisa errada. Mas, na minha cabeça, não importava, íamos nos encontrar um dia. E aí apareceu você — ele olhou em volta, parecendo um sonâmbulo vagando entre fornalhas de aço inoxidável, os garçons em roupas listradas como prisioneiros em um desenho animado — aqui mesmo, na verdade, e eu pensei, certo, Eve e eu vamos arrumar um jeito de nos conhecermos novamente. Temos Maddy entre nós. Aí... — e cortou o ar com a mão.

Abaixei a cabeça.

— Sinto tanto, Antonio. De verdade.

— Você fez isso de propósito, Eve?

— Devia ter avisado a você antes.

— Sim. Devia. — O modo como ele se moveu na cadeira pareceu um dar de ombros gigante, mas sua voz estava calma. — Nós dois temos do que nos arrepender.

— Acho que é algo que não acontece com uma mulher. Não dá para ter um filho por aí sem saber que ele existe. Mesmo se você dá o bebê para adoção, sabe que o gerou.

Ele estava brincando com o vaso sobre a mesa.

— Eu me senti culpado por anos. Eu era um bom menino católico, você sabe. Quando se é criado como eu fui, isso fica no sangue. — Ele fez uma pausa. — Por isso, eu sentia raiva de mim mesmo. Por ter sido teimoso. Levando você a... Ou pensando que tinha feito isso.

— Erica é uma boa católica? — perguntei, tentando criar uma versão "Alison" de mim.

Antonio pareceu chocado.

— Por que a pergunta?

— Quero saber sobre a sua família.

Ele cruzou e descruzou as pernas.

— Ela não é católica. Não é nada. Nos formulários, ela escreve Igreja da Inglaterra.

— Por quê?

— É o que eles fazem aqui. — Ele continuou, relutante. — Ela é uma mãe maravilhosa. Como você, com certeza. Estamos juntos há doze anos.

— E o que ela faz?

— Antes de os meninos nascerem, trabalhava em uma editora. Ela voltou por um ano depois de Oscar, mas, quando Daniel nasceu, foi demais para ela. Ficou muito dividida. Queria estar em casa com eles.

Eu me virei de lado, descansando o cotovelo no encosto da cadeira.

— Como é viver aqui? Stoke Newington, onde estou hospedada, parece um vilarejo.

— Londres é toda feita de vilarejos. Blackheath é uma antiga aldeia também.

— Essa cidade é tão grande — comentei.

Ele sorriu.

— É minha casa.

Em Washington, Antonio tinha sido o estrangeiro e eu, a nativa. Isso tinha me engrandecido, sem dúvida, aos olhos dele.

— Você se sente inglês agora?

— Ah, não. Claro que não! Nem se eu morasse aqui por quarenta anos. Erica e nossos amigos falam sobre a infância, os professores. Sei tudo sobre as mulheres da cantina. E sobre o 11+. — Ergui as sobrancelhas. — O exame que aplicam às crianças, para decidir seu futuro. O fato é que não tenho o

que falar. Não cresci aqui. Mas não vou voltar para a Espanha — acrescentou. — Disso tenho certeza.
— Por que não?
— Sou um transplantado feliz.
— Inteiramente feliz, Antonio?
Ele me olhou.
— Sim, claro. Por que você pergunta? — disse ele, dando espaço entre as sílabas. — Onde quer que você crie seus filhos é seu lar. — Após uma pausa, ele perguntou novamente — Por que você pergunta?
— Me fale dos seus filhos.
— Eve, realmente...
— Eles são meios-irmãos de Maddy. Tenho o direito de saber — disse, mantendo um tom leve. — Oscar deve ter oito, e Daniel, seis?
— Como você sabe?
— As mensagens, lembra?
— Eles dão um bocado de trabalho. Discutem às vezes. Acho que é normal. Mas o mais velho cuida do irmão.
— Vocês vão ter mais?
Ele sorriu para a pergunta invasiva.
— Não decidimos ter mais. Mas quem sabe. Não dá para sempre planejar essas coisas.
— Mesmo? — respondi, jocosa. — Posso ver uma foto deles?
Ele ficou chocado novamente.
— Por favor. Eu gostaria.
Ele achou uma foto no celular e me passou o aparelho sem dizer nada.
Os meninos estavam sentados em um muro baixo, se segurando com as duas mãos. A mãe se inclinava por trás para caber na foto, um braço envolvendo cada garoto no dourado e verde do verão. Parados. Sorriam para o papai. O momento em que a foto tinha sido tirada não significava nada para eles agora, um grão de poeira perdido no tempo. Eu não confiava em minha voz. Aumentando a imagem com os dedos, estudei um rosto por vez. Claro que ele teria uma esposa interessante. Alison tinha razão. Além disso, claro que ela seria muito mais jovem do que ele. O menino mais velho tinha os cabelos castanho-avermelhados e espetados de Antonio, e

a mesma inclinação confiante da cabeça. O menor era claro como a mãe, com os olhos separados e o queixo pontudo dela.

— Eles gostam da escola?

— Não gostam de ficar sentados o dia todo! É difícil pararem quietos.

— Estão na mesma escola?

— Segundo e quarto ano. A All Saints é muito boa. Uma das melhores em Lewisham. A Igreja da Inglaterra não consegue manter seus fiéis, mas ainda tem boas escolas. Os dois são leitores vorazes — estava dizendo Antonio. — Tentamos regular o tempo na frente das telas.

— Muito bom.

— Erica ficaria arrasada se não gostassem de ler.

— Uma pena ela ter largado o emprego.

— Talvez volte.

— Não é fácil subir na carreira depois de um tempo.

Antonio deu de ombros.

— Sei lá. Mas acho que é possível.

— Você quer que ela volte a trabalhar?

— Ela adora cuidar dos meninos. — De repente, ele ficou de pé. O relógio na parede marcava sete e vinte. Tinha que voltar para casa, dar desculpas.

Eu me levantei também.

— Vou embora na segunda.

Ele escondeu o que pareceu surpresa sob um sorriso cortês.

— Tão cedo?

— Eu disse a você. — Peguei minhas coisas e dei um passo para o lado, de modo que a mesa não ficasse mais entre nós. — Tem a abertura de uma exposição no Tate Modern, no sábado à noite. Quer ir?

Ele segurou minhas mãos e me beijou de cada lado do rosto.

— Obrigado, sim. Gostaria de ir.

— Você consegue sair?

— Sim, acho que sim.

— Acha? Ou consegue?

— Na verdade, consigo. Erica vai para a casa da mãe com os meninos.

Como era tarde, nos separamos na rua New Oxford. Observei enquanto o casaco de Antonio se afastava rapidamente em direção à Kingsway. Em uma curva à esquerda, ele desapareceu junto com uma frota de táxis pretos, um dos quais eu sabia que chamaria assim que desaparecesse de minha vista.

33

VOCÊ ACHA QUE HÁ ALGUMA ESPERANÇA para nós? A espécie humana, digo. Jack acha que provavelmente estamos condenados. Não imediatamente, mas condenados mesmo assim. Em longo prazo, há os asteroides. E a entropia. Ou vamos mergulhar no sol. Ele diz que as pessoas são a pior coisa que aconteceu ao planeta. Você concorda?

Perdi o trem na Ponte de Londres e virei para o lado errado na estação de Blackheath; eram três e meia quando encontrei a rua que levava à escola All Saints. Em meio à chuvinha fina, podia divisar os casacos coloridos dos pais amontoados como balões no portão. Os tijolos vermelhos do prédio da escola se ajustavam perfeitamente ao beco. Parecia menor e mais simpática do que a foto no site. As famílias já estavam subindo a colina enquanto eu descia a ladeira, agitada, sem fôlego e com alguma esperança de estar atrasada. Algumas mães e filhas passaram por mim, com os casacos combinando; um pai prendia o protetor de chuva em um carrinho de bebê; estudantes mais velhos seguiam seu caminho rindo. Uma mulher com uma jaqueta roxa surgiu, ladeada por dois meninos.

— Mãe, ainda tenho uma na minha mochila... — disse o mais alto.

— Dê para o Daniel. Vamos lá, seja justo...

— Mas só tenho *um*, mãe...

— Oscar, por favor! — Bem ao meu lado agora, ela me deu um sorriso rápido que não retribuí por ter ficado atordoada demais. Era o rosto que tinha visto no celular de Antonio se inclinando para ficar entre os filhos. A rapidez e a facilidade com que os encontrei e seu sorriso divertido e conspiratório me paralisaram. Eu não tinha planejado nada além de querer estar na companhia deles. Ela abriu um guarda-chuva; o menino mais velho a puxou pelo braço, ainda discutindo; o mais novo apenas os seguia. Eu os observei subindo a colina em direção ao ponto onde a torre de uma igreja cortava o céu em um ângulo estranho. No topo, eles dobraram uma esquina e desapareceram.

Na manhã de sexta-feira, terminei a última entrevista na Royal Academy e, depois do almoço, parti novamente para Blackheath. Não haveria outra chance. A abertura da exposição no Tate era no dia seguinte, e segunda-feira eu pegaria o avião para casa. Cheguei mais cedo dessa vez e me posicionei em um dos muros baixos perto do portão da escola.

Quando Maddy era pequena, um prazer ainda maior que levá-la pela manhã era pegá-la na escola depois da aula. Dividia isso com meus pais. Terças e sextas-feiras eram meus dias. Notei que, com o tempo bom, os pais e mães ingleses ficavam por ali como eu costumava fazer, sabendo que os filhos tinham sido bem-cuidados por mais um dia e logo seriam devolvidos.

As duas últimas casas da rua tinham sido transformadas em salas de aula, as janelas agora cobertas com flocos de neve de papel e letras do alfabeto. Funcionários com pranchetas atravessaram o pátio para abrir os portões e as crianças começaram a sair. Erica, de casaco roxo, era fácil de notar. Vi os meninos correndo até ela. Oscar logo se afastou para brincar com outro menino, mas Daniel ficou olhando para o rosto da mãe, brincando com o zíper do casaco dela. Erica estava falando com alguém, descansando a mão distraidamente na cabeça do filho.

Eu me levantei. Antonio ficaria furioso se me visse ali. Levaria a família embora correndo e nunca mais falaria comigo. Eu podia sentir o crânio do menino sob a minha mão. Se fosse embora, ninguém jamais precisaria saber. Eu me forcei a abaixar, segurei na borda do muro e fixei o olhar nas grandes janelas que se projetavam das paredes da escola até que o barulhento grupo formado por Erica, os meninos e seus amigos se movesse ladeira acima. Eles passaram perto o suficiente para me tocar.

Após cruzarem a estrada que margeava o matagal, ficaram na parte baixa do morro, enquanto eu subi até um banco no meio da encosta. Marcada por trilhas, a grama amarela cobria o morro até uma igreja que parecia derrotada e fora de lugar no meio do mato.

Erica era fácil de observar, caminhando com as outras mães na parte baixa do morro, enquanto os meninos brincavam. Ela tirou o chapéu e seu cabelo deslizou em uma trança folgada pelas suas costas, fazendo com que parecesse ainda mais jovem. Aquela mulher conduzia a vida de Antonio. Dormia em sua cama. Amava seus filhos. Era como um personagem de ficção que eu tivesse conjurado de modo tão bem-sucedido que ela agora vagava por aí sem prestar qualquer atenção em mim e fazendo exatamente o que tinha vontade de fazer. Poderia ter sido eu ali, em pé em uma faixa de grama sob a luz pálida de uma tarde de inverno enquanto nossos meninos brincavam. Eu era a ficção. Minha própria vida não existia.

Oscar estava correndo com os outros meninos em volta dos postes e sobre a grama morta. Ele cresceria e se tornaria alguém importante. Intuí pelo modo como movia a cabeça, como gritava com os amigos e depois ria alto antes de eles terem chance de responder. Ele respirava todo o ar como pessoas ambiciosas fazem. Para estar ao lado delas, é preciso suprimir partes de si. O espaço e o som eram curiosamente elásticos entre onde eu estava e onde o grupo de mulheres e as crianças correndo estavam. Eu mal podia ouvir seus gritos, mas podia vê-los com uma clareza de sonho, esses meninos que eram livres para brincar e crescer e que nunca saberiam que tinham tido uma irmã que morreu. Eles ouviriam essa novidade com perplexidade, depois com indiferença: um conto de fadas que não tinha nada a ver com eles.

Daniel seguia o grupo relutantemente. Ele se afastou para seguir o próprio caminho, em círculos cada vez mais amplos, falando ou cantando sozinho. Será que ele viria até mim? Mais perto... mais perto... Prendi a respiração sem ousar me mover. Ele chegou tão perto que deu para distinguir as tiras de velcro de seus sapatos, os punhos delgados saindo das mangas do casaco, as pontas do cabelo, mais fino e claro que o de Maddy. Ele parou a alguns metros e me examinou, limpando o nariz com as costas da mão. Sorri. Ele sorriu de volta, incerto, e se virou para olhar de onde sua mãe o chamava. Mas não foi até ela. Em vez disso, ele se virou novamente para mim, me avaliando com os olhos inteligentes de Maddy, com a calma de Maddy. Os segundos se alongaram e estremeceram. Mantive os olhos nos dele, me recusando a desviar o olhar até que ele o fizesse. Naquele momento, era também o olhar dela que eu sustentava.

O menino se virou e desceu o morro em ziguezague sem olhar para trás. Lá embaixo, juntou-se à família e eles se foram, ficando cada vez menores e menos visíveis até que o chão afundou e eles desapareceram. Sem dúvida, antes de chegar em casa, já teria se esquecido da mulher sentada no banco.

34

DESCULPE POR NÃO TER MANTIDO CONTATO. Não tenho tido muito tempo para escrever. É uma tristeza o verão estar terminando. Bem, tenho andado triste esses dias. Costumava adorar voltar para a escola. Então, cada bebê que nasce é um milagre, não importa mais nada, certo?

Sugeri que nos encontrássemos na Hungerford Footbridge. Eu fazia questão de cruzar o Tâmisa sempre que possível, mesmo que isso significasse ter que pegar um caminho mais longo e tortuoso. A escala humana das pontes me atraía, assim como o modo como duas ou três delas podiam ser vistas nas duas direções, como tiras segurando as margens enquanto o rio lá embaixo corria livre.

Seus braços descansavam na grade, as laterais de seu longo casaco cinza estavam penduradas. Atrás dele, guindastes formavam constelações vermelhas sobre o brilho da cidade noturna. Ele se virou e me observou enquanto me aproximava, me beijou dos dois lados do rosto e segurou minhas mãos por um momento. Tinha cortado o cabelo ainda mais curto. Tornava seus lábios proeminentes, fazia com que ele parecesse mais espanhol. Esse Antonio adulto me assustava um pouco, me recordando da pequena parte que eu tinha representado em sua vida.

— Sua família viajou? — perguntei, para deixar tudo às claras. Que não houvesse nenhuma bobagem entre os progenitores de Maddy.

— Foram hoje à tarde.

— Obrigada por me acompanhar. Não tem graça ir a essas coisas sozinha.

— A seu dispor — disse ele, fingindo formalidade. Ele me pegou pelo braço e fomos andando. Durante nosso ano juntos em Washington, tínhamos passeado muito a pé nas margens do Potomac, sob as cerejeiras floridas ou seus esqueletos, e em volta da base dos monumentos espalhados por ali. Caminhávamos por Georgetown e por toda a extensão do Mall, interrompendo nossa conversa interminável com risadas, parando para nos abraçar, meu coração se expandindo para abrigar o futuro que eu acreditava ser o nosso. Estar em Londres com Antonio, sem Maddy, me dava uma sensação de vertigem. Todas as viagens que nunca fiz, as aventuras que adiei para o futuro mitológico! Não ia contar a ele que tinha espionado sua família. Por uma noite, não ia pensar no passado ou no que eram nossas vidas agora.

— Podemos parar um instante? — Eu me soltei e segui até a cerca. Tinha herdado o prazer infantil que minha mãe sentia ao olhar para corpos de água. Visto como um todo, o rio parecia quase imóvel, mas nas proximidades, em torno das estacas, a água barrenta corria perigosamente rápida.

Voltamos a andar, as mãos de Antonio enterradas nos bolsos do casaco, os ombros tão retos e quadrados que ele parecia estar apoiado nos braços de um vento favorável. Meus olhos se fixaram nas pontas pretas brilhantes de seus sapatos. Pobre Antonio! Enquanto eu aplicava base à prova d'água e blush cremoso com afinco para sugerir a cor rica da saúde, não a farsa trágica de uma ex-amante, ele tinha engraxado os sapatos por mim.

— Você está tão calada. — disse ele, dando uma olhada na minha direção. — Está tudo bem?

— Tão bem quanto sempre esteve.

Um violinista vestindo luvas sem dedos estava se apresentando no fim da ponte. Antonio lançou algumas moedas no tapete xadrez do homem e descemos para o South Bank.

Depois que Maddy ficou doente, eu tinha sido submetida não apenas a manutenções de beleza, mas a pedicures, esfoliações, máscaras de lama, massagens com sal do Mar Morto. Eu aceitava qualquer coisa que ela quisesse. Por que não fiz isso em todos os anos anteriores? Era nosso jogo. Ela me atormentava, eu recusava, rindo. Com tempo suficiente, Maddy poderia ter se tornado uma ascética como eu. Ou talvez o contraste entre nossos gostos fosse prazeroso. Não havia prazer algum agora. Eu tinha saudade das mãos dela massageando minhas têmporas, dos tapinhas diligentes, da força dos puxões. Por que não deixei que ela me virasse do avesso quando estava com sete, dez, doze, quando ela queria me ajudar a ser uma mãe glamorosa? Em vez disso, tentei ensinar que o valor de uma mulher não estava na aparência.

Nós nos juntamos à multidão na margem do rio. Fiz Antonio parar para ler as placas comemorativas do Jubileu Real. Tirei uma foto dele fingindo-se de urbano ao lado de um poste de iluminação entrelaçado por uma serpente. Ele me pegou pelo braço novamente, e o ponto onde ele me tocava parecia quente, mesmo através do casaco. Só com grande força de vontade eu conseguia me abrir para o aqui e agora. Os barcos passando, os ônibus de brinquedo cruzando as pontes de brinquedo, o fluxo de estranhos na calçada que parecia ser gerado a partir de uma fonte oculta, alguns deles com certeza com tragédias piores que a minha em suas vidas. Quando chegamos às árvores enjauladas na frente do Tate, eu não estava mais me sentindo desleal por sentir prazer naquela noite, por andar livremente ao lado do Tâmisa com Antonio. Não estava dando as costas para Maddy. Eu a trazia comigo.

Gillian e Ian estavam conversando em uma rodinha. Enquanto esperávamos até eles nos notarem, fingi interesse na ponte Millennium que Antonio estava admirando, com as mãos atrás das costas. Ele só tinha estado ali uma vez, anos antes. Eu sentia como se o lugar pertencesse a mim agora.

Ian se aproximou com um iPad nas mãos e manchas rosadas nas bochechas.

— Entrem. Na barriga da baleia. — Gillian, vestindo uma blusa com manga morcego, me apresentou aos outros e eu apresentei Antonio como um velho amigo, fazendo com que o olhar de Ian iluminasse rapidamente cada um de nossos rostos, em sequência. Peguei duas taças de vinho de uma bandeja que passava.

— Sim, acredito que o sr. Bryce *foi* um pós-modernista prematuro...

— O permanente, bem como o temporário...

— Imagino que você seja uma vítima do seu próprio sucesso. *Nós* somos...

Quando voltei ao trabalho após a morte de Maddy, estava dolorosamente consciente de todos os olhares desviados, de todas as perguntas corajosas, de todas as conversas que paravam assim que me aproximava. Ali ninguém tinha medo de mim. Antonio era um acompanhante bastante apresentável e sua presença me protegia da dor que eu agora esperava sentir em ocasiões sociais. Não me importava em dividi-lo com aquelas mulheres, a de cabelo vermelho zurrando "Temos que celebrar as mudanças! Se não celebrarmos as mudanças..." e a outra com as sobrancelhas pintadas que o adulava. "Se você só puder ver uma coisa, desça e veja os Tanques. Ah, você *precisa*..."

Dei um tapinha nas costas de Antonio.

— Para... — murmurou ele, e seus lábios fizeram o que os de Maddy faziam quando estava tentando não rir.

Do meu outro lado, Ian continuava:

— ... não há perigo de essas práticas híbridas florescerem em ambientes liberais, mas em um ambiente conservador, a questão parece diferente. Muito diferente, na verdade...

— Mude de assunto, por favor — murmurou Gillian no meu ouvido. — Ele está prestes a contar que é um velho guerreiro da esquerda.

— Você tem filhos? — interrompi, me arrependendo imediatamente da pergunta.

— Menina e menino — disse Ian. — Por Deus. Vinte e vinte e dois.

— Tenho um de doze, um de quatorze...

— Os meus têm quatro e oito...

Antonio ficou em silêncio.

— Dezesseis — disse. Eu ainda era uma mãe.

— Minha filha está no Egito.

— Meu filho foi nadar com os golfinhos.

— O meu pegou hepatite B.

— Eles sobrevivem.

Apontei para o iPad de Ian.

— Pode tirar uma foto nossa? — Ele concordou e me deu o aparelho. Lembrei que Antonio não sorria para a câmera. Ele ergueu as sobrancelhas, o que o fazia parecer respeitável e enigmático. Relutei em devolver a foto e o seu curioso distanciamento e efeito multiplicador. Eu e Antonio vivíamos em dois lugares, em nós e na imagem de nós.

— Pode mandar para o meu telefone?

— Seu telefone recebe imagens?
— Celular — corrigi, rindo. — Para o meu celular.
— Seu celular? — disse Ian.
Antonio tocou minha cintura.
— Vamos ver as obras?

Percorremos as salas. Antigas obras da coleção tinham sido colocadas junto com as obras contemporâneas — os lírios de Monet com as pedras de Long, um interior de Sickert com um quadro de Kienholz — e artistas em ascensão tinham salas próprias. Antonio seguiu até a última mostra, em que casas costuradas com tecido tingido tinham sido rasgadas, esticadas até perderem a forma e coladas em placas de papel artesanal. Ele percorreu rapidamente os painéis. Casa Um... Casa Dois...

— O passado existe no presente — eu disse —, mas não se pode viver nele. Acho que essa é a ideia. — A desolação estava sempre ali, esperando sua hora. Nenhum adiamento podia durar. Nenhuma fuga chegava longe o suficiente. Eu conseguia entender um conceito de curadoria, mas não era o que via naquela arte do achatado e rasgado. Será que eu algum dia conseguiria olhar para o mundo sem perceber o dano corporal ou a possibilidade do dano?

— Deixe eu adivinhar... Casa Três? — Ele se curvou — Não! Viagens no espaço interior. Ah, E-vie, me ajude! — disse, gargalhando. — Isso é arte? Isso não pode ser arte.

Não respondi. Minha aliança com Antonio não chegava ao ponto de eu querer me juntar a ele em críticas rasas à arte contemporânea. Muitos homens como ele iam às minhas palestras na galeria arrastados pelas esposas sedentas para conversar sobre o significado. Claro que a arte podia ser pretensiosa e falsa, ridícula até. Mas o impulso para a arte não era ridículo. Não era ridículo tentar criar algo a partir do nada, pensar com os materiais. A arte permitia olhar para os seus medos. Havia humildade nela, e coragem.

Os convidados tinham voltado das galerias para a recepção. As palestras iam começar. Então me dei conta de que Antonio tinha me afastado dos outros para podermos ficar sozinhos. Comecei a rir. Soltei meu braço do dele.

— Quer ver uma coisa?

35

Descemos as escadas em vez de tomar o elevador até o térreo. A loja de presentes estava às escuras, bem como a chapelaria. Só então me lembrei de nossos casacos pendurados lá em cima. Luzes laterais marcavam o andar inclinado da sala da Turbina, sob cinco andares de espaço vazio.

— Alguma vez você já ficou vagando pela casa à noite depois que todo mundo foi dormir?

— Não lembro — disse Antonio.

— Eu tinha medo, mas gostava de ter o lugar só para mim.

— Chegamos ao arco, no vestíbulo que levava aos Tanques. Um único segurança estava sentado em uma mesa distante digitando em seu celular.

— Onde estamos? — A voz de Antonio estava um pouco arrastada após três taças de vinho. Eu tinha parado na primeira.

Passei o facho de luz do meu celular pelos canos expostos do teto e descendo pelas paredes, onde as bocas de dutos arrancados pontilhavam o cimento manchado. Antonio apontou o seu celular acima do arco. Uma coluna de quadros afundados com parafusos como olhos.

— Parecem máscaras ibéricas.

— Acho que são as extremidades de barras em T.

— O Tanque Sul é por aqui. Era onde o óleo da antiga central elétrica era estocado. É o único espaço de museu na Europa criado para instalações e performances. — Ficamos em silêncio. Os Tanques tinham sido abertos para visitação, mas todo mundo estava lá em cima agora. O guarda não podia nos ver. — Quer entrar?

Desliguei o celular e mandei Antonio fazer o mesmo. As luzes do vestíbulo penetravam apenas uma pequena distância na escuridão. Retirei o suporte na parte de baixo da porta e, enquanto ela se fechava, aguardei que sirenes soassem, o som de passos apressados, a ignomínia de sermos descobertos. Nada aconteceu. A porta se fechou com um ruído metálico e a escuridão sobreveio como um pano pressionado sobre meu rosto. Nenhum espaço, nenhuma distância, apenas o cheiro mineral agudo de líquidos escoando em busca de seu lugar de direito.

Ali perto, Antonio riu.

— Psiu... — sussurrei, apesar de saber que com a grossura das paredes e a porta fechada, podíamos gritar que não seríamos ouvidos.

— Vamos andar até o outro lado. Quer? Sem luzes.

— Isso é... uma performance artística, Eve? — A mão dele roçou meu ombro e se moveu para baixo, procurando minha mão.

Eu me afastei.

— Sem mãos.

Segui na frente numa marcha hesitante, os braços estendidos, esperando que algo ou alguém me contivesse. Não havia por que abrir os olhos. Não tinha como saber se estava andando em linha reta ou não. Sob meus pés, o chão era duro e grudento. Meus sapatos ficaram presos duas vezes e só no último instante me salvei de cair. A cada vez, parava para esperar meu coração voltar ao ritmo normal. Após algum tempo, a escuridão se tornou um material macio e amistoso, que se abria para me deixar passar, se fechando novamente atrás de mim.

— Antonio?

— Estou aqui. — Sua voz vinha da minha direita, não de onde eu achava que ele estava. O tanque fazia coisas estranhas com o som, engolindo-o ou movendo-o de um lugar para outro. — Isso é loucura.

— Continue andando. Estamos quase lá.

Após um momento, ele disse, tenso:

— Não estou gostando disso. Vou ligar a luz.

— Não! Não ligue! Por favor, Antonio.

Os gatos têm bigodes, o morcego tem um radar sonoro, eu tinha as habilidades que tinham sido impostas a mim nos últimos dois anos para navegar na escuridão. Já não sabia onde Antonio estava. Podia ouvir apenas minha respiração e o som de meus passos, que deixavam trilhas no ar, como manchas de giz que sumiam logo que apareciam. Quanto já tínhamos andado? Impossível manter a noção do tempo em um tanque de óleo vazio. Impossível saber quanto tempo se passou até meus braços se estenderem novamente, como por vontade própria: uma sensação de frio, um cheiro mais denso, minha mão tocou a parede.

— Estou aqui! Achei!

Pelo ângulo, eu sabia que tinha desviado para a esquerda em vez de cruzar todo o diâmetro do tanque. Estava explorando as saliências que cobriam a parede, medidores da profundidade do óleo, imaginei, ou suportes para prender as máquinas extratoras, quando Antonio perdeu a paciência e ligou sua luz. Sem aviso, minhas mãos pálidas estavam na minha frente tateando a parede enferrujada. Tudo era menor, mais sujo e mais feio do que parecia na escuridão.

— Isso é muito maluco. — Ele veio até mim trazendo sua sombra serrilhada. — Você podia ter se machucado.

Eu me virei e encaixei as costas na parede.

— Maddy fazia isso quando tinha uns três anos e nós íamos para o lago. Ela ficava boiando em um daqueles anéis infláveis. Queria que eu ficasse exatamente a uma certa distância. "Mais para trás, mamãe. Aí! Perto da nuvem! Agora feche os olhos." Aí ela remava até mim e me agarrava. Quando tinha seis, ela desligava a luz do porão e me fazia ficar perto da porta. Aí girava até ficar tonta e me achava na mais completa escuridão.

— Sei — disse Antonio. A luz desenhava formas estranhas em seu pescoço e em seu rosto.

— Por que você acha que ela fazia isso?

— Não sei. Ela aprendeu com você?

— Não aprendeu com você.

— Eve? — Ele parecia estar sem fôlego. Colocou o celular no bolso e a escuridão nos engoliu.

Rapidamente, falei a primeira coisa que me veio à cabeça.

— Eu contei que, quando Maddy nasceu, achei que já a conhecia?

— E-vie... — disse Antonio suavemente, separando as sílabas.

Tudo que eu tinha para colocar entre nós eram palavras, para evitar que ele chegasse mais perto.

— Quão longe os recém-nascidos podem enxergar, trinta, quarenta e cinco centímetros? Acho que é a distância até o rosto de uma pessoa que esteja segurando o bebê. Aí a enfermeira a colocou em meus braços. — A parede empurrava minhas costas. — Juro que Maddy me olhou como quem diz: "Sou eu. Mamãe, sou eu".

— Eve. — Sua voz soava grave, quente e muito próxima. — O que está acontecendo?

Seus braços e seu corpo longo me atraíam até ele. Inclinei a cabeça para trás. Éramos as únicas coisas feitas de carne ali. Começamos a nos beijar como fazíamos antes. Sentia o sangue em minhas orelhas, o gosto de desejo em minha boca. Senti a excitação de Antonio, estranhamente alto perto de mim, e pressionei meu corpo contra ele, flertando com a perdição. Senti, mais do que vi, as formas na escuridão: os ombros arfantes de minha mãe, a saudação do meu pai com as costas da mão, Robin ferido sob a laje infiltrada. A boca de Antonio estava tensa e áspera, com gosto de vinho e cascas de amendoim. Ninguém sabia que estávamos ali. A sorridente Erica não sabia, nem seus meninos, correndo pela grama. Eu o tinha perseguido, tinha levado Antonio até ali. Eu tinha o poder de fazer as coisas acontecerem, de atirar e esmagar, de infligir dano.

Suas mãos seguraram minha mandíbula e meu pescoço. Ele virou a cabeça para cima, para respirar e murmurar "Ainda é..." ou talvez "Você ainda é...", e em pânico eu o empurrei para nos separar. Mas Antonio não queria saber disso. Logo estava me puxando, encontrando meus lábios novamente, continuando o drama que nós dois tínhamos iniciado, como ele sempre tinha feito e como eu sempre tinha deixado que ele fizesse, como se fosse impossível parar. Ele deslizou a mão pela frente do meu corpo, sussurrando. Eu estava fraca. Já tínhamos feito isso em pé, no chuveiro ou na cozinha, depois nos deitando para terminar. As arestas já estavam aparadas. Nós nos lembraríamos do que funcionava, do que nos levava além do limite.

Antonio voltou a me beijar, os dedos fechados atrás de meu pescoço, nós dois nos esforçando para conseguir o que precisávamos aqui nesse lugar subterrâneo, onde tudo ecoava e nada parecia verdadeiro. Sua mão entrou por dentro da minha blusa e encontrou a ponta nua do meu seio. Pulei, como se tivesse sido picada, e me encolhi. O desejo se desviou e estancou. Não. Não aí. Não para você. Ele moveu a mão para as minhas costas.

A escuridão nos cercava, uma barreira que nada podia penetrar. Tudo o que eu queria era seu rosto tímido e brilhante, tão difícil de encarar e impossível de alcançar. Olhos suplicantes, lábios teimosos, expressões suaves no crânio de bebê e na morte. Queríamos coisas um do outro que só podíamos dar parcialmente e sem qualidade. Ela estava comigo. Estava me observando, esperando que eu falasse. A saudade subiu pela minha espinha, anestesiando meus braços, fechando minha garganta, tentando escapar pela minha boca faminta. Ela já tinha sido discutida. Ela já tinha ido embora.

Eu o empurrei para longe, com força dessa vez.

— Desculpe — sussurrei. — Não consigo.

Antonio me soltou. Ele estava respirando rapidamente.

— Ah, Evie — disse ele por fim, com os braços ao lado do corpo, sabendo que não devia me tocar. — Somos apenas humanos.

Seu sotaque sempre dava aos lugares comuns o verniz da sabedoria. Eu comecei a caminhar pelo lugar, procurando o celular e sua luz no meu bolso.

— Fale por você.

Antonio me seguiu de volta através do tanque. Nossas luzes encontraram a barra cromada da porta ao mesmo tempo. Nós a prendemos aberta novamente. Quando passamos pela mesa, o guarda nos lançou um olhar penetrante, mas não nos parou. Enquanto subíamos as escadas para o terceiro andar, tropecei e tive que me apoiar no corrimão. Antonio estendeu a mão, mas não me tocou. Tinha feito o mesmo quando eu desabara na primeira noite e contara a ele sobre Maddy. Naquela ocasião, ele tinha evitado me tocar por confusão e respeito. Agora, estava me avisando que seu corpo não estava mais disponível para mim. Da galeria vinha um rumor de vozes. Lutei com meu casaco. A abertura da manga parecia ter sido costurada. Empurrei com o punho, em pânico que alguém aparecesse e nos encontrasse. Antonio esticou a manga e a segurou aberta para mim, por trás. Eu queria encostar novamente nele e ser saciada e perdoada, mas ele já tinha se afastado.

— Ando com você até a St. Paul.
— Você vai na outra direção. Vou ficar bem.
— Não — disse ele. — Eu vou até lá.

Cruzamos a ponte e duas ruas paralelas e demos a volta nos degraus vazios da catedral. O domo acima de nós estava escuro e remoto e parecia esculpido em pedra sólida. A entrada da estação virando a esquina estava viva, iluminada e barulhenta, sugando passageiros de todas as direções. Paramos no topo da escada. Nos olhos de Antonio, eu lia perplexidade, orgulho e algo mais pesaroso. Quase com certeza nunca o veria de novo.

— Sinto muito, Antonio.
— Não, eu sinto muito.
— Bem — disse eu, tentando sorrir. — Nós dois podemos nos desculpar. — A inutilidade das palavras! Passei os olhos por um café fechado e um pub iluminado, refúgios proibidos para nós agora, e esperei que ele falasse. Antonio já tinha se desligado de nosso drama e estava esperando o momento em que pudesse ir embora sem se expor.

Após um minuto, eu falei:
— Vi os garotos, sabe.
— Viu quem?
— Seus filhos. Fui até a escola deles.

Ele me olhou assustado.

— Não se preocupe. Eles não sabem quem eu sou. Nem sua mulher. — Pessoas com tranças, jeans rasgados, ternos e saltos agulha se desviavam de nós, irritadas com a obstrução da entrada. Dei uma olhada em seu rosto enraivecido.

— E você esperou até agora para me dizer?

Fiquei calada.

— Você me perguntou o nome da escola. Não foi?

Dei de ombros.

— Maddy teria adorado ter um ou dois irmãos.
— Acha que foi uma coisa boa a se fazer, Eve?

— Não ganho um crédito pela discrição?

— Você não tinha esse direito. E sabe disso — disse ele friamente.

Eu o encarei.

— Não tinha esse direito? E você? Será que sua mulher gostaria de saber o que aconteceu ali dentro?

O rosto de Antonio estava rígido.

— Você está fazendo joguinhos comigo, Eve. — Ele começou a falar novamente e se conteve, examinando a calçada para cima e para baixo de Cheapside. — Deveríamos estar discutindo isso agora? Aqui?

— Em que outro momento falaríamos sobre isso? — Tentei soar ameaçadora. — Você acha que foi fácil? Achei que me sentiria ligada aos seus meninos através da Maddy. De alguma forma, me senti. Mas eles são seus filhos, não têm nada a ver com ela. Não de verdade.

— Não — disse Antonio.

— No início eu pensei "lá está uma parte de Maddy! Ela não se foi inteiramente. Ainda está andando por aí, apenas de uma forma diferente".

Os olhos dele brilhavam sob a luz da estação.

— Mas ela não está ali — completei.

— Não — disse ele. — Não está.

— O mais velho se parece com você. O menor é mais como Maddy, no temperamento, quero dizer. Tome cuidado com ele. Não presuma que está bem só porque não causa problemas.

— Contei a Maddy sobre os meninos — disse ele, tenso. — Ela perguntou deles.

— E você se correspondeu com ela pelas minhas costas. E se encontrou comigo. E não foi uma vez só. — Por razões complexas, pensei, você se ofereceu para mim. Só podia supor que as razões dele eram complexas. — *Claro* que ela perguntaria sobre seus filhos. Ela ficaria desesperadamente interessada neles.

— Imagino que sim.

— Mas sabe qual seria a coisa mais importante para Maddy?

— O quê?

— Ela sabia que você os amava mais do que a tinha amado.

Não havia como responder a isso, e Antonio não disse nada. Os passageiros se separavam e fluíam ao nosso redor. Robin entrou na minha mente, como se pudesse ver nós dois parados ali no topo da escada da estação, sem saber como encerrar isso.

As mãos de Antonio estavam de volta nos bolsos. Meu tom de voz tinha assegurado a ele que eu não ia destruir sua família. Ele parecia frio e perdido. Fiquei com pena dele. Não queria mais saber por que ele estava aqui comigo, ou que mistura de vaidade, curiosidade, tédio no casamento, juventude perdida, amor verdadeiro ou atração pela tragédia estava por trás de sua paixão nos Tanques. Não sentia qualquer vontade de explicar o que ele significava para mim. Deixe que ele diga para si mesmo o que quiser sobre nosso encontro. Eu guardaria para mim o que sabia, ou me recusava a saber, ou o que quase não sabia. Tínhamos nos encontrado e não tínhamos feito nada irreversível.

O que os homens altos têm que sempre me fazem pensar que podem ajudar? Eu me aproximei de Antonio e fiquei surpresa com seu longo e apertado abraço, pressionando meu rosto de lado na lã áspera do seu casaco. Quando ele me soltou, corri escada abaixo como que atirada por uma mola, acenando de costas caso ele ainda estivesse olhando.

36

A SOMBRA DO AVIÃO CORRIA deitada sobre a grama e os equipamentos na pista, cada vez menor e mais incerta, uma versão terrestre de si mesmo que o avião ia desfazendo conforme subia. Em Londres, o sol de inverno nunca se afasta do horizonte por muito tempo, e se põe às quatro da tarde. Mas lá em cima, o sol estava alto e inteiro no céu, e ele perseguia cada linha e curva de água e as tornava brevemente douradas.

Eu tinha falado com Robin na noite anterior. Estava ansioso para me ver, disse ele. Com muitos quilômetros já entre mim e Antonio, tudo o que estava reprimido irrompeu. A escuridão não natural e o cheiro desumano, encostar-se na parede de degraus... As imagens eram bastante poderosas, me parecia que Robin, onde quer que estivesse, seria capaz de visualizá-las.

Maddy dava muito valor à lealdade. Uma vez disse que trair era a coisa mais sórdida que alguém podia fazer. Ela ficaria chocada ou me perdoaria por ser sua mãe ou por desejar a reunião de seus pais, algo que filhos de famílias separadas supostamente querem?

Quando fechei os olhos, Robin estava lá, ganhando volume e definição conforme o avião voava em sua direção. Esperava que o tempo passado no lago o tivesse colocado em um estado de espírito filosófico. Robin entenderia. Tinha que entender. Talvez Norma, que, para começar, tinha plantado a ideia, pudesse explicar as nuances melhor que eu. Eles tinham se conhecido. O assunto deve ter surgido. Eu o impressionaria contando como tinha sido essencial encontrar Antonio, como os ecos de Maddy tinham me desestabilizado um pouco, mas agora tudo havia ficado para trás, tanto quanto Londres, e o Atlântico, balançando suas ondas em miniatura, estava abaixo. Até onde eu contaria? Uma conversa com Robin não devia ser previamente ensaiada.

As nuvens se moviam como uma manada se juntando lentamente, agrupando-se para esconder a terra. Não olhe. Não seja enganada pelo sinal mágico do que estivemos a ponto de destruir. Tome um gole de vinho barato, coma a comida na bandeja, conte histórias até que a tragédia real engula as pequenas tragédias pessoais. Nem pense em ir até a casa silenciosa e entrar. Comecei meu pedido especial para Maddy, onde quer que ela estivesse, na forma que estivesse. Perdoe o pai ausente, os genes defeituosos, o diagnóstico tardio. Perdoe-me por ser teimosa, dividida, amarga, por estar viva. E um novo: perdoe minhas invasões.

Na área de desembarque do aeroporto de Dulles, fui levantada do chão e ganhei um beijo no ar, mais de pressão que de paixão. Quando Robin ficava nervoso, recorria a gestos teatrais. Ficamos em pé um na frente do outro, exalando formas brancas no ar frio. Ele juntou as mãos enluvadas. Era tão surpreendente estar no chão na presença de Robin, maior que a vida e inteiro, que demorei um pouco para notar a barba, um cavanhaque fino mais cinza do que seu cabelo.

— Bonitinho — comentei.
— Bonitinho? Eu estava esperando algo um pouco melhor que bonitinho.
— Atrevido, então. Misterioso.

Robin guardou minhas malas, fechou o porta-malas e nós entramos.

— Ao que parece — disse ele, ligando o motor —, a linha que separa estiloso de sem-teto é bem tênue. Vejo as pessoas me encarando: é urbano chique ou é que morando no carro fica difícil se barbear?

Ri do jeito antigo.

— Posso dar uma opinião?
— Achei que você fosse gostar da mudança.
— Não, eu gostei. Gostei mesmo.

— A vantagem dos pelos faciais é que não há compromisso. Podem desaparecer a qualquer momento. — Ele colocou a mão em meu joelho com naturalidade. — Parece que foi ontem que você partiu.

— Eu sei.

— E parece que já se passaram anos.

— Eu sei.

Ele tirou a mão para mudar de faixa. As placas na via expressa passavam depressa, Bethesda, Baltimore, letras brancas sobre o fundo verde, os lugares que tínhamos que contornar para chegar em casa. Seus olhos nunca paravam de se mexer, tomando suas rápidas decisões particulares. Dentro do anel de barba, seus lábios pareciam mais cheios e seguros de si. Por que uma barba nunca tinha me ocorrido antes? Ele parecia Robin. Por mais íntimos que sejamos de alguém, a profunda estranheza da outra pessoa está sempre ali, esperando para entrar.

Saímos da via expressa para o sul, em direção a Silver Spring. As luzes de um anoitecer de inverno passavam por nós: luzes nos postes, luzes nas varandas, luzes piscantes, luzes de neon verde e rosa: grandes versões humanas do que tinha visto de cima.

— Não nevou ainda — disse.

— Já está frio o bastante. Zero ou abaixo por uma semana.

— Se chovesse, nevaria.

— É uma forma de ver, Pata.

Fiquei em silêncio por dez segundos.

— Robin, você se importaria de não me chamar assim?

— Por que não?

— Nunca gostei muito. Desculpe. Nada contra Cincinnati. É bizarro — continuei, meus olhos na estrada — mudar de mundo assim. As viagens aéreas têm muito o que explicar.

Ele me lançou um olhar simpático, raramente se ofendia.

— Você alguma vez parou para pensar que, antes do trem a vapor, ninguém tinha viajado mais rápido que no lombo de um cavalo?

— Cavalos correm mais rápido do que veleiros? De qualquer forma, não gosto. É muito repentino. Fico sem saber onde estou.

Ele reduziu a velocidade e parou em um cruzamento de pedestres.

— Me conte a melhor parte da viagem. Aquilo que deixou você mais triste de deixar para trás. — Robin gostava de perguntar detalhes em forma de listas. Três coisas de que gostava no meu trabalho. As piores férias que já tive. Meus cinco filmes favoritos. Ele não classificava as experiências dessa maneira, era só seu jeito de começar uma conversa.

— Londres inteira — respondi, sem entrar na brincadeira. — Tudo.

— Vamos chegar em casa e ir direto para a cama. — Como se dormir fosse a resposta para mudanças de mundo, para conversas genéricas, para o que quer que estivesse nos deixando doentes agora.

O carro parou de repente. O braço de Robin apareceu na minha frente, apesar de o cinto já ter me contido. Ele levantou uma das mãos se desculpando com os motoristas que buzinavam atrás de nós. Uma mulher grande de chinelos começara a atravessar a rua exatamente quando tínhamos começado a andar. Testando cada passo com um pé, ela avançava como alguém cruzando uma ponte de corda sobre um precipício.

— Deveria haver um limite mínimo de velocidade em cruzamentos — disse Robin.

— Para pedestres, você quer dizer?

— Motoristas deveriam ter placas informando quanto tempo estão dispostos a ficar parados. Após Noventa Segundos Eu Não Prometo Mais Nada!

— Por Sua Conta e Risco. — Eu me inclinei, rindo, e beijei Robin entre a barba e a bochecha. Não tinha percebido quanto espaço Antonio requeria com seu casaco longo, sua carreira ascendente e sua desatenção para a assimetria entre nós: meu papel em sua vida, o papel dele na minha.

Em casa, servi duas taças de vinho para nós, como sedativo, e mantive Cloud em meu colo enquanto Robin me contava dos novos trabalhos, um lucrativo closet embutido e uma mesinha de café no formato da Califórnia. Contei sobre as últimas entrevistas, meu desmaio nos Tanques e a abertura da exposição enquanto a gata esfregava a cabeça em minha mão e a casa vazia caía sobre mim. Eu tinha deixado o país, tinha voltado e Maddy ainda não estava aqui.

Não dei qualquer peso especial a Antonio em relação às outras histórias. Desenhei tudo com um vocabulário corporativo. Ver Antonio havia sido "desafiador" e "valioso", conversamos várias vezes, não tinha conhecido sua nova família nem queria encontrá-la. Nada do que eu disse era estritamente mentira. Cloud me abandonou para ver se havia algo novo em seu pote de comida e eu passei a mão na rachadura do lado reto da mesa. A junta que a segurava estava lisa como uma cicatriz.

Aonde Robin tinha ido? Estava atrás da minha cadeira descendo os braços pela frente do meu corpo, casual como um pai se preparando para pegar uma criança, tomando cuidado para não tocar em nenhuma parte mais íntima. Eu conhecia sua tática. Desenhar os espaços em torno dos objetos torna o objeto mais presente. Eu me virei para encontrar seus lábios, nus e quentes dentro do círculo de pelos, e lá em cima me deixei ser despida, acariciada e incitada a uma avidez do tipo que toma suas próprias decisões, que arranca e chuta coisas para longe. Não estávamos juntos havia tempo suficiente para a monotonia se instalar — a tragédia tinha se instalado —, e agora era Robin que eu queria, nossa história íntima e nossos jogos secretos, mas o que estava acontecendo era impossível de separar de Antonio. A força daquele encontro tinha ficado presa dentro de mim por dias. Precisava sair para algum lugar.

Ficamos deitados juntos, a caixa torácica de Robin se mexendo junto à minha. Em um filme antigo, estaríamos os dois fumando. Beijei sua mão e coloquei-a cuidadosamente sobre seu peito. O prazer escondia perigos, novos perigos a cada momento.

— No que você está pensando?

Ele me deu um sorriso pós-sexo.

— Estou pensando na saudade que senti de você. — Libertando o braço, ele se sentou na beira da cama, me olhando, com o rosto na sombra. — E não estou falando de quando você estava em Londres.

Observando suas costas musculosas e seu flanco pálido sumirem para dentro do banheiro, tive um lampejo de parte de uma ideia que logo desapareceu.

37

Seria de se imaginar que voltar para casa me animaria. No dia seguinte, Robin me procurou com um entusiasmo terno, mas recuou quando percebeu meu humor terrível. Desfiz as malas, lavei três máquinas de roupa, fiz uma viagem inútil até a farmácia só para sair de casa e, quando me perguntaram, pus a culpa na diferença de fuso horário. Meus pais nos visitaram por uma hora e meia. Ninguém perguntou sobre Antonio. Na nossa família, assuntos delicados só eram mencionados em particular, um a um. Depois que eles se foram, Robin e eu fomos de carro pegar uma pizza, que comemos direto da caixa na mesa da sala de jantar.

— Está se sentindo melhor? — perguntou Robin, esperançoso. — Já aterrissou?

— Agora tenho que começar a fazer as malas para irmos para o lago. O que você acha de convidarmos Alison?

Ele dobrou a caixa da pizza ao meio.

— A menos que você queira que sejamos só nós?

— Eu me senti mal de ela ter que voltar antes de mim. E ela não tem muita vida familiar. Mamãe e papai disseram que não se importam.

— Faz parte da transição? — disse ele, me estudando do outro lado da mesa. — Rearranjar coisas?

Dei de ombros.

— Maddy adorava o Natal.

— Eu sei.

— Nem me lembro do Natal do ano passado. Foi completamente apagado. Talvez ajude ter outras pessoas em volta. Você foi muito ao lago — disse. — Você não se sentiu sozinho sem mim?

— Desesperadamente. Contei da falta de luz?

— Norma contou.

— Má sorte — disse ele. — Especialmente sendo recém-chegada. Não causa boa impressão em ninguém.

— Causou boa impressão em você.

Ele estreitou os olhos, como se estivesse tentando me ajustar no foco.

— Você é sempre atraído pelo azarão — eu disse.

— Norma não é um azarão.

— Não — admiti. — Não é. Ela foi até a casa?

— Ela foi a todas as casas da margem sul para se explicar. Para rastejar, na verdade. Todo mundo que ficou sem luz ganhou uma garrafa de vinho.

— Os meninos ficaram com os avós?

— Eles estavam com ela. Não dá para ficar muito zangado com alguém que traz uma criança fofa em cada mão.

— Você chegou a ver o interior da casa deles?

— Uma vez.

— E como é? Nunca entrei.

— Ah, boa o bastante, mas comum, no que diz respeito à madeira. Portas ocas. Piso laminado. Muito "loja de decoração de shopping" para um arquiteto importante.

— Talvez o marido não seja um arquiteto, afinal.

— Bem — sorriu Robin. — Eu diria que é muito bom ver a floresta tropical tão bem usada.

— Ela veio até a nossa casa?

— Uma ou duas vezes.

— Uma ou duas?

— Algumas vezes. Não lembro.

— Por quê? — insisti, sentindo a mão simbólica da minha mãe sobre meu ombro tentando me conter.

— Por que eu não lembro?

— Por que ela veio?

Ele deu de ombros.

— Para ser simpática, acho.

Para ganhar tempo, passei os olhos pela arca, um item horrível dos anos 1950, de madeira laqueada, que eu tinha comprado numa liquidação de garagem. Robin regularmente se oferecia para substituir aquilo por algo magnífico feito por ele, mas eu achava que nem todos os móveis da casa tinham que ser de bom gosto. Além disso, a gaveta de cima da arca era onde guardava as fotos escolares de Maddy. Na prateleira superior, circulares, cupons e correspondências acumuladas em pilhas mal arrumadas. Esses papéis agora estavam presos por um suporte de cartas de madeira entalhada.

Peguei o suporte, tirei os papéis e virei o objeto de lado para examinar os ovais sobrepostos que Frank Lloyd Wright tinha usado nos encostos de suas cadeiras e em janelas de quartos. Da última vez que eu tinha admirado aquele objeto, tinha sido com Maddy em uma loja de presentes em Fallingwater.

— Fui até lá quando você estava fora — disse Robin. — Nunca tinha estado lá no inverno.

Eu me senti como se estivesse à beira de um enorme precipício.

— E você trouxe para mim.

— Sim.

— Foi muito gentil. — Devolvi o suporte para a prateleira e me sentei novamente. — E como é lá no inverno?

— Mágico. As cataratas estavam fluindo, mas o resto estava congelado. O riacho precisava forçar a passagem através do gelo.

— Sempre quis ver a catarata no inverno.

— Podemos ir lá — disse Robin rapidamente. — Você vai adorar. No inverno, a casa parece ainda mais parte da montanha.

— É uma montanha? Não achava que era uma montanha.

— Colina — corrigiu Robin.

Sorri para encorajá-lo.

— Você foi sozinho?

Ele me olhou nos olhos e tomou uma decisão rápida.

— Norma foi comigo.

Toda a água do mundo 325

O sangue me subiu à cabeça, borrando Robin, a mesa, a sala, todo bom senso e toda decência. Imagens se sucediam velozmente em minha mente, como se estivessem só esperando para serem liberadas. Em pontes, sobre cachoeiras, em cavernas subterrâneas, ele a puxava para perto, se curvava sobre ela, e fazia com ela as coisas que fazia comigo com uma paixão nascida da voracidade e da negação. Muito esperta, ela, me mandando viajar. Mas ela só tinha conhecido Robin naquele dia no píer. Mesmo assim! Quando se trata de traição, sempre se dá um jeito. Os dois se contorcendo juntos, encontrando o que precisavam. Os olhos dela fechados, o pescoço branco exposto. Todas as boas-vindas arrancadas. Toda ajuda desaparecida. Ninguém para mim, nunca mais. Nenhum lugar para mim, nunca mais. Mais uma vez senti a mão invisível sobre meu ombro, sentindo mais do que ouvindo a voz que, quando eu era jovem, me irritava tanto: "Vá devagar até ter certeza, as coisas não são o que parecem ser, agir por impulso nem sempre é a melhor opção".

— Todas essas viagens misteriosas até o lago? — zombei, sarcástica, dispensando e silenciando minha mãe. — O lendário marido? O apagão! — O maior dos insultos estava começando a tomar forma. — Fallingwater. De verdade, Robin? *De verdade?* Vá lá e trepe com ela. Mas não a leve a Fallingwater. Aquilo é meu. Meu e de Maddy.

— Pare, Eve. Pare um instante! Ouça...

Nem sua surpresa nem seu ultraje pareciam fingidos, mas quem poderia saber? Sua mão se moveu, sua mesa estava entre nós. Eu já estava de pé, os punhos cerrados sobre aquela linda madeira, pronta para sair correndo da sala, da casa, do planeta, para estar em qualquer lugar menos aqui, para ser qualquer uma menos eu.

— Aposto que vocês ficaram deitados falando de mim depois.

Sua boca estava disforme.

— Sério, Eve?

— Por que não? Ela é um caso perdido. Ela está fora de si. A vida dela já terminou mesmo. — Eu não reconhecia minha própria voz, mas ao mesmo tempo parecia profundamente minha. — Que chata! Você acha que não sei como sou chata? Como sou um peso? Que chance maravilhosa...

— Sério? — interrompeu ele, a voz contida e fria.

Mas nada podia me deter.

— Diga alguma coisa! Diga que estou errada! — minha voz falhou. — Olhe para você. Sentado aí arranjando desculpas.

Os braços de Robin estavam colados ao peito. Ele estava examinando meu rosto como se nunca tivesse me visto antes. Como isso termina? Crimes de todos os lados, uma lembrança do lugar errado, uma fúria procurando um motivo razoável? Calamidade gera calamidade. Mais uma podia perfeitamente acontecer e ninguém se surpreenderia, muito menos eu.

— Vá para Londres — zombou ele. — Volte para o lago. Vá encontrar seu ex. Faça o que tem que fazer. Vou estar aqui. Vou me contentar com o que você quiser me dar... — O tom de desprezo era incomum nele e combinava tanto com o meu que tive que cobrir a boca com a mão para evitar uma risada. Ele abanava o ar com as mãos. — Não sei o que você fez em Londres. Mas posso supor.

Encontrei a borda da mesa e a segurei para que a sala parasse de girar. Eu me sentia como alguém voltando de um sonho febril.

— Nada — disse mansamente.

— Nada! — Ele repetiu. — Fui *eu* quem não fez nada! Não que não tivesse ficado tentado.

— Eu juro...

A mão espalmada em sinal de aviso. Não se aproxime.

— Sabe qual é o problema, Eve? O problema é você.

Quase inaudível, eu disse:

— Então estou errada?

— Você acha que é a única que perdeu alguém? — Seus braços se cruzaram sobre o peito novamente. — Você acha que é a única que sente saudades dela? Você só pensa em você. Você é incapaz de enxergar os outros. Você não se importa com os outros. O problema é *você*.

— Então estou errada? — perguntei novamente, como se a resposta pudesse consertar tudo.

Ele me olhou com tanto desprezo que era difícil imaginar que algum dia tinha me amado. Eu já sabia naquele momento, sem qualquer dúvida, que qualquer que fosse a verdade, o que quer que tivesse ou não tivesse acontecido na minha ausência, era eu quem estava errada, profunda, grotesca, irreversivelmente errada. A lealdade a Robin não evitou que eu seduzisse Antonio. Parei por causa de Maddy. O tempo todo, estava preparada para sacrificar

Robin, apesar de, em minha arrogância, nunca ter acreditado que seria necessário. Ele tinha razão. Eu estava errada. Errada em meu âmago, errada em um nível celular, o tipo de erro que trazia desastres e conduzia à ruína, mesmo protestando inocência. A morte de Maddy tinha arrancado o verniz e exposto o que realmente havia ali: ordinária, de segunda classe, sórdida.

— Encontre outro ajudante — disse Robin. — Ou uma babá. Não serei eu. — Engolindo ar como alguém prestes a chorar, ele saiu da sala sem olhar para trás e eu não ousei tentar contê-lo.

Às três da manhã, acordei dolorida e tremendo. Não havia mais ninguém na cama. Ele tinha dormido na sala de música. Fui ao banheiro vomitar enquanto flocos de neve passavam pela janela, prateados de um lado, escuros do outro. Pela velocidade e pelo tamanho, dava para ver que a neve continuaria caindo por algum tempo.

Por dois dias, não consegui fazer nada além de ficar deitada, enjoada. Ler estava fora de questão, assim como ver televisão ou ouvir música. Meu corpo não era meu, ele fazia o que tinha que fazer, e eu sentia um prazer sombrio em ajoelhar para abraçar a privada, no fedor e na expulsão. Ninguém comenta nada sobre os prazeres de vomitar. Rose e Walter não apareceram, não queriam pegar alguma doença antes das festas. Cloud ficou comigo. Robin falou de germes estrangeiros e do ar recirculando na cabine de aviões e me trouxe o que eu precisava com a frieza de uma enfermeira particular.

— O que vai acontecer? — perguntei no terceiro dia, sentando para beber sopa de tomate em uma caneca.

— Não sei.

— Ainda vamos para o lago? Está todo mundo contando com isso.

A suspensão do tempo e a falta de uma continuação deu à nossa briga uma qualidade onírica. Mas sempre que via o rosto de Robin sabia que não tinha sido um sonho. Desci vestindo um roupão, o suporte de cartas ainda estava na prateleira superior da arca. A tempestade tinha parado e os montes de neve nas sarjetas estavam intactos, mas cada vez mais imundos.

— Temos que ir — disse ele, afinal, com grande relutância. — Tenho algo para mostrar para você.

— O quê?
— Cuide da sua vida.
Eu corri para tentar agradá-lo:
— Ainda gosto da barba...
Mas ele já estava na porta, e não ouviu ou preferiu não olhar para trás.

38

A NEVE PISADA PODE SER tão escorregadia quanto o gelo, com a diferença de que na neve os pneus tinham uma chance de afundar e encontrar um ponto de apoio. Viramos à esquerda na altura da loja e começamos a subir através do Parque Nacional.

— Não está muito escorregadio?

Robin testou os freios.

— Por enquanto, tudo bem.

Eu me virei para sorrir para Alison, rechonchuda em seu casaco de esquiar cinza, sentada no banco traseiro. Preto, cinza e branco eram as únicas cores que usava. Ela estava olhando pela janela, carrancuda. Robin e eu estávamos fingindo bem, mas ela com certeza tinha sentido a tensão e, de qualquer forma, a familiaridade que tinha surgido entre nós em Londres demoraria um tempo para ser recriada.

— Estou feliz que tenha vindo. — Só o fato de ela estar aqui era uma pequena vitória. Robin a toleraria, Rose e Walter a festejariam.

Alison ignorou as gentilezas.

— O lago vai estar congelado?

Suprimi um sorriso.

— Nunca congela completamente, é muito profundo. Só na superfície.

Irritada, ela perguntou:

— Bem, mas dá para andar sobre ele?

— Temos um negócio chamado sonda, para perfurar e checar a espessura do gelo. Precisa estar no mínimo com dezesseis centímetros. Algumas pessoas dizem que treze é suficiente. Se for gelo azul.

— Gelo azul é merda congelada — disse Alison — que vaza dos aviões.

— Gelo azul — disse Robin — é quando o gelo é comprimido sem muitas bolhas de ar no meio. É mais forte do que gelo branco.

— Você já esteve em um lago no inverno? — perguntei.

Ela negou com a cabeça.

— Quero andar nele.

— Robin anda no gelo de qualquer jeito que esteja.

— Um monte de gente diz que com uns oito centímetros já é seguro — disse ele.

— Depende das condições — eu disse a Alison.

— Eu sei disso! — disse Robin, mordaz. — Nasci no mato, lembra?

Desde nosso confronto, ele vinha mantendo um ar de animal ferido cuja paciência não devia ser testada. Não respondia às minhas propostas de paz e não me oferecia nenhuma. Minha doença tinha me deixado limpa e mansa, não queria esclarecer o que tinha acontecido entre nós.

— Algumas vezes, o gelo racha sob seus pés — disse.

— Tem áreas mais finas e áreas mais grossas. — comentou Robin. — Sempre dá para pular para uma parte mais forte do gelo.

— O que ele quer dizer é que ele escapou até hoje. Ele adora nos assustar.

Longas almofadas de neve se assentavam sobre o corrimão da varanda da casa do zelador, e havia um montinho de neve redondo em cada pilar do portão. — A gente nunca vinha para cá no Natal — contei para Alison enquanto entrávamos. — Quando meu pai construiu a casa, não era nem preparada para o inverno. O zelador limpa a estrada até a margem. E nós o pagamos para limpar a entrada de nossa garagem. — Os escoadouros de água ao lado da estrada estavam cheios até a borda de neve, pontilhada por talos de samambaias. Dois grandes montes marcavam a entrada para nosso terreno. — É aqui. Chegamos!

Uma depressão no caminho mantinha a casa oculta até o último momento, e, quando apareceu no nosso campo de visão, tive um lampejo de espanto que o lugar ainda estava ali, a varanda com dois degraus, o teto do chalé com o centro branco, a calma profunda do lago congelado, espantada por tudo aquilo não ter desaparecido também.

Meu pai veio nos encontrar na porta, o pescoço inclinado para a frente, resultado do esforço eterno em ver as coisas mais de perto. Ele me abraçou e deu a Alison um respeitável aperto em volta dos ombros, eles já tinham se encontrado uma vez. Estranhos, gente tímida, gente perdida e azarões, ele sempre dava a esses atenção especial, nisso era como Robin. Achei ter visto Alison se aninhar nele por um instante antes de se afastar. Do pouco que disse, seu pai era abusivo ou negligente, ou as duas coisas. Ela mantinha sua família de fora do que quer que houvesse entre nós duas ou, talvez, na verdade, eu não tivesse demonstrado muito interesse.

Na sala, senti o aroma agudo e doce dos pinheiros. Luvas tinham sido espalhadas para secar em volta da lareira circular. Os anjos de palha de Maddy, cada um tocando um instrumento, estavam arrumados, como sempre, sobre uma bandeja de prata. A árvore no canto estava coberta de luzes e fios prateados, mas ainda sem outros enfeites. Era uma tradição nossa decorar a árvore juntos, tirando os enfeites um por um das caixas. Você se lembra do homem de gengibre, mãe? Você se lembra da rena que eu fiz no segundo ano? Adoro o sino de vidro. Você não gosta do sino de vidro?

Eu tinha decidido não me preparar para a realidade do Natal e, agora, eu estava empurrando as vozes para longe. Eu me forcei a olhar através dos olhos de Alison, que nunca tinha estado aqui e não podia sentir saudades de Maddy: a janela frontal preenchida com o lago, minha mãe emergindo da cozinha sorridente, enxugando as mãos em uma toalha pendurada no avental, uma mãe graciosa e antiga que podia atravessar os anos, Barney pulando pela sala ao lado de todo mundo.

Tinha avisado a minha mãe que as coisas estavam turbulentas entre mim e Robin. Depois de cumprimentar Alison, ela beijou nós dois e examinou nossos rostos, intensificando seu sorriso. Senti como se ela estivesse pegando minha mãozinha e colocando-a sobre a mãozinha de Robin, nos incentivando a fazer as pazes antes do jantar.

Meu pai foi até o píer checar a espessura do gelo, levando Rose, Alison e Barney. Robin ficou. Ele se sentou no sofá, depois levantou e vasculhou o quarto de despejo até decidir tirar a neve da laje enquanto eu ia para a cozinha.

Estava guardando a manteiga de amendoim e o espaguete nas prateleiras quando ouvi uma batida na porta dos fundos, inicialmente tão suave que achei ser um galho se mexendo ao vento.

Norma estava sobre o capacho. Vestindo uma jaqueta e luvas brancas, parecia algo entalhado em um monte de neve. Suas bochechas estavam vermelhas de frio. Quando tirou o capuz, vi que seu cabelo vermelho e dourado estava curto e ficava longe do rosto sem grampos ou faixas. Por um momento paralisante, pensei que estava ali para um encontro com Robin. Mas não: ela estava sorrindo muito e me abraçando como se estivéssemos nos encontrando pela primeira vez após passar por algum grande perigo.

Chamei Robin. Observei cuidadosamente enquanto eles se cumprimentavam com sorrisos formais e, então, fui na frente pelo corredor para evitar que vissem meu rosto.

Atrás de mim, Norma sussurrou:

— Ela já viu?

Parei.

— Vi o quê?

— Estava esperando por você — disse Robin. Ele continuou e abriu o alçapão puxando a alça para baixo. Desdobrou os degraus da escada retrátil e prendeu os pés de borracha no chão.

— Você terminou o sótão? — Teve uma época em que eu adorava surpresas.

Seu rosto estava impassível.

— Você primeiro.

No topo da escada, o último degrau agora encaixava em uma plataforma de onde todo o quarto era visível. Em silêncio, esperei que Robin e Norma se juntassem a mim.

Vermelhos profundos e roxos, amarelos manchados, tapetes e suportes coloridos de laranja-queimado brilhavam como lareiras contra as paredes brancas. Compridos sofás baixos. Estantes embutidas. Almofadas no chão, ladeando uma mesa baixa. Piso de tábuas escuras com o brilho de espirais de pedra. Fallingwater tinha sido construída na pedra sobre um riacho. Este quarto foi construído de madeira no topo das árvores. Não tinha concreto em volta. Nem uma cachoeira abaixo. Mas tinha obtido o mesmo tipo de graça horizontal, as mesmas cores ricas, o mesmo convite para se aconchegar e se refugiar em um lugar totalmente exposto ao mundo exterior. A luz vinha de todos os ângulos, mas aparentemente não das janelas, apesar de haver janelas em todas as direções, uma fila delas no beiral, janelas inclinadas no teto e uma janela em arco no lado oposto, a janela que eu tinha visto da última vez apoiada na parede e embrulhada em plástico. Do outro lado dela, galhos cobertos de neve.

Por que Robin não dizia alguma coisa agora que eu não conseguia falar? Não tínhamos discutido os detalhes. Eu não tinha ideia de que ia ficar assim. Como esse novo quarto não tinha ficado pronto a tempo para Maddy, tive pouco interesse nele depois que ela adoeceu e nenhum depois que morreu.

— Nós tentamos capturar o espírito de lá. — A voz de Robin soava triste, cansada.

— Nós?

— Fiz as almofadas e outras coisinhas — disse Norma, tímida. Tinha quase me esquecido dela. — Encontrei os tapetes e suportes. Fico envergonhada de admitir que nunca tinha ido a Fallingwater. E moro tão perto.

— Você ajudou Robin a terminar o quarto?

— Ah, não — disse ela, sorrindo. — Só cheguei no fim e ajudei a decorar. Gosto de interiores. Mas não sou artista. De forma alguma. Mas sou boa em costurar. — Eu sabia que se tentasse falar novamente ia começar a chorar. — Não deixam fotografar lá dentro. Fiz anotações e havia algumas fotos on-line. Conseguimos imitar bem as cores. Não foi, Robin? — Eles trocaram um olhar do tipo que as enfermeiras amáveis trocam sobre a cabeça de um paciente.

— A escada ainda precisa ser construída. Achei que podia ir em frente e fazer todo o resto enquanto você estava viajando. — Ele estava falando rápido. — Em vez de, sabe, esperar.

— Você está dizendo que faz um tempo que não estou boa para tomar decisões.

— Mas mude o que quiser! — Norma se apressou em dizer. — Se você não gostou de alguma coisa. É seu.

Tive vergonha de olhar para ela. Minha performance cautelosa no píer e na mesa de piquenique dela, a missão de esconder e revelar minha angústia. Por que tinha se dado ao trabalho? Por que fazer objetos macios para o quarto dos sonhos de alguém que mal conhece? As pessoas faziam coisas irracionais, as pessoas faziam todo tipo de coisa extraordinária. Walter e Rose também eram parte disso. Construída por meu pai para ser um chalé na floresta, a casa tinha sido ampliada, reformada e melhorada por quarenta anos. O sótão era o último detalhe.

— Eu gostei — disse. — Adorei. — A inutilidade das palavras!

O rosto de Maddy se encheria de alegria se ela estivesse parada onde eu estava agora. Talvez os outros estivessem percebendo furtivamente e educadamente ignorando o que quer que meu rosto revelava. O quarto tinha a melancolia das fogueiras, dos aquários, das bibliotecas, dos finais de tarde, inevitavelmente, mas também havia tesouros além da melancolia, ou escondidos no fundo dela.

Era íntimo demais, nós três em pé juntos nesse espaço que tinha sido feito para mim. Andei até o centro do quarto, peguei uma almofada com uma estampa geométrica de azul, vermelho e preto e estudei o fino trabalho de costura nas bordas, coloquei-a de volta, acariciei o bordado florido de uma toalha, toquei as almofadas vermelho-escuro e os suportes nas paredes, paramentados de dourado.

A estante continha alguns livrinhos. Encostada em uma das prateleiras, havia uma pequena moldura. Eu a peguei: uma foto em preto e branco de Maddy, aos sete anos. Na época, o cabelo dela era como um gorro liso e curto, como o meu estava agora. Suas mãos estavam enfiadas nos bolsos da jaqueta jeans. Ela olhava para fora da foto, para nós, reunidos naquele quarto que nunca seria dela, com uma expressão que era tolerante, infantil, indagadora e bem-humorada, feita de todos os tons de cinza fotográfico. *Agora eu moro aqui.*

Lá embaixo, os outros entraram pisando forte e latindo, felizes por virem do frio.

Onze centímetros e meio, a sonda tinha medido, e a decisão era de não andar no gelo. Todos foram ao sótão admirar o novo quarto. Na mesa, comendo sanduíches, Norma tentou puxar conversa com Alison. Eu podia ver que elas se tolerariam, mas jamais se dariam bem. Alison se voltou então para Robin. Ele explicou para ela, em voz baixa, como fazer fogo com um limão, enquanto do outro lado da mesa Rose e Walter se asseguravam mutuamente de que a extração de petróleo jamais chegaria ao lago Tawasentha.

Eu estava entorpecida. Alguém segurou meu braço, os olhos claros e preocupados de Norma encontraram os meus.

— Então, como foi lá? Não um desastre completo, espero?

— É uma longa história — sussurrei. — Mudou minha perspectiva. Depois eu conto.

Robin começou a perguntar a Alison sobre Londres, sobre seu trabalho, suas ambições.

— Artes plásticas? — zombou ele. — Artes aplicadas? O que isso quer dizer? Não, precisamos de algo muito mais objetivo. Que tal como você limpa as coisas? Seriam as artes faxináveis, entende? As artes lustráveis. As artes que podem ser lavadas na máquina...? — Se alguém podia fazer ela se abrir, era Robin. Era o tipo de conversa absurda que ele costumava ter com Maddy.

Retornei a Norma, que queria saber sobre Londres, meu trabalho e nossos planos para as férias. Eu a deixei fazer todo o trabalho, tentando ouvir e devolver as perguntas, mas estava com dificuldade de achar a distância correta para olhar para ela. Não era só o corte de cabelo ou a palidez de inverno e o azul dos seus olhos, mais profundo do que me lembrava. Muito tinha sido dito, na presença dela ou não. Quando olhava para Norma, o tempo dilatava e encolhia. De bermuda branca, ela pulou do píer e levantou o remo para acenar. Voei para longe e voltei. Ela fez almofadas. Eu fiz acusações. Sentamos à mesa para beber chocolate vestindo casacos grossos. Maddy não estava em lugar algum.

Na porta, agradeci novamente de forma tão insistente que ela se afastou e saiu com um sorriso envergonhado e indulgente, e eu passei o resto da tarde na janela, olhando a neve cair. Ao entardecer, tinha parado de nevar. Minha mãe preparou uma lasanha, eu ganhei um jogo de Shanghai que não estava interessada em vencer e meus pais e Alison foram dormir cedo.

Ficamos procurando coisas para fazer em vez de ir para a cama. Robin arrumou a cozinha, eu tentei ler. Quando ele foi para o porão regular o aquecedor, abri o alçapão e subi para o quarto novo. Não tinha tido a chance de me sentar no sofá, que, no fim, era uma tábua acolchoada que flutuava perpendicular à parede sem nenhum meio visível de suporte. Tinha levado o telefone sem fio da casa comigo. Digitei o número antes de me permitir pensar melhor.

A voz peculiar e grossa de Glenda aumentava a distorção da ligação.

— Essa é uma ótima notícia. Ficamos muito gratos. Vamos usar a animação com sabedoria.

Quem ainda fala "sabedoria"?

— Quero ser consultada a cada etapa, certo? Para manter o controle.

— Sim, claro. — Nós duas sabíamos que isso era ilusório. Quem consegue controlar alguma coisa hoje em dia, ainda mais o uso de imagens?

— O que eu penso é que Maddy fez o filme para a campanha e deu a animação para a campanha. Ela deve ter ficado feliz por ter sido usado.

— Acho que sim.

— Ela ia querer que as pessoas assistissem.

— O fato é que — disse Glenda Sedge — já está por aí.

Desliguei e mantive o corpo estático sobre a tábua flutuante ao lado da foto em preto e branco de Maddy, suas mãos nos bolsos do casaco infantil. "Cuidado!", disse ela. "Cuidado!", eu disse. Você foi foi à casa de Jack? Não é nada de mais. Não é nada. Será que abri minha mão e deixei outra coisa preciosa ser levada embora? Seus olhos na sombra, seu rosto alongado mudando continuamente na tela dentro da tela. Quando sua ruína estava completa, os aplausos começavam. Intimamente, ela podia rir. A alegria a desfez. Ela já estava por aí. Uma coisa livre, brilhante.

Os galhos cobertos de neve bloqueavam a janela. Torrões caíam sobre o telhado abaixo de mim. Se eu não me agarrasse e apertasse, e se não virasse as costas, talvez as cores ricas e a graça horizontal e o calor das luzes laterais pudessem ser assimilados aos poucos e um dia aquele quarto seria meu.

Quando desci, Robin estava no corredor. Ele me observou dobrar e guardar os degraus.

— Estava imaginando aonde você tinha ido.

— É lindo — disse. — Muito melhor do que imaginei. — Eu não iria culpá-lo se ele me deixasse agora, com ou sem quarto. Talvez uma parte de mim até gostasse.

— Não ficaria tão bom sem Norma.

— Não sei por que ela se deu a esse trabalho todo. Ela mal nos conhece.
Ele deu de ombros.
— Ela é esse tipo de pessoa. Queria fazer alguma coisa. — Mesmo exaustos como estávamos, os dois, dormir estava fora de questão.
— Quer ir até o lago?

39

Um lago no inverno é cheio de sons. Cercado de neve e sob uma cobertura de gelo, parece ser o último lugar que faria qualquer ruído. Mas ele gera estática, além de estranhos sons de água e, algumas vezes, do estalar de um chicote. O mais inesquecível é o gemido, como se algo colossal estivesse rolando, arrastando e quebrando. Parece vir do céu ou de dentro de nosso próprio corpo. É o truque do lago. É impossível saber exatamente de onde o som está vindo e não dá para dizer quando vai começar ou parar. Só dá para ouvir enquanto dura, e não há como pedir mais.

Estávamos na margem, onde o píer deveria estar. Mesmo sendo bem tarde, a lua continuava alta, um meio círculo frio rasgando o céu de um azul quase negro. No inverno, o píer era desmontado e guardado sob uma lona perto da pilha de lenha. Deixamos um pedaço de lado no chão, para colocar as cadeiras. Elas agora brilhavam, cobertas de gelo. Quando nos sentamos, o frio queimou sem demora através do casaco. Robin permaneceu rígido.

— Tiramos o píer bem a tempo esse ano.

— É sempre um jogo — disse. Antigamente meu pai costumava tirar o píer no início de setembro, mas nesses tempos mais quentes, muitas vezes adiamos até outubro.

—Acho que seu pai gosta de apostar. Alguma vez o píer ficou preso no gelo?

— Uma vez, acho. Teve que ser arrancado. — Já foi o tempo em que meu pai podia fazer qualquer serviço pesado sozinho. Vai chegar um momento em que ele não vai conseguir fazer qualquer serviço pesado. — Obrigada por ajudá-lo, Robin. Quando você apareceu, ele pôde ver algum futuro para esse lugar.

A neve tinha uma claridade própria, mais apagada do que a da água. No inverno não havia reflexo, então não havia dois mundos.

— Liguei para Glenda Sedge.

— Ligou?

— Disse a ela que podem usar a animação de Maddy.

Pelo modo como Robin sorriu, soube que isso era o que ele sempre achou que eu devia fazer.

— Você se sente melhor? Agora que fez isso?

— Acho que sim.

— É um bom sinal.

— Posso sempre dizer não mais para a frente.

Ele me observou, cristais de gelo cintilando em sua barba.

— Mas acho que você não vai mudar de ideia.

— Foi Maddy quem deu a animação — falei. — Para a campanha. Era o jeito dela de... enfrentar as coisas. Mas, ainda assim, é assustador.

— Por não saber o que eles vão fazer com o filme?

— Não tem como ter certeza das intenções do mundo em relação aos filhos. Não sente isso quanto a Vince?

— O tempo todo — respondeu ele. — Mas é outra história. Como pai ou mãe, não se tem muita escolha. No fim, eles precisam se expor.

Fiquei agradecida por ser descrita como uma mãe. Eu seria, até o dia de minha morte.

O bigode de Robin escondia seu lábio superior e o fazia parecer reservado e sagrado. Eu queria arrancar os pelos para expor sua verdadeira expressão. O que tinha realmente acontecido entre ele e a ex-mulher? Depois de três anos, eu achava que conhecia Robin, mas quanto podemos realmente conhecer um ao outro e do que somos capazes? O corpo de Antonio, os olhos e lábios de Antonio existiam em outra dimensão, fora da lógica do que estava acontecendo comigo agora.

Meus olhos se fixaram no perfil de Robin. As linhas que irradiavam dos cantos de seus olhos eram dignas e quentes. Quais expressões eram verdadeiras? "Fui *eu* quem não fez nada! Não que não tivesse ficado tentado." Foi o que ele disse. Em meio à raiva, possivelmente. Raiva justa, ou algo mais complicado. Quais expressões eram verdadeiras? Os olhos serenos de Maddy, fechados, seus lábios tremendo, sua audácia, seu desespero aparente? Ou o rosto de bebê rindo, que me convidava a entrar e me deixava de fora? A maioria de nós nunca atinge a profundidade que Maddy atingiu, encarando o que ela encarou, sabendo o que ela sabia. Resolvi manter o "final final" só para mim e não falei nada até Robin falar.

Eu me ouvi dizer:

— Você me perdoou?

Ele não virou a cabeça.

— Não sei.

— Entende por que posso ter pensado...?

— Um pouco — continuou ele. — Eu meio que entendi. — Ele fez uma pequena pausa. — Mas é um jeito horrível de tratar alguém.

— Eu sei. Sinto tanto, Robin. Eu perdi o controle. Estava imaginando coisas.

Ele virou a cabeça para olhar para mim, sua respiração gerava formas que se dissolviam no ar noturno antes de se formarem novamente. Atrás dele, as árvores na margem criavam uma corrente em volta do lago. Vestidas de branco, pareciam mais próximas umas das outras e mais escuras no centro do que no verão. O silêncio de Robin e as linhas presunçosas nos cantos dos seus olhos de repente me irritaram.

— Então você se sentiu tentado?

— Eu me senti o quê?

— Tentado.

Ele me olhou.

— Na verdade, não.

— Na verdade, não? Como assim?

— E *você*?

À beira do abismo, olhando para baixo.

— Um pouco. As palavras flutuaram no ar entre nós e então eu estava implorando, aterrorizada pelo que não podia ser recuperado e pelo que ainda podia ser perdido. — Nada aconteceu! — afirmei. — Foram circunstâncias extraordinárias. Nunca mais vão se repetir.

As mãos nos bolsos, os ombros rígidos, ele virou o rosto para o lago. Após o que pareceu um tempo muito longo, disse:

— Você sabe por que tudo é azul à noite?

— Não, por quê? — Eu já tinha ouvido isso antes, mas precisava que ele me dissesse alguma coisa, qualquer coisa.

— A visão noturna é sensível à faixa azul-violeta do espectro. É por isso que no crepúsculo tudo fica tingido de azul. Os bastonetes estão assumindo o trabalho dos cones.

— Mas não é por isso que a luz da lua é azul.

— Acho que isso vem da lua mesmo. Não tenho certeza.

— Não há muito a dizer sobre a lua, há?

As rugas de seus olhos ficaram mais profundas. Ele olhou para mim.

— Na verdade, não.

— Já se falou muito sobre a lua.

— É tudo verdade — disse Robin. Ele levantou e bateu palmas com as mãos enluvadas. — Quer andar sobre o lago? — Sem esperar uma resposta, ele saiu andando pela trilha até o gelo.

— Tem certeza de que andar sobre dez centímetros é seguro?

— Você é quem sabe. — Ele parecia um frei com o casaco de esqui amarrado na cintura e o capuz abaixado. — Eu vou lá.

Eu me lancei pela neve atrás dele, testando o gelo com o pé primeiro, como a mulher no cruzamento. Parecia sólido o suficiente, apesar do som oco que minhas botas produziam ser inconfundível: estávamos andando sobre a água.

— Seu pai prefere a segurança — disse Robin. — Especialmente quando temos convidados por quem ele se sente responsável.

— Você não se sente responsável pelos outros?

— Não me preocupo com dez centímetros. Já andei sobre dez centímetros muitas vezes.

Atrás de nós, os quartos laterais estavam às escuras, bem como o quarto no sótão, escondido entre os galhos altos, mas a janela frontal estava inundada de luz e as quatro lâmpadas da varanda brilhavam nas armações.

— Quanto tempo você acha que aquelas lâmpadas vão durar?

— Supostamente, são para uso externo.

— Você não as instalou no primeiro ano em que veio aqui? Já duraram dois invernos.

— Vamos ter que esperar e ver.

Fiquei de costas para a casa iluminada. Ao redor da margem, quase todos os chalés estavam na escuridão. A casa de Norma emitia um brilho reconfortante. Senti uma pontada ao imaginá-la dormindo com a luz da varanda acesa. — A casa deles é ainda mais visível no inverno.

— Sim — respondeu Robin.

— Mas, na verdade, não importa, não é?

— Não — disse ele.

— Ou a cor. Agora eu até gosto. Às vezes, fico nervosa a troco de nada.

Ele estava iluminado por trás, o rosto todo na sombra.

— O gelo agora é mais fino do que costumava ser. — disse. — Tinha dezoito ou vinte centímetros quando eu era pequena.

— No norte era ainda mais espesso. Costumávamos dirigir sobre o gelo e pescar sentados em uma picape. Não faria isso hoje.

— Você assistiu àquele programa sobre os leões-marinhos fêmeas lutando por espaço para seus filhotes? Elas ficam amontoadas em pequenas placas de gelo. Aí empurram umas às outras para fora.

— Não, mas vi icebergs derretendo. Está acontecendo tão rápido.

A neve se estendia à nossa frente em longos montes lisos, que lembravam fileiras de ossos.

— Se você nunca tivesse visto água na forma sólida, acharia que seria assim?

— Não — respondeu Robin. — Gelo meio que faz sentido. Mas neve parece mais com areia.

— Olhe as cores! — Não apenas os azuis, mas violetas, cinzas, roxos e rosas, todas as variações do branco contra a franja escura da margem. — Não parece impossível que tudo isso desapareça?

— Quando se for, não volta mais.

Chutei a neve.

— Não pense nisso.

Eu não conseguia ver o rosto de Robin, mas sentia seus olhos sobre mim. Algumas coisas são grandes demais para se falar a respeito. Por fim, ele disse:

— Será que devemos trazer Alison aqui? Sem contar ao seu pai?

— Amanhã à noite — retruquei, feliz de estarmos conspirando juntos novamente. — Ela vai adorar. Acho que não passa muito tempo ao ar livre.

— Vocês duas se aproximaram em Londres?

— Não sei se "aproximar" é a palavra.

— Ela admira você.

— Como você sabe?

— Instinto masculino. Apesar de achar um pouco assustador o modo esquisito dela.

— De qualquer forma, fico feliz que você tenha gostado dela. — Eu me virei e Robin se virou comigo. Uma trilha de buracos em formato de bota nos conectava à margem.

— Maddy nunca viu aquele quarto — disse.

— Quadro?

— O quarto.

— Eu devia ter terminado há muito tempo!

Após alguns instantes, eu disse:

— Está pronto agora. — Investi através do gelo, levantando pétalas gigantes de neve. Ele fez o mesmo, em outra direção. Ficamos olhando um para o outro. Fui até ele pela superfície marcada.

— Quando foi a última vez que ela esteve no lago?

— Junho. Ela veio com Jack.

— Ela sabia que seria a última vez?

— Espero que não.

Uma rachadura gigante se abriu sob nossos pés e serpenteou em direção à margem. Eu fiquei paralisada. Nunca tinha estado sobre o gelo nessa situação. Robin segurou minha mão e, luva contra luva, sem ousar falar nada, andamos na direção da parte rasa, onde o gelo era mais grosso, instintivamente arrastando as botas em vez de levantá-las a cada passo. Caminhar no gelo é algo que se faz com muita elegância ou de forma muito desajeitada

Paramos no espaço vazio onde, no verão, o píer se projeta da margem. Agora que estávamos a salvo, eu relutava em deixar o lago. A casa parecia estar muito longe, meio iluminada, meio às escuras.

— Não foi uma rachadura de verdade — disse Robin. — Só o lago fazendo ruídos aleatórios.

— Quero ouvir de novo. — De repente, a vontade era urgente. — Quero ouvir! *Qualquer* coisa! — Abaixei o capuz e deixei-o cair para ouvir. Todas as correntes que se moviam no ar da meia-noite pareciam convergir para onde estávamos, esperando que o lago se declarasse. Fale! Dê um sinal! Nenhum sinal surgiu. Nenhuma segunda rachadura, nenhum murmúrio, rugido, aplauso, nenhuma promessa ou pista ou resposta de qualquer tipo. Só nós dois respirando no silêncio congelado.

Epílogo

40

— Você pode me dizer quando minha mãe vai voltar? — Puxe o estranho pelo queixo, como as mães fazem para chamar a atenção de uma criança, apesar de a minha nunca ter feito isso. Sempre tentei ser boa, e ela também.
Seus dedos agarraram meu queixo com uma força surpreendente. Obstinada quer dizer: Não se meta comigo. O que suplicante quer dizer, mesmo? Por favor, me ajude. Não conseguia me mover ou desviar o olhar ou pressionar a tecla "Parar".
— Estou aqui, Maddy! Ao seu lado.
Aqui era o último lugar onde queria estar, mas não podia estar em nenhum outro lugar. Essa foi a peça que pregaram em nós.
Pode confiar em minha mãe para tomar o lugar do estranho a qualquer momento. As pálpebras caídas e a boca torta, mas com certeza dela, e sua voz acolhedora. Não as palavras, mas a música de sua voz, que eu fico ouvindo o tempo todo.
— Água, por favor.
A cabeça estava posicionada. A boca em círculo para sugar.
— Quanto quiser, Maddy. É só pedir.
A sede era grande e interminável. Só água não a saciava. Mas, por ora, eu podia descer pelas colunas passando por nuvens que colidiam com seus reflexos e por árvores viradas de cabeça para baixo, o que estava atrofiado de um lado crescia forte do outro, até o estágio em que, vestidos de preto, eles ajustavam válvulas e barris, se aprontando.

— Mama...?

— Que foi, Maddy?

— Fique aqui.

— Estou bem aqui. Você sente minha mão?

— Não, ali, mamãe! Perto da nuvem. Vou nadar até você.

— Você sente o pelo, Maddy? Ela está procurando você. Machuca?

Nenhuma dor. Era tudo o que eles podiam nos dar. As mais talentosas podiam tirar sangue sem dor, independentemente do número de vezes ou da condição das veias. A maioria delas era talentosa de muitas formas. Impotentes, como nós, mas nunca inconsoláveis. Estávamos sós agora. Levante a gata gentilmente com as duas mãos, tão macia e leve, sem saber de nada, e a coloque sobre o tapete.

Pressão no ombro, pressão nas costelas. Poderiam ser os ombros e as costelas de qualquer pessoa. Gatinhos fazem assim. A coisa macia à qual estava presa se elevou no ar junto com ela — me deixe sair, mamãe, estou com frio! — antes de ser enrolada novamente e coberta. Depois que as asas caem, não tem mais jeito, mas se eu remover as teias cuidadosamente, as libélulas saem voando, brilhando e se esquecendo de mim instantaneamente. Eu esqueci alguma coisa. O que esqueci? Pensamentos estão sendo pensados e partes do corpo estão em movimento, mas onde e com quem isso está acontecendo é difícil de dizer.

— Pegue daquele lado, Eve. Eu dobro esse lado. — Uma voz mais vacilante do que a da minha mãe, mas com um tom menos poderoso, por causa do apoio que tinha.

— Melhor, Maddy?

— Está quentinha?

Olhos calorosos. Quanto mais perto, mais distantes ficavam. Bravo! Eles estavam orgulhosos de mim. Sempre estiveram. Onde quer que estivesse, ele me fazia forte. Claves graves e bemóis se empoleiravam nos fios e a luz tentava forçar a passagem. Era fácil assustá-las. Ao menor movimento, elas decolavam, uma revoada gigante de notas, pretas de um lado, prateadas do outro quando faziam a curva.

— Feche as cortinas. É de noite?

— Não, é de manhã. O sol já nasceu.

— Ele não sabe, mãe.

— Água, Maddy? Só um gole?
— Ele não sabe, mãe. Eu queria que ele me amasse.
— O que ela está dizendo? — disse vovó com grande interesse. — Quem?
A nova cabeça era jovem demais para rir, mas estava rindo mesmo assim. Não *Ele*, Rose!
— Você conseguiu — sussurrou vovô. Sua voz estava sorrindo. Queria dar um high five e apertar a mão dele, mas eu tinha descido tanto e a pressão por centímetro quadrado era tão grande que não conseguia me mexer, muito menos falar ou abrir os olhos.
— Ela não consegue beber — disse Robin. — Ontem ela não bebeu o suficiente.
— Vai beber quando precisar.
— E se não beber?
— Massageie meu pescoço — disse minha mãe, muito cansada.
— Aqui? — perguntou Robin.
— Não, aí.
— Será que posso cantar para ela? — Vovó começou a melodia, minha parte favorita, em sua voz límpida. — *As horas suaves sonolentas estão aguardando...*
— Ela consegue ouvir? — perguntou Robin.
— Sempre conseguem ouvir.
Os aplausos continuaram por um longo tempo. A alegria em seu rosto era linda de se ver. A dor dentro de mim queimava em ondas selvagens. A hora tinha chegado. Diga alguma coisa, não consigo ouvir você.
— *Morro e vale em um torpor sonolento...*
— De onde veio essa canção de ninar?
— Sua mãe costumava cantar para ela.
A boca da vovó meio aberta. A do vovô, completamente fechada, Robin saiu do quarto, minha mãe me encarava através dos rasgos no papel. Os rostos estavam mudando, um no outro, cada um em si mesmo. Mas não Jack: ele já tinha vindo e ido embora. A casa de tijolinhos estava com as luminárias acesas e a grade de ferro na porta parecia com longas facas arredondadas. É ali que vou morar, mamãe. Para sempre! Eu adorava a porta roxa. Pregado no muro, o homem verde balançou a cabeça. Um dia tão, tão longo. Carregada

por corredores. Espetada e furada a cada turno. Fico impressionada com a quantidade de coisas que está fazendo. Como você consegue encaixar tudo? Não me virem. Me deixem levantar e andar. Quero andar. Tanta coisa para lembrar. Tanta coisa para fazer.

— Está tudo bem, Maddy. Psiu. Só se deite. Fique deitada.

Ela estava girando a chave da porta em meu peito. O frescor se espalhou pelo meu braço e meu pescoço acima até os galhos mais finos e as estrelas aprisionadas neles. Com maestria, ela puxou as cordas, pressionou minha testa e deixou a mão descansar na inclinação da madeira. A respiração chiava, entrando e passando, entrando e passando. Ouça e esqueça. Ouça e esqueça. Quem eu posso estar ferindo, quem estou deixando de fora ou deixando para trás. Será que ela vai saber para onde olhar quando chegar a hora? Recolha o queixo ou vai machucar o pescoço. Relaxe e role, relaxe e role morro abaixo nos braços do violoncelo, derramando todas as minhas gotas brilhantes.

Minha mãe estava murmurando e segurando minha cabeça. Por ela, fiz o esforço de recuperar meus lábios, trazer minha voz de volta das profundezas e forçar as sílabas uma por uma.

— Lembra, mamãe...

Posso mover pedras. Chore e o leite aparece.

— O que foi, querida?

Nas minhas mãos, a curva de sua cabeça adulta, a abertura havia muito fechada, a pelagem começando a crescer novamente. Por que entrar na minha vida se vai partir? Vá! Se você precisa, vá. Eu não vou acabar com essa vida dentro de mim. Eu me recuso! Passe a mão para cima e para baixo. Rápido e suave. Rápido e suave.

— Aperte a mão dela, Evie, para ela saber que estamos aqui.

— Ela *sabe*.

— Guardo o sono de meus amados... — cantou vovó, fazendo uma pausa de suspense. — A... noite... toda.

Era minha vez. Já contei a eles ou só para o Jack? Só para o Jack. Essa era a parte engraçada. Ia fazê-la chorar. Ela já estava chorando, apertando minha cabeça entre suas mãos, minha boca bem aberta em torno das palavras protuberantes.

— Se alguma coisa boa acontecer com você? Fui eu!

Gargalhadas. O gelo gemendo.
Sou eu, mamãe. Sou eu.

AGRADECIMENTOS

MINHA MAIS PROFUNDA GRATIDÃO VAI para Lynne Neufer Dale, que compartilhou a experiência comigo de uma forma tão aberta e generosa. Eu sou grata a toda a família Summer; Al Dale e Jordan Dale; Marna Neufer; Paul Neufer; Dave Neufer; Nancy Neufer; Holly Batchelor; George, Paul, Will e Emily Batchelor; Cynthia Gentry e Charles Williams pelo apoio a este livro.

Estou em dívida com minha fabulosa e formidável agente, Clare Alexander, e com todos na Aitken Alexander, em Londres, especialmente Lesley Thorne, Lisa Baker e Anna Watkins. Sou muito grata a Kathy Robbins, em Nova York.

Muito obrigada à minha editora, Valerie Steiker, por sua incansável e criteriosa edição e atenção aos detalhes, e a Nan Graham, pela orientação editorial essencial e pelo apoio. Estou em dívida com toda a equipe Scribner: Roz Lippel, Colin Harrison, Kara Watson, Ashley Gilliam, Kelsey Manning, Sally Howe, Jaya Miceli, Abigail Novak, Laura Wise e Susan Brown. Sou grata a Lisa Highton na Two Roads e aos meus outros editores e tradutores.

Sou grata ao Goldsmiths Creative Writing MA, meus tutores, Francis Spufford, Blake Morrison e Maura Dooley, e outros escritores (2014-2016) que nutriram o livro nos estágios iniciais.

Obrigada à United Agents por conceder ao romance o Prêmio Pat Kavanagh de 2017, quando ainda era um trabalho em andamento, e à Ventspils House, na Letônia, por me receber como escritora residente em janeiro de 2018. Obrigada também a Selma Ancira pelos passeios pelo Mar Báltico congelado e suas deslumbrantes fotografias de água, e ao Ribbons and Taylor Café, em Stoke Newington, onde uma grande parte da reescrita ocorreu.

Muitas pessoas, direta e indiretamente, participaram da constituição deste livro. Sou extremamente grata a: Miriam Robinson, pela constante leitura atenta e discussões inestimáveis; Francis Spufford, pelos conselhos práticos e criativos por toda parte; Lindsay Clarke, por todo o tempo de aconselhamento e comentários sobre um esboço tardio; Teresa Thornhill e Sue Goss, por décadas de conversas e redação de camaradagem; Mandy Hetherton e Oliver Shamlou, pela leitura generosa e perspicaz; Kelly Morter e seus amigos, por serem consultores adolescentes; Nick Manning, pela inspiração cômica e insights sobre Dupont Circle, Fallingwater e vida em geral; Ron e Christopher Hopson, por seu conhecimento sobre Washington e arredores; Mimi Babe Harris, pela história de sua mesa; dr. Bradley George, de Atlanta, Geórgia, pelos conselhos médicos; e aos numerosos amigos, colegas, alunos e meu clube do livro em Londres, que encorajaram e dialogaram comigo ao longo do caminho.

Sou grata às famílias Neufer e Raney por uma vida de verões no lago, um lugar que entrou na minha imaginação mais profundamente do que eu imaginava.

Finalmente, um agradecimento especial ao meu marido, Greg Morter, pela visão original e pelo apoio infinito, e à minha filha, Kelly, sem a qual este livro nunca teria sido escrito.

ESTE LIVRO, COMPOSTO NA FONTE FAIRFIELD,
FOI IMPRESSO EM PAPEL POLÉN SOFT 70G/M² NA LEOGRAF.
SÃO PAULO, OUTUBRO DE 2021.